# Cambrioleur ou gentleman ?

CHRISTINE MERRILL

# Cambrioleur ou gentleman ?

LES HISTORIQUES

*éditions* Harlequin

*Titre original :* A WICKED LIAISON

*Traduction française de* LOUIS DE PIERREFEU

HARLEQUIN®
est une marque déposée par le Groupe Harlequin

LES HISTORIQUES®
est une marque déposée par Harlequin S.A.

*Photo de couverture*
*Sceau :* © ROYALTY FREE / FOTOLIA



83/85 boulevard Vincent-Auriol 75646 PARIS CEDEX 13.
Service Lectrices — Tél. : 01 45 82 47 47
**www.harlequin.fr**

ISBN 978-2-2808-1887-2 — ISSN 1159-5981

# 1

Anthony de Portnay Smythe était assis à sa table habituelle dans le coin le plus sombre du Taureau Ailé. La laine grise de sa veste se fondait dans l'ombre autour de lui, le rendant presque invisible au reste de la salle. Il pouvait ainsi, l'air de rien, observer les autres clients de la taverne. Coupeurs de bourses, voleurs à la tire, monte-en-l'air et receleurs : un assortiment complet de coquins et de pendards. Et de tueurs aussi, pour autant qu'il en savait.

Naturellement, il prenait grand soin de ne pas en savoir davantage, car se montrer trop curieux pourrait être dangereux et même mortel.

Pourtant, ici, il se sentait dans son élément, comme un poisson dans l'eau. Un sentiment rassurant mais qui, d'une manière étrange, le déconcertait. Il posa un sac en cuir sur la table et le poussa vers son vieil ami, Edgar.

Un simple associé, se rappela-t-il intérieurement. Ils se connaissaient depuis de nombreuses années, mais il commettrait une erreur grossière en qualifiant d'amitié sa relation avec Edgar.

— Des rubis, nota ce dernier, tandis qu'il laissait

couler les pierres entre ses doigts et les faisait chatoyer dans la lumière de la chandelle.

— Des pierres en vrac. Faciles à négocier, précisa Tony. Tu n'as même pas besoin de les dessertir. Le travail a déjà était fait.

— De la pacotille, répliqua Edgar. Je peux voir d'ici qu'elles sont pleines de défauts. Cinquante pour le lot.

A ce point de la discussion, Tony était supposé faire valoir qu'elles étaient de bonne qualité et provenaient du bureau d'un marquis. Un homme qui, malgré des mœurs douteuses et une réputation déplorable, s'y connaissait en joaillerie. Puis, Tony aurait proposé cent et Edgar aurait essayé de faire baisser ses exigences.

Mais, tout d'un coup, Tony se sentit dégoûté par un marchandage aussi minable.

— D'accord pour cinquante, dit-il dans un soupir.

Edgar le regarda d'un air soupçonneux.

— Tu capitules bien vite ! Que sais-tu que je ne sais pas ?

— Plus que je ne pourrais t'en dire en une soirée entière, Edgar. Beaucoup plus. Mais cela ne concerne en rien ces pierres. Tu n'as pas besoin de t'inquiéter. Maintenant, donne-moi l'argent.

Les règles du jeu n'étaient pas respectées. Edgar refusa d'admettre qu'il avait gagné.

— Soixante, alors.

— Très bien. Soixante, acquiesça Tony.

Il sourit et tendit la main.

Edgar le regarda fixement, les sourcils froncés, essayant de deviner la vérité.

— Si tu veux savoir, je trouve ton attitude assez louche.

Exaspéré, Tony soupira. Des combats, il en avait livré toute sa vie. Une dernière escarmouche avec son vieil associé signifierait peut-être la fin de la guerre qu'il avait livrée pendant tant d'années.

— Tu veux que je marchande ? Très bien, à ta guise. Ce sera soixante-quinze et pas un penny de moins.

— Je ne pourrai pas t'offrir plus de soixante-dix.

— Soixante-douze et l'affaire est conclue.

Avant que le fourgue ait eu le temps de faire une nouvelle offre, il mit les pierres dans sa main.

— Allez, donne.

Edgar n'eut l'air qu'à demi satisfait, mais il s'exécuta de bonne grâce. Puis il se leva et disparut dans le nuage de fumée de tabac qui flottait dans la salle de la taverne, tandis que Tony retournait à ses pensées.

Après avoir bu une gorgée de whisky, il tira une lettre de sa poche et déplia ses besicles. Il essuya machinalement les verres sur la manche de sa veste, puis les porta d'une main à ses yeux et commença à lire.

« Cher oncle Anthony,

» Nous sommes désolés que vous n'ayez pas pu assister à mon mariage. Votre présent a été plus que généreux, mais il ne pourra jamais compenser dans mon cœur votre absence en ce jour qui restera le plus heureux de ma vie. Je ne sais pas comment vous remercier pour tout ce que vous avez fait pour ma mère et pour moi depuis tant d'années. Depuis la mort de papa, vous avez été comme un deuxième père et mes cousins disent la même chose.

» Le remariage de maman a été une bonne chose et j'ai été heureuse que M. Wilson soit là pour me donner le bras à l'église, mais je n'ai pas pu m'empêcher de penser que cette place aurait dû vous revenir. Je ne voudrais pas que mon mariage ou celui de ma mère nous prive de votre compagnie, car j'ai toujours fait — et ferai toujours — grand cas de vos sages conseils et de votre amitié.

» Mon mari et moi, nous serons heureux de vous accueillir dès que vous en aurez l'opportunité.

» Venez vite !

» Votre nièce qui vous aime,

Jane. »

Tony offrit au ciel une prière silencieuse de remerciement pour la présence de M. Wilson. Son arrivée providentielle et son mariage avec sa belle-sœur avaient tué dans l'œuf tous les projets qu'elle avait pu nourrir de voir un jour Tony l'accompagner à l'autel autrement qu'en qualité de beau-frère et d'oncle.

Se marier avec la veuve de l'un de ses frères aurait pu être commode, car il avait toujours désiré s'impliquer financièrement et émotionnellement dans l'éducation de leurs enfants, mais c'était une perspective qui lui avait toujours inspiré une profonde aversion. Le genre de sentiment qui ne s'accordait guère avec son idée du mariage. Voir les veuves de ses deux frères aînés remariées — et bien remariées, avec des hommes solides et respectables — lui avait enlevé un poids qui avait pesé pendant trop longtemps sur ses épaules.

Et le mariage de Jane avait été un autre événement heureux, même s'il n'avait pas pu y assister. Maintenant que les deux veuves et son unique nièce étaient installées confortablement dans la vie, il ne lui restait plus qu'à se préoccuper de l'avenir des garçons.

A vrai dire, l'avenir de ses neveux, le jeune comte

et son frère, ne lui causait pas beaucoup de souci. Ils étaient tous les deux à Oxford et leur pension était déjà payée pour toute la durée de leurs études. Intelligents et raisonnables, ils avaient tout pour devenir un jour des gentlemen dans toute l'acception du terme.

Il regarda fixement la lettre de sa nièce.

Que lui restait-il maintenant ? Plus rien. Sa tâche était terminée. Exit Tony…

Il avait espéré avoir le cœur en liesse une fois sa famille tirée d'affaire. Plus aucune responsabilité ! Il était enfin le seul maître de sa vie. Ce moment tant attendu était arrivé, pourtant, il n'en éprouvait aucune joie.

Seulement un grand vide.

Qu'allait-il faire de son temps, maintenant qu'il n'avait plus personne à aider et à protéger ? Au fil des années, il avait fait des investissements profitables, aussi bien pour sa famille que pour lui-même. Il était à l'abri du besoin et ses expéditions nocturnes étaient de moins en moins nécessaires — elles l'aidaient seulement à échapper à l'ennui d'une vie respectable et par trop monotone.

A l'époque où il n'avait pas d'argent et des bouches à nourrir, sa conscience ne le tourmentait guère. Aujourd'hui, il n'avait plus d'excuse pour continuer ses activités illicites. Le moment était venu de réfléchir à ses motivations et d'admettre qu'il n'était pas meilleur que les pendards et les coquins autour de lui. Il n'avait plus aucune raison de voler, si ce n'était pour sentir son cœur battre plus vite quand il grimpait le long des vignes vierges ou des tuyaux de descente pour s'introduire par la fenêtre dans une demeure bourgeoise. Braver le danger physique — tomber et risquer de se rompre le cou — mais aussi celui d'être pris, jeté en prison et déshonoré — pendu, même.

Aucune raison, sauf une, se rappela-t-il à lui-même.

Il y eut un léger courant d'air lorsque la porte de la taverne s'ouvrit devant une haute silhouette. St John Radwell, comte de Stanton, entra et se dirigea vers sa table d'un pas souple et déterminé.

Tony glissa la lettre dans sa poche et s'efforça de ne pas avoir l'air trop pressé de connaître la mission qu'il venait lui confier.

Il leva son verre et lui adressa un petit salut ironique.

— Vous êtes en retard.

— Pardon, je suis à l'heure. C'est vous qui êtes en avance.

Stanton lui donna une tape sur l'épaule, prit la chaise qu'Edgar avait quittée et fit signe au garçon de lui apporter un whisky.

Le sourire de St John était moqueur, mais il avait une chaleur amicale qui était absente chez les autres « associés » que Tony rencontrait pour ses « affaires ».

— Comment vont les choses au ministère de la Guerre ?

— Grâce à Dieu, pas aussi mal que sur les champs de bataille, répondit St John. Mais, néanmoins, pas aussi bien que cela pourrait être.

— Vous avez besoin de mes services ?

Tony n'avait aucune envie de lui montrer à quel point il désirait obtenir une mission, mais il brûlait de faire quelque chose pour oublier le sentiment de malaise qu'il avait éprouvé à la lecture de la lettre de sa nièce.

Il était prêt à faire n'importe quoi pour pouvoir se sentir de nouveau utile.

— Oui, j'ai besoin de vous. C'est une chance pour vous, mais je ne peux pas en dire autant pour l'Angleterre. Nous avons de nouveau un chien galeux. Lord Barton. Jack, pour les intimes. Un mauvais garçon, totalement infréquentable. Il a des amis en haut lieu et n'a pas peur de se servir de ses relations pour arriver à ses fins.

— Je l'ai croisé une ou deux fois à des réceptions, releva Tony avec une feinte nonchalance. Il complote avec les Français ?

Un large sourire barra le visage de St John.

— Pire que cela. Notre ami Jack n'est pas un traître ordinaire. Il préfère effectuer ses mauvais coups à l'intérieur du pays. Récemment, il a ruiné un jeune gentleman du ministère des Finances avec qui il jouait aux cartes. Le malheureux a perdu une somme d'argent absolument astronomique. Ce genre de mésaventure arrive souvent aux jeunes gens qui ont l'imprudence de fréquenter lord Barton.

— Il triche ?

— Ce ne sont pas ses scrupules qui l'en empêcheraient, mais ce n'est pas la raison pour laquelle le ministère des Finances a besoin de votre aide. Comme il fallait le prévoir, tous les efforts du jeune gentleman pour se refaire n'ont eu aucun effet. Il a continué de jouer et perdu encore plus. Lord Barton a alors exigé d'être payé. Comme son malheureux partenaire de jeu en était incapable, il lui a suggéré un moyen des plus déshonorants pour couvrir ses dettes. Le jeune imbécile s'est fait un peu prier, mais, finalement, il a cédé. Il a livré à Barton des planches de la Banque d'Angleterre pour l'impression de billets de dix livres. Elles avaient fait leur temps et étaient destinées à être détruites, mais étaient encore en suffisamment bon état pour produire des billets presque parfaits et totalement indétectables avec nos moyens actuels.

— De la fausse monnaie ?

Tony ne put s'empêcher d'admirer l'audace de l'homme. Pouvoir faire de l'argent à volonté... Mais les implications d'une telle escroquerie étaient trop graves pour qu'il n'ait pas envie de contrecarrer les desseins de cette canaille.

St John hocha la tête.

— Le jeune gentleman a regretté immédiatement son acte, mais il était trop tard. Barton est maintenant en mesure de provoquer un effondrement de notre monnaie pour son seul bénéfice.

— Vous aimeriez donc que je « récupère » ces planches ?

— Ces planches, tout particulièrement, et, éventuellement, le papier, l'encre et les billets de dix livres qu'il pourrait avoir déjà imprimés. Une mission que vous devrez effectuer avec la plus grande discrétion. Nous voulons éviter à tout prix un scandale public, mais il faut mettre un terme à ses agissements au plus vite, avant qu'il ne commence à mettre en circulation ses faux billets. C'est une opération qui doit être menée rondement et avec le moins de remous possible, afin de ne pas provoquer une panique à la Bourse et dans les banques. C'est tout le commerce de l'Angleterre qui est en jeu. Un krach financier serait absolument désastreux pour le pays.

St John posa une bourse pleine sur la table.

— Comme d'habitude, la moitié en avance et l'autre moitié lorsque la mission aura été accomplie. Vous êtes autorisé, naturellement, à compléter votre rémunération en pratiquant une ponction sur les biens personnels de Barton et de ses complices éventuels. Il possède un hôtel particulier à Londres et un château en Essex. Mais, le vol des planches ayant eu lieu la semaine dernière, je ne pense pas qu'il ait eu le temps de les faire transporter hors de la ville. Vous feriez bien d'aller fouiller la demeure de sa maîtresse également, ajouta-t-il après réflexion.

Tony sourit.

— Vous me demandez d'aller fouiller l'alcôve parfumée d'une courtisane de haut vol ? Et, en plus, vous êtes prêt à me payer pour ce privilège !

Il roula des yeux comiquement.

— J'ai peur de ce qui m'arrivera si elle vient à me surprendre. Jamais je n'aurais imaginé que j'aurais un jour à subir une épreuve aussi dure pour le service de la Couronne.

St John soupira et affecta une mine faussement sévère.

— En l'occurrence, votre vertu ne devrait pas être trop en danger, Smythe. La dame en question est tout à fait honnête et respectable, ou, du moins, elle l'était avant que Barton ait jeté son dévolu sur elle. C'est la veuve d'un pair du royaume. Pour ma part, j'ai même de la peine à comprendre comment une jeune personne aussi charmante a pu se laisser embobiner par une canaille comme Jack. Mais, avec les femmes, on ne sait jamais.

Il prit un bout de papier et griffonna quelque chose.

— Voici son adresse. Il s'agit de la duchesse douairière de Wellford, Constance Townley.

Tony eut l'impression que la terre s'était mise à vaciller sous ses pieds, comme chaque fois qu'il entendait prononcer le nom de Constance à un moment où il ne s'y attendait pas. Mais, cette fois-ci, il ne put s'empêcher d'éprouver également un frisson d'horreur.

« Oh, mon Dieu, Connie. Comment as-tu pu tomber aussi bas ? »

Il but une gorgée de whisky lentement avant de se risquer à parler. Si Stanton venait à remarquer le son un peu rauque de sa voix, au moins l'attribuerait-il à l'alcool.

— La plus adorable femme de Londres.

— C'est ce que l'on dit, acquiesça St John. Même si, pour ma part, je préfère accorder ce titre à mon épouse, Esme. D'ailleurs, Constance est l'une de ses amies les plus chères et j'ai eu souvent le loisir de les voir ensemble.

— Le jour et la nuit, fit observer Tony en pensant aux longs cheveux noirs et brillants de Constance, à ses grands yeux noisette et à son teint blanc et satiné, alors que Esme Radwell était blonde, avec un teint rose et des yeux bleus.

A son avis, il n'y avait aucune comparaison possible, mais, par politesse, il s'abstint de l'exprimer.

— Vous êtes un homme heureux, se contenta-t-il de dire.

— J'en suis conscient.

— Et vous dites que la duchesse est devenue la maîtresse de Barton ?

— C'est la rumeur qui court dans les salons. Cette situation risque de devenir fort embarrassante pour moi, d'ailleurs, car si elle devait se révéler vraie, il me serait difficile de continuer à la recevoir, amie de ma femme ou pas. Constance a été souvent vue en compagnie de Barton et il n'a pas caché ses intentions à son égard. Si elle n'est pas déjà sa maîtresse, elle le sera bientôt.

Tony secoua la tête, afin de marquer sa compréhension et sa sympathie.

— Une honte, vraiment. Mais, au moins, cette partie de ma mission ne devrait pas être trop difficile. Si la duchesse est assez naïve pour s'être laissé entraîner dans une aventure avec Barton, elle ne devrait pas être trop sur ses gardes. Si les planches sont chez elle, elle n'aura pas fait beaucoup d'efforts pour les dissimuler. Quand voulez-vous des résultats ?

— Le plus tôt possible, dans la mesure où vous pourrez agir sans prendre trop de risques et, surtout, je vous le rappelle, usez de la plus grande discrétion.

— Bien, acquiesça Tony. Je me mettrai au travail dès ce soir. En commençant par la résidence de Constance Townley, car, dans cette affaire, elle est sûrement le maillon faible — s'il y en a un. Je vous ferai mon rapport dès que j'aurai trouvé quelque chose.

Stanton hocha la tête.

— Vous avez carte blanche, comme d'habitude. La Couronne vous soutiendra, quoi qu'il arrive, mais tâchez quand même de ne pas vous faire prendre. Ma femme vous attend à dîner jeudi et, si je suis obligé de vous faire arrêter, j'aurai bien de la peine à lui expliquer votre absence.

Sur ces mots, il se leva, prit congé et disparut dans la foule. Quelques instants plus tard, la porte de la taverne se refermait sur sa haute silhouette.

Tony regarda fixement le fond de son verre, en s'efforçant d'ignorer les battements désordonnés de son cœur. Constance... Qu'allait-il pouvoir faire pour la sortir de ce guêpier ? Il l'avait imaginée vivant seule et recluse pendant l'année qui avait suivi la mort de son mari, puis, une fois la période de deuil terminée, se remariant discrètement avec un homme honorable et respecté.

Pourtant, au lieu de cela, elle se serait entichée de Barton ! L'idée était odieuse. L'homme était une canaille et un goujat. Beau, naturellement. Ses belles manières lui valaient un certain succès auprès des dames. Mais, à trente ans, Constance n'était plus une gamine ; elle aurait dû voir au-delà de la belle apparence et du charme factice de cet homme. D'autant que, Tony le savait, derrière sa beauté, elle dissimulait un esprit vif et un solide bon sens. Même quand elle n'était encore qu'une jeune fille, elle n'aurait jamais commis la folie de tomber amoureuse d'un énergumène comme Jack Barton. Et la seule idée qu'elle ait pu envisager de trahir son pays en devenant la complice d'un faux-monnayeur...

Il secoua la tête. Il ne parvenait pas à le croire. S'il devait s'introduire chez elle pour Stanton, autant le faire rapidement et connaître la vérité. En agissant ainsi, il pourrait mettre le passé derrière lui et avoir l'esprit clair pour accomplir la mission qui lui avait été confiée.

Il finit son whisky, posa une pièce d'argent sur la table et sortit dans la nuit, résolu à en avoir le cœur net.

# 2

Tony n'eut pas besoin de se référer aux indications de Stanton — il connaissait parfaitement bien le quartier et la rue où résidait la duchesse de Wellford. Au cours des douze derniers mois, il était passé à maintes reprises devant l'hôtel particulier où elle s'était installée après la mort de son mari. Sans en avoir l'intention, il avait acquis une assez bonne idée de la disposition des pièces en regardant au passage les domestiques s'affairer derrière les fenêtres.

D'après ses déductions, la chambre de Constance devait se trouver à l'arrière, face à un petit jardin privé. Et il devait y avoir quelque part, par-derrière, un passage pour les fournisseurs, car il n'avait jamais vu aucune livraison s'effectuer par la porte de devant.

Il avait pris un fiacre. Après avoir fait arrêter le cocher au carrefour juste avant la rue en question, il mit pied à terre et longea les maisons de brique et les murs de clôture des jardins jusqu'à ce qu'il aperçoive l'arrière de l'hôtel particulier. Il y avait un étroit passage, effectivement, conduisant à une porte de service et à un portillon qui donnait accès au jardin. Dissimulé dans l'ombre d'un mur, il tira une écharpe noire de sa poche et la noua autour de son cou afin de dissimuler le col de sa chemise blanche. Il portait presque toujours des vêtements sombres — gris, noirs ou bleu marine, des couleurs qui lui allaient bien et lui permettaient de se fondre dans la nuit quand il en avait besoin.

Le portillon était fermé à clé, mais un trou dans le mur de brique du jardin pouvait lui fournir un appui commode pour poser son pied. Il prit son élan, attrapa le haut du mur et se retrouva sans difficulté accroupi sur le haut du mur, dans l'ombre d'un tilleul. Là, il estima la distance qu'il lui fallait parcourir à découvert pour parvenir à la maison. Une dizaine de pas jusqu'à un massif de rosiers, puis quatre ou cinq jusqu'au bord de la terrasse. Le coin de la façade était recouvert de lierre. Il fit une prière pour qu'il soit assez solide pour soutenir son poids. L'escalade jusqu'aux fenêtres de l'étage ne lui poserait pas de problème, mais s'il venait à tomber…

Il traversa le terrain découvert en un clin d'œil et testa la solidité du lierre. Un soupir de soulagement lui échappa quand il se rendit compte que la plante était accrochée à un treillage de bois lui-même solidement fixé au mur de brique. Au premier étage, une étroite corniche courait au-dessous des fenêtres. Il grimpa le long du lierre et, le pied aussi sûr que s'il marchait sur un trottoir, il avança sur la corniche, le corps plaqué contre la façade.

Il s'arrêta lorsqu'il arriva à la fenêtre qu'il pensait être celle de la chambre de la duchesse. Si cette maison avait été la sienne, il aurait choisi une autre chambre, moins exposée aux regards, mais c'était celle qui avait la meilleure vue sur le jardin. Quand il avait connu Constance, elle adorait déjà les fleurs, et on lui avait dit que, lorsqu'elle y habitait, elle passait beaucoup de temps à embellir les jardins du château de Wellford. Elle ne pouvait donc qu'avoir choisi cette chambre, afin d'avoir la meilleure vue possible sur les massifs de rosiers et de rhododendrons.

Adroitement, il glissa une lame de couteau sous le châssis et la fit glisser lentement. Lorsqu'elle rencontra le loquet, il exerça une légère pression afin de l'ouvrir, puis il souleva le châssis d'un pouce ou deux et tendit l'oreille.

Aucune chandelle n'était allumée. La pièce était calme et plongée dans l'obscurité.

Il acheva d'ouvrir la fenêtre et écouta de nouveau, à l'affût d'un juron, d'une exclamation ou de tout autre bruit pouvant indiquer qu'il avait été découvert. Comme tout restait silencieux, il enjamba l'appui de la fenêtre et attendit quelques instants derrière le rideau, afin de laisser ses yeux s'accoutumer au peu de lumière dispensé par les quelques braises qui rougeoyaient dans la cheminée.

Il était seul. Ecartant le rideau, il fit un pas ou deux dans la chambre. A sa grande surprise, une vague de tristesse et de nostalgie l'envahit.

Ainsi, ce n'était pas aussi facile qu'il l'avait espéré. La jalousie irrationnelle, qu'il avait ressentie quand il avait appris que Constance avait trouvé un protecteur si vite après la fin de son deuil, s'était estompée. Il avait cru pouvoir se servir de sa colère pour garder intacte sa détermination lorsque le moment de fouiller sa chambre serait arrivé. Si elle n'était plus la jeune fille innocente dont il se souvenait, mais une catin complice d'un faux-monnayeur et traître à son pays, elle méritait d'être livrée à la justice et punie.

Mais, au fond de son cœur, il savait que la vengeance et la justice n'étaient que des leurres. S'il y avait quelque chose à trouver dans cette chambre ou ailleurs dans la maison, il le trouverait.

Il le trouverait et le détruirait, avant que St John Radwell et ses services puissent s'en saisir. Il ne pouvait pas laisser Barton poursuivre son œuvre funeste, mais jamais il ne permettrait que Constance soit punie pour les crimes de son amant. S'il y avait un moyen de la tirer de ce guêpier, il le ferait, décida-t-il, même si pour cela il devait sacrifier sa propre réputation.

Il jeta un coup d'œil circulaire autour de lui. Son choix avait été judicieux. Il se trouvait, sans aucun doute possible, dans la chambre à coucher d'une dame. Une pièce vaste et haute de plafond, avec une tapisserie rose. Le lit occupait le mur du fond. Un grand lit, d'apparence moelleuse et confortable. Le lit dans lequel la duchesse de Wellford accueillait son amant, Jack Barton.

Il détourna la tête, les mâchoires serrées. Ce n'était pas le moment de se torturer l'esprit en évoquant ce qu'elle avait pu faire avec cette canaille.

Il s'était attendu à trouver une pièce richement meublée, mais cette chambre était étrangement vide. Elle était plutôt agréable, mais presque monacale dans sa simplicité. Il n'y avait guère de tableaux aux murs. Il passa la main sur le papier peint et sentit des crochets vides. Il aurait dû y avoir des appliques, çà et là. Et au centre un grand miroir avec un cadre doré…

Il traversa la pièce, ouvrit les portes de la penderie et fut assailli par son parfum. Il ferma les yeux et inspira.

Lavande. Avait-elle toujours eu un parfum aussi doux, aussi ensorcelant ? Il y avait tellement d'années…

Les yeux toujours fermés, il chercha à tâtons au fond de l'armoire, mais ses doigts ne trouvèrent aucune trace d'une cache secrète.

Il rouvrit les yeux et fouilla consciencieusement, l'un après l'autre, les tiroirs de la commode. Là non plus, il ne trouva pas la moindre trace d'un double fond ou d'une quelconque cachette. Malgré lui, il frissonna en faisant glisser ses mains sur la lingerie féminine de soie et en cotonnade des Indes, fine et légère. Des sous-vêtements qui avaient touché le corps de Constance d'une façon plus intime qu'il ne le ferait jamais. Ses doigts se refermèrent sur un mouchoir en batiste, brodé aux initiales de la duchesse de Wellford. Impulsivement, il le prit et le mit dans sa poche, avant de se diriger vers un autre meuble, afin de poursuivre ses investigations.

Perchée sur le bord de sa chaise, le dos très droit, comme il convient à une jeune femme bien élevée, la duchesse de Wellford regardait avec une lueur d'espoir dans les yeux l'homme assis à côté d'elle, dans un fauteuil.

Il était sur le point de se déclarer.

Il était temps. Cela faisait plusieurs semaines déjà qu'il lui faisait une cour assidue. Elle fit de son mieux pour essayer de ressentir un frisson d'anticipation.

— Constance, il y a quelque chose dont je voudrais vous parler.

— Oui, Jeremy ?

Jeremy Manders n'était pas, naturellement, l'homme

idéal auquel elle avait rêvé, mais son défunt mari ne l'avait pas été non plus et ils s'étaient plutôt bien adaptés l'un à l'autre.

— Nous nous connaissons depuis longtemps, depuis bien avant la disparition de votre mari. Et je vous ai toujours tenue en très haute estime.

Elle sourit et lui adressa un signe de tête encourageant.

— Moi aussi, j'ai toujours eu une très bonne opinion de vous, Jeremy. Robert vous considérait comme l'un de ses meilleurs amis et mon amitié vous est acquise également.

— Cependant, ma chère Constance, poursuivit Jeremy, je dois admettre que, même lorsque Robert était encore de ce monde, il m'est arrivé maintes fois d'envier sa chance de vous avoir auprès de lui.

Elle rougit et détourna les yeux.

— Naturellement, poursuivit Jeremy, jamais je n'aurais osé le dire alors, de peur de le froisser.

Elle le regarda de nouveau, toujours souriante.

— Bien sûr. Je vous comprends.

Intérieurement, elle se dit que leur conversation ne prenait pas le tour qu'elle désirait. Jeremy parlait beaucoup trop de son défunt mari.

— Vous étiez — pardonnez-moi, vous l'êtes encore — la plus charmante et la plus adorable des femmes.

— Merci, Jeremy.

C'était déjà beaucoup mieux. Elle accepta le compliment gracieusement. Mais elle aurait aimé que, au moins pour une fois, un homme l'admire pour autre chose que pour son apparence physique.

— J'ai hésité pendant longtemps à vous le dire, car vous étiez en deuil. Cela n'aurait guère été convenable.

— Bien sûr.

Il hésitait toujours à se déclarer. Pourquoi ne pouvait-il pas simplement mettre un genou en terre et lui avouer sa flamme ?

— Mais, une année entière s'étant écoulée depuis la disparition de Robert, je pense qu'il n'y a plus rien d'inconvenant à vous parler ainsi. D'autant plus que je ne crois pas que vous vous soyez engagée avec un autre. Vous ne l'êtes pas, n'est-ce pas ?

— Non, acquiesça-t-elle. Il n'y a personne d'autre dans ma vie et, malgré tout le respect et tout l'amour que j'avais pour Robert, je ne peux pas passer tout le reste de ma vie à le pleurer.

« Et chaque jour je deviens un peu plus vieille », ajouta-t-elle en son for intérieur. Ne pouvait-il pas simplement la prendre dans ses bras et l'embrasser ? Cela aurait le mérite de mettre les choses au clair.

Au moins, ce serait romantique. Mais ce serait trop lui demander, conclut-elle pour elle-même en faisant l'effort de ne pas montrer son impatience.

— Ainsi, il n'y a personne d'autre ? Bien, je suis heureux de le savoir.

Il laissa échapper un soupir de soulagement.

— Je me disais que, si vous étiez libre, nous pourrions nous entendre tous les deux. Je ne vous déplais pas trop, j'espère ?

— Oh non, bien sûr, Jeremy.

Elle espéra que ce n'était pas trop évident, mais elle avait atteint un point où, pourvu qu'il soit gentil et pas trop laid, elle serait prête à béer d'admiration devant le premier homme qui lui proposerait de l'épouser.

— Et je vous assure que je serai en mesure de subvenir à vos besoins matériels. Je ne suis pas un duc, contrairement à votre défunt mari, mais j'ai des revenus confortables.

Robert, de nouveau. Au moins Jeremy était-il prêt à payer les nombreuses factures en souffrance. C'était déjà un bon point. Elle pouvait le laisser continuer.

— Vous êtes gentil de m'offrir ainsi votre argent, Jeremy.

— Bien entendu, vous aurez carte blanche pour renouveler votre garde-robe et votre lingerie. Après avoir porté du noir pendant un an, vous devez avoir envie d'être de nouveau élégante, sans être obligée de remettre vos vieilles toilettes.

Courir les boutiques pour des choses dont elle n'avait pas réellement besoin. Elle avait presque oublié ce que c'était.

Elle sourit et se sentit obligée de le rassurer.

— Oh, vous savez, je ne suis pas une femme frivole. Je n'ai jamais attaché beaucoup d'importance à ma toilette.

— Peut-être, mais cela a de l'importance pour moi. Je veux vous voir brillante et heureuse, comme vous n'auriez jamais dû cesser de l'être.

Constance sentit une vague de soulagement l'envahir. Enfin ! Il allait se décider à lui faire une déclaration en bonne et due forme.

— Naturellement, je mettrai une maison à votre disposition. Près de Vauxhall. J'y possède un charmant pavillon, avec un adorable petit jardin. Vous aurez aussi une pension généreuse.

— Une maison ? Une pension ?

Un doute commença à s'insinuer dans son soulagement.

— Oui, en plus des dépenses pour vos toilettes, bien entendu. Vous pourriez entretenir un personnel de…

Il calcula dans sa tête.

— … disons, trois domestiques.

— Trois ?

— En plus de votre femme de chambre, corrigea-t-il. Ce qui ferait quatre, au total.

— Jeremy, nous ne sommes pas en train de négocier mon train de vie.

— Non, bien sûr. Vous pourrez avoir tous les domestiques que vous voudrez. Je veux que vous ne manquiez de rien. A propos, je vous ai apporté une babiole, afin de vous montrer toute l'estime que je vous porte.

Il mit sa main dans sa poche et en sortit une petite boîte.

Constance la prit et l'ouvrit.

— Un bracelet ?

Ce fut à son tour de rougir.

— Il y avait des boucles d'oreilles assorties. J'ai pensé que je pourrais vous les offrir également, quand vous m'aurez donné votre accord…

— Je ne sais pas si je me trompe, Jeremy, mais, à vous entendre, il me suffit de parler et tous mes vœux seront exaucés.

L'idée était vraiment trop ridicule. Elle rit. Un rire un peu trop fort pour être sincère.

Elle attendit qu'il rie à son tour et qu'il la détrompe.

Il resta silencieux.

Elle referma la boîte d'un mouvement sec et la lui rendit.

— Tenez, je vous le rends.

— Il ne vous plaît pas ? Je peux en avoir un autre...

— Non. Ni celui-là ni un autre.

Son visage s'empourpra de colère et elle poursuivit d'une voix tremblante d'indignation.

— Vous venez ici pour me dire toute l'estime et toute l'affection que vous éprouvez à mon égard, puis vous me proposez de m'entretenir comme une vulgaire cocotte !

Jeremy se raidit et prit un air offensé.

— Il faut bien que quelqu'un subvienne à vos besoins, Constance. Vous ne pourrez pas continuer pendant très longtemps à mener la vie que vous menez actuellement. Et, sûrement, après douze ans de mariage et une année de veuvage, la présence d'un homme doit commencer à vous manquer, non ?

— Vous croyez ? murmura-t-elle, les dents serrées. Elle me manque peut-être, mais pas suffisamment pour renoncer à mon honneur, quand bien même je croulerais sous les dettes. J'avais espéré que vous aviez un peu d'estime et d'affection pour moi, mais, apparemment, je me suis trompée.

Visiblement gêné, Jeremy déglutit avec peine.

— C'est là où le bât blesse. Mon père est un homme intransigeant, avec des idées très arrêtées en ce qui concerne notre lignée et notre héritage familial. Pour le moment, je n'ai pas besoin de trop m'inquiéter. Il me laisse la bride sur le cou, mais, quand il jugera que le moment est venu de me marier, il me faudra choisir quelqu'un… quelqu'un qui soit susceptible de recevoir son agrément.

— Et il ne donnera pas son agrément à votre mariage avec une veuve qui, en douze ans de mariage, n'a pas réussi à donner de progéniture à son mari. C'est cela que vous voulez dire, n'est-ce pas, mais vous n'avez pas le courage de le formuler à voix haute ? Vous avez envie de me mettre dans votre lit et de parader à mon bras dans Vauxhall, afin que tout le monde sache que je suis votre nouvelle conquête, mais, quand le moment de vous marier sera arrivé, vous irez à Almack et vous choisirez une oie blanche, douce et docile, avec des hanches larges, afin qu'elle puisse rapidement combler les vœux de votre papa et pérenniser votre noble lignée.

Jeremy se tortilla dans son fauteuil.

— Quand vous le dites de cette façon, cela semble tellement…

— Exact ? Simpliste ? Cruel ? Cela vous semble cruel, parce que ça l'est, Jeremy. Maintenant, reprenez vos compliments et vos babioles et disparaissez de ma maison.

Jeremy Manders secoua ses épaules et s'efforça de prendre un air vertueux.

— Votre maison ? Pour combien de temps encore, Constance ? Tous ceux qui vous connaissent savent dans quelles difficultés financières vous vous débattez, même si vous refusez de l'admettre. J'avais seulement l'intention de vous aider d'une manière qui pourrait nous être avantageuse à l'un et à l'autre. Je suis sûr qu'il y a des femmes qui ne trouveraient pas mes propositions aussi répugnantes.

Ce ton de nouveau. Elle l'avait déjà entendu auparavant, quand elle avait refusé des offres similaires. Des hommes *bien intentionnés* qui lui avaient conseillé de ne pas se montrer trop difficile et de ne pas espérer plus que ce qu'elle méritait, mais d'accepter ce qu'on lui offrait et de s'en satisfaire.

Elle lui décocha un regard noir et lui montra la porte d'un geste impérieux.

— Dehors !

Il se leva en grimaçant.

— Très bien. Si vous changez d'avis, envoyez-moi un message. J'attendrai. Mais pas très longtemps, Constance. Ne réfléchissez pas trop, sinon il sera trop tard. Et, si vous espérez une offre plus avantageuse de Barton, vous vous faites de graves illusions. Vous découvrirez rapidement que son amitié n'est pas plus désintéressée que la mienne. Bonsoir.

Il sortit du salon à grands pas et, quelques instants plus tard, elle l'entendit demander sa canne et son chapeau, puis la porte d'entrée claqua avec violence derrière lui.

Elle resta assise, les yeux fixés sur les flammes qui dansaient dans la cheminée. Jeremy aurait dû être la réponse à tous ses problèmes. Elle en avait été tellement persuadée ! Elle avait été prête à passer sur son manque de charisme. Elle avait ri avec complaisance, quand il lui racontait des histoires qu'il croyait drôles et qui n'avaient rien de vraiment amusant. Elle l'avait écouté parler politique et hoché la tête avec componction, même quand elle était totalement en désaccord avec ses idées.

Elle l'avait trouvé stupide et inconsistant, qu'il soit grave ou joyeux. Elle avait été prête à épouser un bouffon et à accéder à tous ses caprices avec le sourire pendant le restant de sa vie, à seule fin de briser sa solitude et en échange d'un peu de sécurité matérielle.

Jeremy était peut-être un imbécile, mais il était honnête et avait bon cœur, en dépit de son offre. Et il avait eu raison quand il avait dit que tout valait mieux que ce que Barton pourrait lui proposer, si elle l'autorisait à lui parler de nouveau. Jeremy, lui, avait eu au moins l'intention de conclure un arrangement profitable à l'un et l'autre. Tandis que, dans le regard froid de Barton, elle n'avait jamais vu qu'un égoïsme exacerbé et un mépris total pour tous les autres êtres humains, quels qu'ils soient.

— Puis-je faire quelque chose pour vous, Votre Grâce ?

Comme à son habitude, Susan, sa femme de chambre, venait s'enquérir de ses besoins.

Constance jeta un coup d'œil à la pendule. Une heure s'était écoulée depuis le départ de Jeremy et elle l'avait laissée passer sans bouger de sa chaise.

— Non, merci, Susan, je n'ai besoin de rien. Je pense que je vais aller me coucher. Tu peux remonter dans ta chambre. A demain matin.

La jeune fille eut l'air inquiet, mais obéit sans faire de commentaires.

Quand Constance décida de se lever, elle eut besoin de toutes ses forces pour s'arracher de sa chaise. Elle gravit les marches de l'escalier avec peine, contente d'avoir pu persuader aussi facilement sa femme de chambre que tout allait bien. Elle préférerait se traîner dans l'escalier sur les mains et les genoux, plutôt que d'admettre à quel point elle avait été affectée par la proposition odieuse de Jeremy.

Susan savait dans quelle situation inextricable elle se trouvait. Plusieurs jours de suite, elle l'avait trouvée le matin, encore habillée, en train de somnoler sur l'une des chaises de sa chambre. Pendant des heures, jusqu'à tomber de fatigue, Constance avait épluché ses livres de comptes, cherchant un moyen de faire concorder ses dépenses avec la maigre pension qu'elle recevait du neveu de son mari, Freddy. Si son mari avait pris la peine de le prendre en main et de lui apprendre ce que l'on attendait de lui, Freddy aurait pu faire un pair du royaume convenable.

Mais Robert avait été persuadé qu'ils auraient un jour des enfants. Ils auraient un fils, un héritier, si ce n'était pas cette année, ce serait la suivante. Et, si son propre fils devait hériter de ses titres et du majorat qui y était attaché, il n'avait aucune raison de se préoccuper d'un neveu pour lequel il n'éprouvait aucune sympathie.

Maintenant, Robert n'était plus là et le nouveau duc de Wellford ne s'intéressait qu'à ses propres plaisirs. Il laissait ses régisseurs faire ce qu'ils voulaient, sans jamais contrôler leur travail, et se préoccupait encore moins du bien-être de la duchesse douairière, malgré toutes les clauses que Robert avait mises dans son testament pour la protéger.

Douairière. Un titre que Constance haïssait. Il lui avait toujours fait penser à un vieux meuble vermoulu que l'on range dans un coin en attendant que les mites et les cossons achèvent leur œuvre destructrice.

Une comparaison assez exacte, quand on y réfléchissait. Ses propres meubles auraient grandement besoin d'être renouvelés ou, au moins, rafraîchis, mais, avec toutes ses factures en souffrance chez les commerçants du quartier et le prix du charbon, elle ne pouvait pas se permettre de faire la moindre dépense superflue.

Naturellement, il lui serait toujours possible de vendre la maison et de s'installer dans un logement plus petit, mais pour cela il lui faudrait détenir l'acte de propriété. Elle l'avait vu le jour où son mari l'avait fait établir. La maison et tout son mobilier étaient clairement à son nom et il lui avait assuré qu'elle ne manquerait de rien le jour où il ne serait plus là.

Puis, il l'avait mis dans son coffre et l'y avait oublié. Et maintenant son neveu, le nouveau duc de Wellford, faisait la sourde oreille quand elle lui demandait de le lui donner. C'était toujours demain ou bientôt. Elle se mordit la lèvre, afin de l'empêcher de trembler. Elle avait été stupide de ne pas prendre les clés dans la poche de son mari avant que son corps soit mis en bière. Elle aurait pu alors ouvrir le coffre, prendre l'acte et personne n'aurait pu lui en faire le moindre reproche. Maintenant, les clés et le coffre appartenaient à Freddy et elle était obligée d'attendre son bon vouloir.

Attendre. Toujours attendre…

Depuis des mois, elle attendait également que l'un des hommes qui lui faisaient la cour lui offre autre chose qu'une protection factice. Elle avait été furieuse la première fois où l'un d'entre eux lui avait suggéré qu'elle pourrait résoudre ses problèmes financiers en devenant une femme entretenue. Quand cela s'était reproduit, sa colère s'était estompée, remplacée par une angoisse qui grandissait un peu plus chaque jour. Maintenant, cela arrivait tellement souvent qu'elle n'avait plus qu'une seule envie, aller se réfugier dans sa chambre et y pleurer toutes les larmes de son corps.

N'était-elle plus bonne à rien d'autre ? Les hommes admiraient sa beauté et avaient envie de son corps, il n'y avait aucun doute à cet égard. Et ils semblaient se plaire en sa compagnie. Mais jamais suffisamment pour fermer les yeux sur le fait qu'elle ne pouvait pas avoir d'enfants, lorsque l'éventualité du mariage était évoquée. Ils voulaient avoir tout, une femme, un foyer, un fils pour assurer leur précieuse lignée et, pour leurs menus plaisirs, une maîtresse stérile avec laquelle ils pouvaient parader sans craindre de mettre au monde des bâtards.

Que Jeremy aille au diable avec ses promesses creuses et fallacieuses ! Dire qu'elle avait été sincèrement persuadée que ses intentions étaient honorables.

Qu'allait-elle faire maintenant ? Accepter son offre ? Il n'en était pas question ! Pourtant, tous ses soucis d'argent seraient terminés si elle consentait à franchir le pas et à renoncer à l'espoir de convoler un jour de nouveau en justes noces... Elle referma la porte derrière elle et souffla sa chandelle, en laissant les larmes couler à flots sur ses joues dans le noir.

Dans un coin de la pièce, il y eut un mouvement.

Elle retint sa respiration. Ce n'était pas un craquement naturel de la maison, ni le bruit d'une souris en train de grignoter les lambris. Elle avait reconnu distinctement le grattement d'une chaussure sur le parquet. Puis, quelque chose tomba de sa toilette. Sa boîte à bijoux. Elle entendit son maigre contenu s'éparpiller sur le tapis.

Un voleur. Venu prendre le peu qui lui restait.

D'un seul coup, sa fatigue s'évanouit. Crier ne servirait à rien. Comme tous les domestiques dormaient au rez-de-chaussée, aucun d'entre eux ne l'entendrait. Pour tirer le cordon, il lui faudrait passer à côté du voleur et jamais il ne la laisserait s'en approcher. Elle se retourna pour s'enfuir.

L'inconnu traversa la chambre et la saisit à bras-le-corps avant qu'elle ait pu faire un pas et une main la bâillonna.

# 3

— Pas un mot, pas un cri, Votre Grâce et je m'en irai après avoir fait ce que je suis venu faire. Vous ne courez aucun danger de ma part, aussi longtemps que vous resterez silencieuse.

La main s'écarta de sa bouche, mais l'intrus continuait de la serrer contre lui d'une façon par trop familière, une main sur sa nuque, un bras autour de ses hanches et ses jambes butant contre les siennes.

Tout d'un coup, elle fut lassée des hommes, ces canailles qui cherchaient à tâter la marchandise sans jamais rien acheter, ou à la voler, quand ils n'avaient la malencontreuse idée de mourir en la laissant sans un sou vaillant.

Elle se débattit pour libérer ses bras et le frappa avec violence au visage.

— Voilà pour le silence.

Elle le frappa de nouveau, à l'épaule cette fois-ci, mais les mains de l'inconnu continuèrent de la retenir prisonnière.

— Je me tais suffisamment comme cela, maudite crapule ?

Elle se mit à le cogner de toutes ses forces, aussi

silencieusement que possible, les épaules tremblantes et des larmes de rage dans les yeux.

Il reçut la punition sans un mot, hormis un grognement occasionnel, quand un coup de poing bien ajusté lui coupait le souffle momentanément. Puis, quand la grêle de coups commença à faiblir, il lui saisit les poignets sans effort et les immobilisa derrière son dos.

— Arrêtez. Cela ne sert à rien. Vous allez abîmer vos mains et vous faire plus de mal que vous ne pouvez m'en faire.

Elle essaya de se dégager, mais il la tint solidement jusqu'au moment où, à bout de forces, elle n'eut plus que ses larmes à lui opposer.

— C'est fini ? Bien. Maintenant, dites-moi quel est votre problème.

Il sortit un mouchoir de sa poche et le lui offrit. Elle eut un mouvement de recul involontaire en reconnaissant l'un des siens.

— Mon problème ? Etes-vous fou ou idiot ? Il y a un homme dans ma chambre qui me retient prisonnière contre ma volonté. Et qui s'est permis de fouiller dans ma commode !

Elle froissa le mouchoir dans sa main et le jeta à ses pieds.

— Non, vous aviez un problème avant de noter ma présence.

Constance leva les yeux vers l'inconnu. Elle pouvait à peine distinguer les traits de son visage à la lueur des braises qui rougeoyaient encore dans la cheminée, mais il y avait de la sympathie dans sa voix.

— Vous pleuriez déjà avant de savoir que j'étais

ici, ajouta-t-il. Allez, dites-moi la vérité maintenant. Qu'y a-t-il ?

— En quoi cela vous importe-t-il ?

— N'est-ce pas suffisant de savoir que je m'en soucie ?

— Non. Vous devez avoir une raison pour cela. Comme toutes les crapules de votre espèce, vous désirez connaître mes problèmes pour vous en servir contre moi d'une façon ou d'une autre.

Il rit. Un petit rire amusé qui résonna avec une étrange douceur aux oreilles de Constance.

— Alors, je ne dois pas être une crapule ordinaire, car je me soucie sincèrement de vos intérêts. Cela vous aidera-t-il à avoir confiance en moi, si je vous assure que je suis un gentleman ? Si vous veniez à me rencontrer dans d'autres circonstances, vous n'auriez aucune raison de mettre en doute ma rectitude morale. Je ne bois pas. Je ne joue pas. Je suis gentil avec les enfants et les animaux et je n'ai jamais aimé qu'une seule femme dans toute mon existence.

Elle recommença à se débattre dans ses bras.

— Cependant, vous n'hésitez pas à vous introduire la nuit dans les chambres des autres femmes et à dérober leurs effets personnels.

Il soupira, mais ne relâcha pas son étreinte.

— Cela m'arrive parfois, je l'avoue. Mais je ne peux pas supporter de voir une femme malheureuse et je ne vole jamais que les gens vraiment riches, pour qui mes « prélèvements » ne constituent pas une perte insupportable. Dans la boîte à bijoux qui était posée sur votre toilette, il y avait seulement un collier de perles et une paire de boucles d'oreilles en or. Tout le reste n'était que pacotille. Que sont devenus vos autres bijoux, Votre Grâce ?

— Envolés, dit-elle sans parvenir à dissimuler l'amertume qui altérait sa voix. Vendus pour payer mes factures, comme une grande partie du mobilier de cette maison. Mais ne vous gênez pas. Servez-vous, s'il y a encore quelque chose que vous pouvez négocier. Les chandeliers qui sont sur le dessus de la cheminée, peut-être ? Ils sont en argent. Ce sont les deux seuls objets de valeur qui me restent encore. Prenez-les. Ainsi, je n'aurai vraiment plus rien.

Il desserra son étreinte, lui prit la main et s'inclina courtoisement.

— Je vous demande pardon, Votre Grâce. Je me suis mépris sur votre situation. Les apparences sont parfois trompeuses. Tout le monde, dans la bonne société, est persuadé que votre défunt mari vous a laissé de quoi vivre largement jusqu'à la fin de vos jours.

Effondrée malgré elle par l'aveu qu'elle venait de faire — comme si le formuler ne rendait la situation que plus réelle —, Constance rassembla le peu de dignité qui lui restait encore.

— C'est le genre de chose que l'on n'étale pas sur la place publique quand on a un peu de fierté.

— Ne pouvez-vous pas faire appel à vos amis ?

Elle secoua la tête.

— Je me suis rendu compte que, lorsqu'on n'a pas de mari pour protéger son honneur ni de famille auprès de laquelle se réfugier, il y a fort peu d'amis sincères prêts à vous aider sans contrepartie. La plupart de mes soi-disant amis sont des bêtes fauves, prêts à bondir sur une femme seule au moindre signe de faiblesse.

— Je ne suis pas comme eux.

Il tenait toujours sa main dans la sienne, mais sans aucune violence, avec une douceur chaleureuse et réconfortante. A travers la pénombre, elle crut voir un sourire se former au coin de ses lèvres.

— Je n'ai rien pris dans votre boîte à bijoux. Je le jure. Quant au mouchoir…

Il soupira.

— Je ne sais pas ce qui m'a pris. Je n'ai pas l'habitude de fouiller dans la lingerie des femmes et encore moins de m'approprier des trophées de ce genre. Il s'agit d'un égarement passager. Je vous prie de m'en excuser et je puis vous assurer que rien d'autre ne manque dans vos effets personnels.

Pendant l'espace d'un instant, elle se dit qu'il serait réconfortant de le croire et de penser qu'il y avait au moins un homme sur cette Terre qui n'avait pas l'intention de prendre plus que ce qu'elle avait envie de donner.

— Ainsi, vous êtes entré par effraction dans ma chambre et vous affirmez que vous allez repartir sans avoir rien pris ? questionna-t-elle sur un ton soupçonneux.

Il sourit. Cette fois-ci, elle en fut sûre.

— Oh, juste une broutille. Afin de n'être pas venu pour rien.

Avant qu'elle ait eu le temps de deviner ses intentions, il la reprit dans ses bras et posa ses lèvres sur les siennes.

L'inconnu n'était pas homme à s'embarrasser de préambules. Aucune caresse, aucune hésitation. Il s'empara de sa bouche. Un baiser conquérant, possessif.

Elle se raidit instinctivement, tout en se disant en

son for intérieur qu'à tout prendre elle préférait qu'il lui vole un baiser, plutôt que les chandeliers de la cheminée. Elle avait été stupide de lui en parler, car elle avait désespérément besoin de l'argent que leur vente pourrait lui apporter.

En tout cas, au moins, ce baiser serait vite terminé et elle n'aurait pas besoin de ménager ses sentiments en feignant une passion qu'elle ne ressentait pas, comme elle avait dû le faire avec Jeremy.

Du moins c'est ce qu'elle songea dans les premières secondes du baiser car, contrairement à Jeremy, cet homme était un expert dans l'art d'embrasser.

Oh oui, c'était bon, doux et étrangement rassurant. La main du voleur était posée sur son épaule et elle avait la tête nichée dans le creux de son coude. Avec son autre bras, il lui enlaçait la taille et la cambrait contre lui. Une sensation oubliée de plaisir l'envahit alors. Un gémissement lui échappa tandis qu'elle penchait légèrement la tête en arrière pour mieux s'offrir à ce baiser enivrant, éprouvant l'envie instinctive de lui en donner plus.

Seigneur ! Que lui arrivait-il ? Comment pouvait-elle s'offrir ainsi à un parfait inconnu ? Cela faisait bien longtemps qu'elle n'avait pas été aussi bien embrassée. Les baisers de son mari avaient toujours été tendres et chaleureux, mais jamais vraiment passionnés. Quant à ceux qu'elle avait reçus de ses « prétendants » depuis qu'elle était veuve, ils avaient été plus ardents, mais n'avaient rien éveillé en elle.

Et voilà que cet homme lui faisait perdre tous ses moyens. Il folâtrait avec elle, effleurant à peine ses lèvres, puis scellait leurs bouches avec une telle violence qu'elle en avait le souffle coupé.

Ses mains étaient douces sur son corps et se contentaient de la soutenir, sans prendre la moindre liberté, et elle sentait impulsivement qu'à la moindre résistance il ne chercherait pas à la retenir.

Mais elle était trop subjuguée pour avoir envie de lui échapper. Le désir lui fouaillait le ventre et elle eut envie que ses mains cessent d'être immobiles, qu'elles caressent son corps et la fassent frissonner de plaisir.

Dans un premier élan pour le repousser, elle avait gardé les poings serrés sur le devant de sa chemise. Lentement, elle les ouvrit, les paumes à plat, puis elle remonta le long de son torse et enlaça son cou avec ses bras. Ses cheveux étaient doux et s'enroulaient autour de ses doigts. Elle attira sa tête vers elle et lui rendit fougueusement son baiser. Il sentait le tabac et le savon et sa bouche avait un goût de whisky. Quand elle lutta avec sa langue contre la sienne, il se raidit et la main qui était posée sur son épaule s'anima et se mit à la caresser en cercles concentriques, tandis que l'autre main lui tenait fermement la hanche et la plaquait contre lui. Elle ne pouvait pas le voir, mais elle sentit qu'il souriait. Il souriait et haletait…

Puis, son baiser prit fin, aussi vite qu'il avait commencé. Il la reposa sur ses pieds et, pendant l'espace d'un instant, ils restèrent appuyés l'un contre l'autre, se soutenant mutuellement, comme s'ils avaient peur de perdre l'équilibre en se séparant trop rapidement. Quand il s'écarta, il secoua la tête et poussa un soupir de satisfaction.

— Cela faisait une éternité que je n'avais pas

emporté un aussi précieux butin, dit-il d'une voix un peu rauque. Ce baiser valait plus que tous les joyaux de la terre. J'en chérirai le souvenir à jamais, comme le plus merveilleux des trésors.

Il suivit le contour de ses lèvres avec le bout d'un doigt.

— Je suis désolé de vous avoir fait peur et je vous remercie de ne pas avoir crié. Sachez que vos secrets sont autant en sécurité avec moi que les miens avec vous. Maintenant, si vous voulez bien m'excuser ?

Il s'inclina et plia le genou, en ébauchant un salut avec un chapeau imaginaire.

— Exit le voleur au grand cœur. N'allumez pas tout de suite votre chandelle. Comptez jusqu'à dix et je serai parti.

Il se dirigea vers la fenêtre, enjamba l'appui et sortit dans la nuit.

Dès qu'il eut disparu, elle traversa la chambre et le regarda descendre avec souplesse le long de la façade, traverser le jardin aussi silencieusement qu'une ombre, avant d'escalader le mur de brique.

Avant de sauter de l'autre côté, il s'arrêta et se retourna pour regarder vers elle. Pouvait-il la voir ou bien soupçonnait-il seulement qu'elle le regardait ?

A présent, elle le voyait beaucoup mieux que dans la pénombre de la chambre. Ses cheveux n'étaient ni blonds, ni noirs. Châtains, se dit-elle, même si la lumière parcimonieuse de la lune et ses vêtements sombres ne lui permettaient pas d'en être sûre. Un homme solide et bien bâti — elle s'en était déjà rendu compte quand il la tenait dans ses bras. Elle ne pensait pas l'avoir jamais vu auparavant. Et pourtant…

Il envoya un baiser dans la direction de sa fenêtre, avant de sauter dans la ruelle et de disparaître.

Encore pantelante du baiser qu'ils avaient échangé, elle rentra avec précipitation dans la chambre et chercha à tâtons une bougie, tout en essayant de calmer les battements de son cœur. Elle ne le connaissait peut-être pas, mais lui la connaissait. Il connaissait sa maison et lui avait donné son titre.

Et, maintenant, il connaissait son secret. Elle était seule, sans appui et affreusement endettée. Certes, ce n'était pas aussi inquiétant que si lord Barton venait à apprendre la précarité de sa situation financière. Le connaissant, il n'aurait aucun scrupule à s'en servir contre elle.

Le voleur, lui, s'était excusé et avait pris congé courtoisement. Il y avait eu le baiser, bien sûr. Mais il n'avait rien pris. Le marché était donc honnête. Elle s'agenouilla pour ramasser le contenu de sa boîte à bijoux et, ce faisant, son pied heurta un petit sac en cuir.

Le voleur avait dû l'apporter, avec l'intention d'y mettre les objets de valeur qu'il trouverait. Il n'était pas vide. Elle le ramassa et fut surprise par son poids.

Seigneur Dieu, qu'allait-elle faire maintenant ? Elle pouvait difficilement le rappeler. Il était sans doute loin déjà et elle ne connaissait pas son adresse. Elle ne connaissait même pas son nom !

Et pourquoi connaîtrait-elle son adresse ? se demanda-t-elle intérieurement. C'était un voleur, un gibier de potence. Elle aurait l'air plus qu'effrontée si elle cherchait à le retrouver, après la façon dont elle avait répondu à son baiser. De plus, le contenu de ce sac était probablement le produit d'un vol, alors pourquoi devrait-elle le lui rendre ? S'il contenait des bijoux, elle pourrait mettre une annonce dans le *Times*. Leur propriétaire légitime serait trop content de les retrouver et elle n'aurait peut-être jamais besoin d'expliquer comment ils étaient parvenus en sa possession.

Elle versa le contenu du sac dans sa main. De l'or. Des pièces neuves et brillantes qui remplirent sa paume et s'éparpillèrent sur le parquet.

Elle essaya d'imaginer le texte de l'annonce qu'elle pourrait envoyer au *Times*.

« La personne qui a perdu un sac plein de pièces d'or sur le parquet de ma chambre est priée de se faire connaître afin… »

Ce serait de la folie. Tous les filous de la ville se presseraient à sa porte pour récupérer le pactole. Elle n'avait aucun moyen de le rendre à son visiteur nocturne.

Elle empila les pièces et les compta. Il y avait assez pour payer les gages qu'elle devait à ses domestiques, régler ses factures en souffrance chez les commerçants du quartier et couvrir également ses dépenses pour le mois à venir.

Si elle tenait sa langue et gardait cet argent, elle pouvait retarder l'inévitable pendant encore un mois.

Mais que ferait-elle si le voleur revenait et exigeait qu'elle lui restitue son bien ?

Elle frissonna.

Elle pouvait seulement espérer qu'il se montre aussi compréhensif que cette nuit. Ce ne serait pas si terrible si elle devait, en échange, lui donner un autre baiser.

*
* *

Tony était d'excellente humeur quand il arriva à son logis. Ignorant la porte d'entrée, il regarda la façade en souriant, puis il se frotta les mains, prit son élan et sauta pour attraper la première prise au-dessus de la fenêtre de la salle de séjour. En deux temps, trois mouvements, il grimpa jusqu'au premier étage, ses doigts et ses pieds trouvant instinctivement les aspérités et les encoches entre les briques. Parvenu au balcon, il enjamba la balustrade en fer forgé. La porte-fenêtre de sa chambre était ouverte. Il écarta les rideaux et entra.

— Bonsoir, Patrick.

Son valet de chambre marmonna un juron et saisit la pincette pour se défendre, puis, ayant reconnu son maître, il affecta de remettre les bûches en place dans la cheminée.

— Monsieur, je crois que nous en avons déjà parlé auparavant. Entrer par la fenêtre est une très mauvaise habitude. Vous m'aviez promis de passer par la porte d'entrée, dorénavant, comme, de mon côté, je vous ai promis de ne pas la fermer à clé les nuits où vous travaillez.

Tony lui sourit.

— Je suis désolé. Je n'ai pas pu m'en empêcher. Je suis…

« Fou de joie et de bonheur. »

— … plein d'excitation, après la sortie de ce soir. Tu ne devineras jamais qui Stanton m'a envoyé espionner.

Patrick ne dit rien, attendant la suite avec une feinte indifférence.

— La duchesse douairière de Wellford.

Patrick laissa échapper un nouveau juron.

— Je suppose que vous lui avez répondu qu'il vous était impossible d'accepter une pareille mission.

— Pas du tout. Stanton la soupçonnait d'avoir fait alliance avec lord Jack Barton et de vouloir l'aider à utiliser frauduleusement des planches d'impression volées à la Banque d'Angleterre. Si je n'y étais pas allé, il aurait envoyé quelqu'un d'autre à ma place. Je me suis donc dépêché d'aller faire une reconnaissance chez elle. Grimper jusqu'à la fenêtre de sa chambre a été un jeu d'enfant. Grâce à Dieu, je n'ai rien trouvé de compromettant dans ses placards. Même si j'ai découvert qu'elle était dans une situation financière difficile et qu'elle pouvait être amenée à faire des choses contraires à sa nature et à sa conscience par Barton ou par un autre. Puis, c'est là le meilleur de l'histoire, elle m'a surpris pendant que je fouillais dans ses affaires.

— Monsieur !

Au son de sa voix, il était visible que, pour Patrick, le fait d'être surpris n'était jamais, en aucune circonstance, le meilleur d'une histoire.

— Elle m'a surpris, répéta Tony, et j'ai donc été forcé de l'immobiliser et de la contraindre au silence. Ce faisant, je l'ai questionnée sur sa situation et, comme je voulais avoir l'air de l'aventurier sans scrupules que je prétendais être, je l'ai embrassée.

— Et ensuite ? questionna Patrick en se penchant en avant, les yeux brillants de curiosité.

Tony soupira.

— Elle m'a rendu mon baiser.

— C'est tout ?

— Presque. Après ce baiser, je suis reparti par où j'étais venu, sans être inquiété. Mais, avant de partir, je lui ai laissé la bourse que Stanton m'avait donnée pour prix de mon expédition nocturne. Je pense que, grâce à l'or qu'elle contenait, la duchesse de Wellford ne sera pas obligée de vendre les derniers objets de valeur qu'elle possède. St John s'était montré très généreux. Cela faisait longtemps que je n'avais pas eu une soirée aussi agréable. Qu'en dis-tu ?

Patrick n'était pas un domestique ordinaire. Il avait l'habitude de parler franchement à son maître, sans aucune flagornerie.

— J'en dis qu'un jour, lorsque vous serez réellement devenu un adulte, vous saurez vous y prendre avec les dames. Mais attendez… Vous avez bientôt trente ans, n'est-ce pas ? Dans ce cas, je crains que cela n'arrive jamais. C'est trop tard.

— Qu'aurais-tu fait à ma place ?

Patrick préféra ne pas dire le fond de sa pensée. Lui, il n'aurait pas hésité à pousser son avantage jusqu'au bout et à finir la nuit dans le lit de la duchesse.

— Vous auriez pu au moins lui dire la vérité.

— Toute la vérité ou seulement une partie ?

— Peut-être pas tout, mais, déjà, cela aurait été bien si vous lui aviez dit que vous vous pâmiez d'amour pour elle depuis des années.

— Je le lui ai dit. Enfin… pas directement. J'ai commencé par la rassurer et par lui dire qu'elle ne craignait rien avec moi. Que j'étais une sorte de gentleman cambrioleur et que j'avais aimé une seule femme dans toute ma vie.

Tony fronça les sourcils.

— Certes, je ne lui ai pas dit que c'était elle… Tu crois qu'elle aurait été contente de l'entendre ? Je n'en suis pas aussi sûr, Patrick. Une femme qui surprend un voleur dans sa chambre n'est, en général, guère disposée à entendre ce genre de discours, même si ce voleur est un homme exceptionnel, comme moi.

— Vous n'êtes pas un inconnu pour elle.

— Elle ne le sait pas. Je n'ai pas eu le temps de tout lui expliquer. Etant donné les circonstances, j'ai pensé qu'une version abrégée de la vérité, en omettant mon identité, était préférable. Malgré ce que tu peux penser de mes capacités en matière de séduction, j'ai raconté mon histoire auparavant et découvert que le fait de dissimuler le nom du grand amour de ma vie était un bon point en ma faveur. Rien n'adoucit plus le cœur des femmes qu'un amour sans espoir pour une autre. Cela fait naître en elles une envie irrationnelle de me consoler. Et, naturellement, je me laisse faire. Comment pourrais-je résister ?

Patrick soupira, d'une façon qui semblait dire qu'il n'avait jamais rencontré un idiot pareil.

— Si vous vous trouvez avec l'objet de votre passion désespérée et que vous désirez qu'elle cesse d'être désespérée, la meilleure tactique est de dire la vérité, *toute la vérité*, sans rien cacher.

« Plus vraiment désespérée. »

Tony secoua la tête.

Se leurrer serait absurde. Il était fort loin d'avoir satisfait ses fantasmes amoureux et il serait stupide de prendre trop à cœur un unique baiser.

— Rien ne pouvait sortir de notre rencontre de cette nuit, même si je lui avais dit la vérité. Essaie de réfléchir un peu. Les années ont passé. Elle me connaissait à peine alors et je ne suis même pas sûr qu'elle se souvient de moi.

C'est une duchesse — douairière, mais duchesse quand même. Moi, je ne puis être que son humble serviteur. Je ne suis pas et je ne serai jamais un duc, ou même un marquis, un comte ou un baron. Avec moi, certes, elle pourrait vivre confortablement et sans soucis jusqu'à la fin de ses jours…

Un rêve. Une chimère. Il l'écarta d'un geste de la main.

— Si elle venait à s'attacher à moi, cela voudrait dire que la plupart des portes qui lui étaient ouvertes seraient fermées. Sa Grâce, la duchesse de Wellford, descendrait de son piédestal pour devenir une vulgaire roturière, madame Smythe. Face à une telle déchéance, un amour, même sincère et indéfectible, ne peut pas rivaliser. Elle est la plus belle femme de Londres, ou au moins l'une des plus belles. Les soupirants se bousculent à sa porte et elle n'a aucun besoin d'un homme comme moi. Quand elle cherchera à se remarier, elle visera plus haut. Beaucoup plus haut. Hélas, un homme ne peut pas espérer voir se réaliser tous ses rêves. Du moins, pas dans cette vie.

Patrick applaudit, un sourire moqueur aux lèvres.

— Vous voici bien humble, tout d'un coup, Monsieur. J'avais oublié que vous aviez étudié pour devenir pasteur. Ce n'est pas en battant sa coulpe que l'on réussit à gagner le cœur d'une dame. Pour cela, vous auriez eu mieux fait d'étudier les auteurs romains et de vous en inspirer. Horace, par exemple. *Carpe diem…* La vie est courte et il faut se hâter d'en jouir.

— Merci de tes bons conseils, mais je t'assure que, sur le moment, j'ai profité pleinement de la situation.

Sur ces mots, Tony ferma les yeux un instant et se

remémora le baiser qu'il avait échangé avec Constance. Oui, il en avait vraiment profité pleinement.

— Peut-être qu'il y aura d'autres opportunités. Je dois la revoir en tout cas, afin de régler mon affaire avec Barton et m'assurer qu'elle est totalement étrangère à cette histoire de planches volées à la Banque d'Angleterre.

Il se souvint de sa boîte à bijoux et des murs nus de sa chambre.

— Stanton se trompe. J'en suis sûr. Il m'a dit qu'elle était la maîtresse de Barton. Si c'était le cas, ce serait un ladre, en plus d'être une canaille. A sa place, je l'aurais couverte de bijoux et elle n'aurait plus aucun souci d'argent.

« A sa place… »

— Or sa boîte à bijoux est presque vide et elle a été obligée de vendre des tableaux et une partie de son mobilier pour payer ses créanciers. Moi qui étais persuadé que ce vieil idiot de Wellford aurait pris des dispositions pour qu'elle ne manque de rien après sa mort. Etant donné leur différence d'âge, il aurait pu penser qu'elle lui survivrait de nombreuses années. Mais peut-être s'est-il imaginé qu'il était éternel — les hommes qui se marient avec des femmes beaucoup plus jeunes croient souvent que cela équivaut à une cure de jouvence, alors que, la plupart du temps, un tel mariage achève de les user et les conduit plus rapidement au tombeau.

Il s'assit dans son fauteuil favori et regarda fixement les flammes qui dansaient sur les bûches dans la cheminée.

— Elle fait face courageusement, Patrick, poursuivit-il. Mais sa situation est critique, pour ne pas dire désespérée. Etant un vieil ami de sa famille, j'ai le devoir de l'aider à se sortir de ce mauvais pas. C'est le moins que je puisse faire.

Patrick grommela entre ses dents et lui versa un verre de cognac.

— Oui, c'est le moins que vous puissiez faire. Mais je ne vois pas pourquoi vous voulez vous cantonner dans un rôle aussi secondaire. L'ami de la famille, généreux et complaisant. C'est trop absurde ! Je ne comprends pas qu'un homme qui n'éprouve aucun scrupule à s'approprier des objets qui ne lui appartiennent pas répugne à prendre la chose qu'il désire le plus au monde.

Tony prit le verre qu'il lui tendait et but une gorgée du liquide ambré — sa réserve personnelle, des bouteilles qu'il faisait venir spécialement de France par des chemins détournés.

— Elle n'est pas un objet inanimé, Patrick. Je ne peux pas simplement entrer par effraction chez elle et la prendre. Elle a son mot à dire.

Patrick secoua la tête — décidément, c'était sans espoir — et, oubliant sa situation, il se versa également un verre de cognac.

— Ce n'était pas à la femme que je faisais allusion, sir, mais au bonheur. Vous avez tellement l'habitude de penser à ce que vous pourriez faire pour les autres que vous en oubliez vos propres intérêts. Enfin, personne ne vous empêche — et surtout pas moi — de dépenser votre argent et de risquer votre cou à l'aider, si cela vous chante. Mais, quand le moment sera venu d'en tirer une récompense, vous auriez tort, au nom de votre sens de l'honneur et d'une morale surannée, de vous priver du plaisir qu'elle consentira à vous offrir, même si vous ne pouvez pas rivaliser avec les titres et les qualités de son défunt mari. Si, en fin de compte, l'élue de votre cœur y attache vraiment autant d'importance, alors vous serez obligé d'admettre que la fille que vous aimiez n'existe plus — si elle a jamais existé. Et il vaudra mieux l'oublier. La plus belle femme du monde, si elle est vénale, ne vaut pas la peine qu'un homme comme vous se tourmente pour elle.

# 4

Assise dans son boudoir, Constance était occupée à classer la pile de reçus posée devant elle. Une tâche beaucoup plus satisfaisante que de classer les factures impayées qui s'étaient accumulées les jours précédents. Elle était encore très loin d'être sortie d'affaire. Cependant, elle n'était plus au bord de la faillite financière.

Elle allait devoir rendre visite à son neveu, le nouveau duc, afin de lui rappeler ses obligations à son égard. Les mensualités en retard de sa rente parviendraient à couvrir les factures à venir. Pour l'instant… Par la même occasion, elle lui demanderait de lui donner l'acte de propriété de son hôtel particulier. Quand elle aurait cet acte en main, elle serait en mesure d'obtenir un prêt contre une hypothèque, à moins qu'elle ne se décide à mettre en vente sa maison. Avec cet argent, elle serait en mesure de faire face pendant de nombreux mois à la mauvaise volonté de Freddy quand il s'agissait de lui payer ce qu'il lui devait. Pour la première fois depuis longtemps, elle sentit naître en elle une lueur d'espoir pour l'avenir.

Et son salut était arrivé de la façon la plus étrange. Elle rendit grâce silencieusement à son voleur pour son intervention providentielle, en espérant que la perte de sa bourse ne l'avait pas obligé à commettre d'autres vols. Elle s'en voudrait éternellement si, par sa faute, des innocents avaient été dépouillés de leurs biens ou si elle avait provoqué l'arrestation de l'homme qui s'était introduit dans sa chambre.

Mais, sans savoir pourquoi, elle était persuadée qu'il n'en était rien. Ce n'était peut-être qu'une chimère de son esprit rêveur et romantique. Aussi bien, elle voyait un Robin des Bois, là où il n'y avait qu'une vulgaire canaille. Pourtant, cet oubli avait l'air naturel… Comme s'il lui avait laissé cette bourse pleine d'or délibérément, afin qu'elle en use à sa guise.

Ridicule ! Quelle raison aurait-il eue de l'aider ? Cependant, il lui avait proposé son aide. Ouvertement et sans contrepartie. S'il n'avait pas eu l'intention de lui laisser cette bourse, il se serait rendu compte rapidement qu'il ne l'avait plus et serait sûrement revenu la chercher. Quand elle avait été sûre qu'il était parti, elle avait remis les pièces d'or dans le sac et l'avait placé sous son oreiller. Puis, elle était restée éveillée pendant la plus grande partie de la nuit, persuadée qu'à un moment où à un autre elle allait sentir un courant d'air et entendre un pas s'approcher de son lit dans la pénombre…

Finalement, elle avait été obligée d'admettre que, si son cœur battait à se rompre, ce n'était pas parce qu'elle avait peur de voir réapparaître son étrange cambrioleur. L'idée qu'il puisse revenir et qu'en ouvrant les yeux elle le découvre penché sur elle et prêt à la prendre dans ses bras ne lui inspirait aucune terreur, mais seulement une vague de désir alimentée par le souvenir de leur baiser.

Ce qui était totalement absurde. Son baiser avait été

doux et agréable. Elle n'en disconvenait pas, mais il valait mieux en rester là. C'était un voleur et elle serait folle de lui donner son cœur et de mettre en péril sa réputation, malgré tout ce qu'il avait pu lui dire.

Même s'il était un gentleman, comme il l'avait prétendu, que pourrait-il y avoir de commun entre eux, hormis ce moment de faiblesse ? Pourrait-elle avoir une conversation avec lui à la lumière du jour ? Aurait-il seulement envie de la revoir ? Il avait dit quelque chose à propos d'une femme qu'il aimait. Eprouvait-il autre chose que de l'indifférence à son égard ? Pour la plupart des hommes, les baisers ne signifiaient pas grand-chose. Il l'avait probablement déjà oubliée.

Oh, mais quel merveilleux baiser !

Le souvenir de cet instant dans les bras de son cambrioleur ne cessait de la hanter depuis, toujours plus vivace, malgré ses efforts pour le chasser de son esprit. Que lui arrivait-il ? Elle était en train de créer un conte de fées à partir de rien. Il était gentil et séduisant, mais cela ne l'empêchait pas d'être une vulgaire crapule. Le jour, il était sans doute plutôt beau garçon, aussi honnête et inoffensif qu'il le prétendait. Mais la nuit, c'était un cambrioleur, un monte-en-l'air, vivant de ses rapines. Il n'allait certainement pas, à cause d'un seul baiser, oublier qui il était et risquer de se faire capturer en revenant dans sa chambre.

Fermant les yeux, Constance sourit au scénario improbable qui se déroulait derrière ses paupières closes. Elle voyait l'inconnu l'enlacer de nouveau, puis lui avouer qu'il n'avait pu l'oublier depuis leur baiser. Ensuite, il l'embrassait encore, implorait son pardon avant de promettre de la chérir jusqu'à son dernier jour.

— Votre Grâce, un gentleman désire vous voir.

Constance sursauta au son de la voix de Susan qui, debout sur le seuil de la porte, venait d'interrompre ses rêveries. Elle fit un effort pour se reprendre et revenir à la réalité.

— Qui est-ce ?

— Lord Barton.

Oh non, pas lui !

— Dites-lui que je ne suis pas là, Susan.

— Il a beaucoup insisté pour vous voir, Votre Grâce.

— Je ne suis pas et ne serai jamais chez moi pour lord Barton, martela-t-elle plus fermement.

— Je me doutais que vous alliez dire cela.

La voix provenait du couloir, juste derrière la tête de Susan.

— Aussi ai-je pris la liberté d'entrer de mon propre chef. J'espère que vous n'y voyez pas d'inconvénient.

Au ton de Barton, il était clair qu'il se moquait éperdument de son opinion. Il avait décidé d'agir à sa guise, que cela lui plaise ou non.

Constance glissa sous son écritoire les papiers qu'elle avait commencé à classer et se leva bruyamment pour lui faire face. Devinant la colère de sa maîtresse, Susan se retira aussi discrètement que possible.

— J'y vois un inconvénient majeur, lord Barton.

— Je croyais vous avoir demandé, lors de notre dernière rencontre, de m'appeler Jack.

Il souriait, comme s'il avait totalement oublié le refus catégorique qu'elle lui avait opposé alors.

— Ah oui, ce jour où vous m'avez insultée ?

— Dans mon esprit, l'offre que je vous ai faite était

un compliment, Votre Grâce. Ce n'était pas une offre à la légère et je n'ai pas l'habitude de faire des offres aussi généreuses à toutes les femmes que je côtoie.

— Vous m'avez suggéré de devenir votre maîtresse, lui rappela-t-elle d'une voix glaciale et outrée.

— Parce que j'aime m'entourer de beauté et que j'en ai les moyens. Vous êtes la plus belle femme de Londres et j'ai l'intention de vous faire mienne.

— Je ne suis pas un vulgaire objet à ajouter à votre collection, répliqua-t-elle. Vous vous trompez si vous pensez pouvoir acheter une femme aussi facilement qu'un tableau.

Sa réponse le laissa de marbre.

— Permettez-moi de vous contredire, chère amie. J'ai une certaine expérience en la matière. Le plus souvent, il s'agit seulement de se mettre d'accord sur le prix. Une fois cet accord obtenu, on peut acheter n'importe quoi… et n'importe qui, ajouta-t-il avec cynisme.

Les yeux de Constance étincelèrent.

— Je ne suis pas votre « chère amie » et je ne me laisserai pas acheter, quelle que soit la somme d'argent que vous pourrez m'offrir. Suis-je assez claire ? Maintenant, allez-vous-en, ordonna-t-elle en lui montrant la porte.

— Non.

Son refus posait un problème. Elle ne pouvait pas le mettre dehors elle-même et ses domestiques hommes étaient soit trop âgés, soit trop jeunes pour faire le travail à sa place. Avec un gentleman, sa demande aurait été suffisante. Mais Barton n'étant pas un gentleman, elle n'avait aucun moyen de le contraindre à s'en aller contre sa volonté. Une belle crapule, celui-là !

— Bon, très bien, dit-elle avec résignation. Exposez votre affaire, puis allez-vous-en.

Il sourit et s'assit sur une chaise à côté de son secrétaire, comme s'il était le bienvenu.

— J'ai pensé que vous vous rangeriez à mon avis, après y avoir réfléchi. Je suis venu vous parler de nouveau du bal que je donne chez moi demain soir.

— Je vous ai envoyé un mot pour vous dire que je ne pourrai pas y assister.

Il hocha la tête.

— Je l'ai reçu et vous remercie de votre courtoisie, même si je déplore votre entêtement. Un défaut dont il faudra vous guérir, si nous voulons réussir à nous entendre tous les deux.

— Vous vous faites des illusions si vous croyez que nous réussirons à nous entendre, lord Barton, rétorqua-t-elle. Lorsque j'ai refusé votre offre méprisable, je croyais vous avoir dit assez clairement que je ne voulais plus rien avoir à faire avec vous. Pas plus danser que manger en votre compagnie car votre seule présence me répugne. Il est donc hors de question que je vienne à votre bal.

Constance avait essayé d'être le plus grossière possible, mais ses paroles n'eurent aucun effet sur la bonne humeur de lord Barton.

— Je ne puis pas accepter votre refus, dit-il sans cesser de sourire.

— Que vous l'acceptiez ou non, il est irrévocable, asséna-t-elle, furieuse de le voir réagir avec autant de désinvolture. Il est inutile d'insister ou de prétendre que je vous ai blessé dans vos sentiments, car je ne vous crois pas capable d'en avoir.

— Laissez-moi parler.

— Je ne vois pas comment je pourrais vous en empêcher.

— Vous viendrez à mon bal, parce que je le veux.

— Pourquoi devrais-je me soucier de ce que vous voulez ou de ce que vous ne voulez pas ?

Au lieu de lui répondre, il mit la main dans la poche de sa veste et en sortit un objet enveloppé dans un mouchoir.

En la voyant froncer les sourcils, il sourit et, une lueur malicieuse dans les yeux, il déplia lentement le carré de batiste et en tira, avec un geste théâtral, un collier de rubis et de diamants.

— Jolie pièce, n'est-ce pas, murmura-t-il en l'agitant devant elle.

Elle tendit la main pour le saisir — un geste qu'elle regretta immédiatement.

— Je savais que je ne parviendrais pas à vous acheter avec des belles paroles ou des colifichets. J'ai essayé et échoué. Alors, je me suis dit que je devais trouver autre chose…

Elle regarda le collier qui chatoyait dans sa main en s'efforçant de ne pas montrer son désir de s'en emparer.

— Vous avez été très imprudente de le vendre dans sa totalité. Il vous aurait suffi de faire enlever quelques pierres par un joaillier et de les faire remplacer par des fausses, en gardant la monture. Ainsi, vous n'auriez pas eu besoin de faire faire une copie complète.

Constance ne répondit pas. Elle n'avait pas eu besoin de lui pour connaître cette astuce. Le coût d'une copie de mauvaise qualité avait été bien supérieur à la somme qu'elle avait retirée de la vente de la monture en or.

Il fit tourner le collier entre ses doigts afin de faire chatoyer les pierres dans la lumière du soleil.

— Vous en avez fait faire une copie quand vous vous êtes rendu compte que vous n'aviez pas le droit de disposer de ce collier, n'est-ce pas ? Il faisait partie du majorat de votre mari et appartenait donc au nouveau duc. C'était très mal de le vendre. A votre avis, quelle sera la réaction de votre *cher* neveu s'il vient à apprendre que vous vous êtes défaussée d'un collier qui a été dans sa famille pendant plusieurs siècles ?

Il faudrait sans doute de nombreux mois avant que Freddy se rende compte de son absence. Elle avait espéré pouvoir lui donner le change avec la copie en attendant d'avoir les moyens de racheter l'original. Mais elle préféra n'en rien dire. Barton avait déjà suffisamment de pouvoir sur elle sans qu'elle lui fasse une confession complète.

— J'espère, poursuivit-il, que vous regrettez votre erreur et que vous n'avez pas l'intention de continuer à voler votre neveu.

Elle songea à arguer qu'il ne s'agissait pas vraiment d'un vol quand on cherchait seulement à récupérer l'argent que quelqu'un vous devait, mais préféra garder le silence.

Il hocha la tête, comme si elle avait parlé.

— Heureusement pour vous, je suis un homme compréhensif. Je vous rendrai votre collier. En échange d'une contrepartie, naturellement.

Elle ferma les yeux. Elle était au pied du mur. Il fallait qu'elle prenne une décision. Coucher avec Barton ou le laisser aller voir Freddy avec le collier. Cela inciterait peut-être son neveu à délier les cordons de sa bourse.

Quand elle rouvrit les yeux, Barton la regardait, un sourire moqueur aux lèvres.

— Vous ne me demandez pas ce que je désire ?

— Je n'ai pas besoin de vous le demander. C'est suffisamment évident. Ma réponse est toujours non.

Il rit.

— Vous pensez que je vais vous demander une reddition totale et sans conditions, en échange d'une simple poignée de diamants et de rubis ? C'est un très beau collier, certes, mais, vous connaissant, je sais que vous estimez votre honneur à un prix beaucoup plus élevé.

Il rit de nouveau.

— Ecoutez soigneusement ma proposition, avant de me donner votre réponse. D'abord, laissez-moi vous dire ce qui vous arrivera, si vous maintenez votre refus : je laisserai ce collier tomber de ma poche en public, dans l'un des salons où vous avez vos entrées. Tout le monde sait que c'est le vôtre — il a été suffisamment admiré quand il se trouvait autour de votre joli cou. Quelqu'un me demandera comment il est arrivé en ma possession. Je répondrai que vous l'avez oublié dans mes appartements et que je m'apprêtais à vous le rendre. Les gens en tireront leurs propres conclusions et votre réputation sera ruinée, conclut-il avec un sourire si perfide que Constance eut envie de le gifler.

— Ou bien vous assistez à mon bal demain soir, reprit-il. Vous accueillez mes invités à côté de moi, comme une hôtesse se doit de le faire, et vous m'accordez toutes les danses que je désirerai. A la fin de la soirée, je vous rendrai alors ce collier et vous pourrez rentrer tranquillement chez vous.

Constance le toisa avec mépris. Du chantage... Décidément, cet homme ne valait rien.

— Si j'accueille vos invités en votre compagnie, les gens en tireront les mêmes conclusions que si je refuse de vous obéir, fit-elle observer enfin.

— Pas tout à fait. Ils se poseront des questions, mais n'auront aucune certitude.

Elle soupesa les deux possibilités qui s'offraient à elle. Elle dut reconnaître que le raisonnement de Barton n'était pas faux. Si elle refusait, son honneur serait définitivement compromis. Si elle acceptait, elle récupérerait le collier et son honneur serait à peu près sauf, du moins en apparence. Tout compte fait, la deuxième solution était la meilleure ou, du moins, la moins mauvaise. A condition, naturellement, qu'il tienne parole... Ce qui n'était en rien assuré.

Il vit le soupçon dans ses yeux.

— Vous n'avez aucune crainte à avoir. Je vous jure que je vous rendrai ce collier avant le douzième coup de minuit. Et, pour le moment, du moins, je n'attends aucune intimité physique de votre part. Mais, si vous pensez pouvoir vous jouer de moi ou si vous essayez de me piéger d'une façon ou d'une autre, le prix à payer pour ce collier sera beaucoup plus élevé.

Que faire ? Après tout, aller à un bal n'était pas un très grand sacrifice. Elle pouvait, pour un soir, mettre de côté sa haine de Barton, sans que sa réputation en subisse un dommage irréparable.

— Très bien, capitula-t-elle. Je viendrai.

Il rit de nouveau. Un rire froid et sec.

— Parfait. J'aurai le plaisir de votre compagnie et vous recouvrerez votre précieux collier.

Il se pencha vers elle, le regard dur et impérieux.

— Et vous aurez appris une leçon dont vous ferez bien de vous souvenir. Quand les choses vont selon mon gré, je suis content et je récompense ceux qui sont autour de moi. Vous préférez les récompenses aux punitions, n'est-ce pas ? Il n'y a pas une grande différence entre dresser une femme ou dresser un chien. Cela commence toujours par un premier geste de soumission, aussi minime soit-il. Lorsqu'on a réussi à l'obtenir, on n'est pas loin de devenir le maître. Ce n'est qu'une question de temps.

Un sourire de satisfaction incurva ses lèvres, comme s'il savourait déjà sa victoire.

— Vous ne tarderez pas à découvrir, lord Barton, que l'on ne me dompte pas aussi facilement. Vous avez gagné pour demain soir. Mais c'est tout. Maintenant, si vous voulez bien m'excuser, je dois me préparer pour votre bal de demain. Je veux avoir l'air éblouissante, afin que vous gardiez un souvenir de moi inoubliable, car ce sera la dernière fois que vous me verrez.

D'un geste délibérément expéditif de la main, elle le congédia.

Il se leva avec une nonchalance étudiée et prit la porte en laissant derrière lui une atmosphère amère et glaciale.

Constance attendait, assise sur l'une des chaises du salon de l'hôtel particulier du nouveau duc de Wellford.

Malgré elle et bien qu'elle n'en ait pas le droit, elle avait l'impression d'être de retour dans sa maison.

Rien ne lui appartenait ici, pourtant. Cet hôtel avait été la demeure de son mari bien avant leur mariage et elle n'en avait jamais été vraiment propriétaire. Certes, elle avait veillé à son entretien et y avait fait office de maîtresse de maison. Elle avait reçu des invités dans ce salon. Elle avait choisi le mobilier et rédigé les menus. Elle avait engagé et congédié les serviteurs.

Maintenant, après y avoir vécu pendant douze années entières, elle y était reçue presque comme une étrangère. Le maître d'hôtel qui l'avait accueillie était une nouvelle recrue de son neveu. Quand elle avait traversé le hall d'entrée, elle avait aperçu un valet de pied qu'elle avait engagé. Il avait presque ébauché un sourire en la voyant. Presque. Puis, une lueur de pitié avait brillé dans ses yeux et il l'avait traitée avec le ton solennel et froid réservé aux invités de marque — comme si elle ne faisait plus partie de la famille.

Et, pour ajouter à son embarras, Freddy la faisait attendre. Elle lui avait envoyé un mot pour le prévenir de sa visite, mais, à son arrivée, il n'était pas là, ayant décidé d'aller faire une promenade à cheval dans Hyde Park avec ses amis.

Robert avait souvent fulminé contre la folie d'entretenir des chevaux à Londres. La dépense pour les nourrir, les panser et les loger était par trop disproportionnée, comparée au temps où l'on pouvait monter à cheval quand on résidait en ville. Apparemment, le nouveau duc n'avait pas les mêmes soucis d'économie.

Constance tapota avec ses doigts sur le petit guéridon en marqueterie à côté de sa chaise, puis elle croisa les mains dans le creux de sa jupe et les força à rester immobiles. Il valait mieux qu'elle maîtrise son impatience avant l'arrivée de Freddy, si elle voulait pouvoir l'accueillir aimablement et l'inciter à lui faire bonne figure. Si elle commençait par critiquer sa conduite et ses dépenses somptuaires, elle n'aurait aucune chance d'obtenir l'argent qu'il lui devait et l'acte de propriété de sa maison.

Surtout si elle était obligée d'admettre qu'elle avait dû mettre en gage une partie des bijoux de la famille pour payer ses créanciers. Il l'accuserait d'avoir été une mauvaise gestionnaire et refuserait d'admettre que c'était son refus de lui donner sa pension qui l'avait mise dans un tel embarras. Au cours de leurs rencontres précédentes, elle avait appris que, si elle le critiquait ou le mettait en colère, il pouvait devenir franchement méchant et mesquin.

Elle venait de refuser pour la troisième fois un rafraîchissement, lorsque Freddy daigna enfin l'honorer de sa présence. Il était encore en tenue d'équitation et une puissante odeur de cheval entra avec lui dans le salon. Constance eut un haut-le-corps de dégoût en le voyant marcher sur le tapis avec des bottes toutes crottées — un tapis d'Aubusson qu'elle avait elle-même choisi et dont elle avait pris le plus grand soin pendant des années !

Ce n'était plus le sien, se rappela-t-elle intérieurement. Un domestique le nettoierait. Pour le moment, elle avait des problèmes beaucoup plus importants à résoudre.

— A quoi dois-je le plaisir de votre visite, ma tante ?

Il y eut un moment de flottement, le temps qu'elle se

souvienne qu'il était maintenant un duc et pair et pas un invité dans sa maison.

— J'aimerais pouvoir vous rendre visite seulement pour le plaisir, Votre Grâce, répondit-elle en se levant et en esquissant une révérence.

— Je vous en prie, Constance, pas de manières entre nous. Appelez-moi simplement Freddy, dit-il avec presque une intonation de petit garçon. Vous le pouvez, vous savez. Si vous le désirez, cette maison pourrait être de nouveau la vôtre. Dieu sait à quel point j'ai besoin d'une femme de tête pour s'occuper des domestiques et de tous les détails pratiques !

Constance grimaça intérieurement.

Comment lui dire qu'elle ne pourrait pas le supporter ? Les souvenirs de Robert étaient encore trop vivaces dans sa mémoire. Et puis savoir que les domestiques n'étaient plus à ses ordres et qu'elle pourrait être — et serait — renvoyée chez elle ou, pire encore, mise au rebut dans un coin quand Freddy viendrait à se marier. A cette pensée, elle ne put réprimer un frisson.

— Vous savez que ce n'est pas possible, Freddy. Ma place n'est plus ici. Il vaudrait cent fois mieux que vous trouviez une femme pour prendre en main cette maison.

Il haussa les épaules avec dérision.

— Me marier aussi tôt ? J'ai bien le temps de me mettre la corde au cou. Je commence à peine à profiter des avantages de ma nouvelle situation. Une femme gâcherait tout mon plaisir.

Elle préféra ne pas penser aux plaisirs qu'il avait découverts et que la présence d'une femme pourrait gâcher.

— C'est votre devoir, vous savez, lui rappela-t-elle en s'efforçant de prendre un ton aimable et gentil.

Freddy secoua la tête, avec la mine renfrognée d'un enfant capricieux.

— Vous n'arrêtez pas d'avoir le mot « devoir » à la bouche, Constance. Il y a tellement de choses plus amusantes que le « devoir » dans la vie.

— Le devoir est une partie inhérente de votre statut de lord et pair du royaume, Freddy. Vous avez des responsabilités à l'égard de votre souverain, de vos fermiers et de vos serviteurs.

« Et à mon égard », ajouta-t-elle intérieurement, en espérant qu'il ne l'obligerait pas à le supplier pour obtenir les arriérés de pension qu'il lui devait.

— Oui, bien sûr. Mais le Parlement n'est pas en session actuellement. C'est déjà une chose dont je n'ai pas besoin de me préoccuper. Quant à mes fermiers, ils sont tout à fait capables de se débrouiller tout seuls.

Elle résista à l'envie de lui faire remarquer que, lorsque son mari était vivant, ils avaient sans cesse besoin de lui pour un problème ou pour un autre.

— Mais il y a encore la collecte des fermages, le paiement des factures et vous assurer que vous avez pourvu à toutes vos obligations financières.

L'allusion était suffisamment précise, mais il fallait encore qu'il accepte de la saisir.

— Peut-être, mais je trouve horriblement ennuyeux de me préoccuper de tous ces petits détails quand le soleil brille et que j'ai envie de galoper en liberté.

Les bottes crottées de Freddy étaient de retour dans sa maison et sur son tapis, mais, visiblement, l'esprit de Freddy était encore à cheval dans le parc.

— Un régisseur ou un homme d'affaires pourrait vous en décharger. Ainsi, vous auriez moins à vous inquiéter.

— Merci, ma tante, mais tout va bien pour moi et je ne suis aucunement inquiet, objecta-t-il avec un sourire satisfait.

Un sourire qui, à l'évidence, montrait qu'il ne se sentait en rien concerné par les problèmes financiers de Constance.

— Finalement, poursuivit-il, être duc n'est pas si difficile. Avec un peu de pratique, je parviendrai sans peine à gérer mes propriétés, comme oncle Robert le faisait en son temps.

Constance préféra s'abstenir de lui dire que ses capacités intellectuelles n'étaient en rien comparables à celles de son oncle. Elle inspira profondément et chercha un autre moyen de parvenir à son but.

— Je suis sûre que vous avez raison, Freddy. Quand vous aurez exercé vos fonctions pendant un certain temps, vous ne négligerez plus aucune de vos obligations. Mais je dois admettre avoir eu l'espoir que nous pourrions régler aujourd'hui la partie de vos obligations qui concerne ma rente. Je m'inquiète de ne pas avoir reçu jusqu'à présent la somme qui devait me revenir pour ce mois-ci et, en ce qui concerne les mois précédents…

Elle s'interrompit pour reprendre sa respiration, puis termina sa phrase avec précipitation.

— La somme que vous m'avez versée n'a pas été suffisante pour couvrir mes dépenses.

Son neveu prit un air important, un air de donneur de leçons.

— Vous savez, ma tante, si vous alliez vivre à Wellford,

dans la maison douairière, vous n'auriez aucune peine à maîtriser vos dépenses.

— Mes dépenses n'ont rien de somptuaire, je vous l'assure. J'ai déjà fait toutes les économies que je pouvais faire.

Une année de privations dans tous les domaines, une coupe drastique dans ses domestiques et aucun achat dans les boutiques de mode n'avaient pas suffi à faire concorder ses sorties d'argent avec ses revenus.

— Allons, ma tante, essayez d'être raisonnable. Si vous vous décidiez à quitter Londres et à vous retirer à la campagne, je n'aurais même plus besoin de vous donner une rente.

Il souriait, comme s'il avait trouvé la solution parfaite à tous ses problèmes.

— Ce n'est pas vrai, Freddy, et vous le savez. Même à la campagne, il me faudrait manger et payer les gages de ma femme de chambre. Sans parler des vêtements à acheter, des voitures à louer et des menus plaisirs dont une femme de ma condition ne peut guère se passer... La seule façon dont je pourrais ne plus être dépendante financièrement de vous serait de me remarier, car mon mari aurait alors la charge de mon entretien.

Il la regarda fixement, comme si une telle idée ne lui avait jamais traversé l'esprit.

— Vous n'avez sûrement pas l'intention de vous remarier aussi vite, ma tante ?

— Si, Freddy. J'y songe sérieusement depuis plusieurs mois déjà. Je pense que ce serait une solution tout à fait respectable. Je suis sûre que Robert aurait approuvé une telle décision. Il me l'a dit maintes fois quand il était encore en vie. Il a voulu que je ne me retire pas à la campagne, espérant ainsi que je parviendrais à trouver un parti convenable et ne pas rester seule trop longtemps. C'est la raison pour laquelle il m'a donné la maison de Grosvenor Square. A ce propos…

C'était le moment ou jamais d'exposer la requête qu'elle avait le plus à cœur.

— … j'aimerais, si possible, récupérer aujourd'hui l'acte de propriété de cette maison, afin de le transmettre à mes banquiers.

Le visage de Freddy se renfrogna.

— Je n'ai jamais compris pourquoi oncle Robert avait cru bon de vous donner cette maison, ma tante. A mon avis, c'est une trop grande responsabilité pour une femme. Comme je vous l'ai dit auparavant, vous êtes la bienvenue ici ou dans votre maison douairière du Sussex. C'est une maison très agréable et vous pourriez y mener une vie tranquille et confortable, sans aucun souci.

Constance eut du mal à dissimuler son agacement.

— Je n'en doute pas, Freddy. Je l'ai décorée moi-même pour la mère de Robert qui était malade et très âgée. J'aime bien aller y séjourner pendant quelques jours, quand j'ai besoin de me reposer, mais je n'ai aucune envie d'aller m'y enterrer définitivement. Avant de mourir, Robert m'a dit expressément que je devais continuer à recevoir et à voir du monde.

— Etes-vous vraiment obligée de vivre à Londres pour cela ? A Wellford, vous aviez des amis et vous receviez beaucoup, pour autant que je m'en souvienne.

— Même si la vie à la campagne ne me déplaît pas, je connais les gentlemen du voisinage. Ce sont, pour la plupart, des hommes plutôt rustres, avec pour seules passions la chasse, les chiens et les chevaux. Jamais je ne pourrai envisager de vivre le reste de ma vie avec l'un d'entre eux. Si je venais à me retirer dans la maison douairière, il me serait matériellement impossible de retrouver un mari. Et quand bien même…

— Une femme seule à Londres n'est guère en sécurité, la coupa grossièrement Freddy, l'air obtus. Là-bas, vous seriez tranquille et vous n'auriez pas à vous défendre contre des prétendants plus ou moins intéressés ou même franchement malhonnêtes. Le moment venu, je pourrais vous présenter des partis convenables, si c'est vraiment cela que vous désirez.

« Si c'est vraiment cela que je désire ! »

Elle ne réussit qu'à grand-peine à garder son calme.

— Je ne suis plus une enfant, Freddy. J'ai six ans de plus que vous et, quand je rencontrerai un parti convenable, je n'aurai pas besoin de vos conseils et encore moins de votre permission.

— Mais vous avez besoin de mon argent, lui fit-il remarquer d'un ton irrité.

— Plus pour très longtemps, j'espère. Je fais tout mon possible pour ne plus être à votre charge et pour que vous n'ayez plus aucune responsabilité à mon égard. Mais, pour cela, j'ai besoin de votre aide, Freddy. Je vous en prie, poursuivit-elle d'une voix radoucie, si vous me donnez la rente que vous me devez, je pourrai payer mes créanciers et, pendant quelque temps, je ne viendrai plus vous ennuyer. Plus jamais, peut-être. Si vous me donnez l'acte de propriété de ma maison, je pourrai m'en séparer et prendre un logement moins vaste et moins coûteux. Cela signifiera moins de dépenses pour nous deux.

Freddy prit un air embarrassé.

— Cet acte est très bien là où il est. Je ne vois vraiment pas la nécessité que vous vous tracassiez avec ce document.

— Oh, il ne me tracassera en rien, Freddy, affirma-t-elle. Il est normal, vous ne croyez pas, que je le garde avec mes autres papiers ? Et, en plus, vous n'aurez plus besoin de vous en soucier ou de craindre de le perdre.

Il jeta des coups d'œil nerveux autour de lui, comme s'il cherchait une excuse pour ne pas accéder à sa requête.

— Vraiment, ma tante, vous me prenez de court. Vous ne pouvez pas me demander de mettre la main sur ce papier dans un délai aussi bref.

— Allons, Freddy, cela fait presque un an que je vous le demande ! Je vous en prie, allez dans votre bureau et rapportez-le-moi. Ensuite, je m'en irai et je ne reviendrai plus jamais vous importuner.

— A vrai dire, ma tante…

Il était de plus en plus mal à l'aise maintenant et devait faire un effort pour ne pas fuir son regard.

— … je… je l'ai perdu.

— Ne soyez pas ridicule, Freddy ! Je sais qu'il se trouve dans le coffre de mon défunt mari — je veux dire dans votre coffre. Celui de votre bureau. Vous pouvez très bien me l'apporter maintenant. Il vous suffit d'un peu de bonne volonté.

Il baissa la tête, comme un écolier prit en faute.

— Vous ne comprenez pas, ma tante.

— Vraiment, je ne vois pas ce qu'il y a à comprendre, Freddy. Allons tous les deux dans votre bureau. Je vous montrerai où il est.

— Il n'est plus dans le coffre, ma tante, murmura-t-il d'une voix presque inaudible. Comme je vous l'ai dit, je l'ai perdu.

— Eh bien, allons le chercher ensemble. Il a dû se glisser au milieu de vos autres papiers.

Malgré elle, elle ne put s'empêcher de lui faire un reproche.

— Vous auriez été mieux avisé de le laisser dans le coffre. Cela nous aurait épargné la peine de le chercher.

— Aux cartes, ma tante, dit-il d'une voix plus forte et en redressant la tête. Il n'est pas sur mon bureau ou quelque part ailleurs dans la maison. Je l'ai perdu aux cartes. J'avais bu et j'étais complètement pris par le jeu. En ce moment, je suis un peu à court d'argent... Vous comprenez, les loyers et les fermages ne doivent rentrer qu'à la fin du mois.

— Et vous avez payé votre dette de jeu avec quelque chose qui ne vous appartenait pas ?

En se rendant compte de ce que cela pouvait signifier pour elle, elle le regarda d'un air horrifié et ne chercha plus à contenir sa colère.

— Je viens vous voir parce que je suis à bout d'expédients, sans un penny en poche, et vous osez me faire la leçon et prétendre que je dépense trop ! Comme si j'étais en train de vous conduire à la ruine ! Apparemment, Freddy, je n'ai pas autant besoin de votre argent que vous avez eu besoin du mien. Vous avez pris la seule chose que je possédais en propre et vous l'avez perdue au jeu ! Tout cela parce que vous passez votre temps à boire, à jouer et à courir les filles de mauvaise vie, au lieu de vous préoccuper de gérer vos propriétés ! Et maintenant, en plus, vous prétendez m'obliger à m'enterrer à la campagne ou à vous servir de gouvernante, pendant que vous dilapidez tout ce que mon mari a pris tant de peine à bâtir !

— Je suis le duc de Wellford ! cria-t-il de sa voix de fausset capricieux. Pas votre mari ! Je n'ai pas à vous demander des conseils ou à vous écouter critiquer ma façon de vivre ! Je peux faire ce que bon me semble et cela ne vous regarde pas !

— Alors vous ne savez pas ce que cela signifie d'être un duc, répliqua-t-elle sèchement. Pas un bon duc, du moins.

— Que je sois un bon ou un mauvais duc, ma tante, vous seriez bien avisée de faire ce que je vous ai dit de faire, car je suis le chef de la famille maintenant. J'ai le droit pour moi. Oncle Robert a été stupide de vous donner toute la liberté qu'il vous a donnée, car vous semblez croire que vous pouvez faire ce que vous voulez, sans en répondre à personne. Je suis content de ne plus être en possession de cet acte de propriété, car dorénavant je n'aurai plus à vous entendre gémir à son sujet. Il est temps de mettre un terme à cette absurdité de vouloir maintenir à mes frais une résidence indépendante à Londres et que vous acceptiez un train de vie plus conforme à votre statut.

Il s'arrêta, la respiration sifflante avant de reprendre :

— Quant à votre rente, vous ne recevrez plus un penny de ma part tant que vous ne vous serez pas résolue à aller vous installer à Wellford, dans la maison qui vous a été dévolue, au titre de votre douaire.

# 5

Debout sur le seuil du grand salon de l'hôtel particulier de Barton, Constance accueillait ses invités avec un sourire figé. Elle avait été dépouillée du seul bien qu'elle possédait en propre et n'avait plus aucune prise sur sa situation financière, mais elle pouvait encore au moins se maîtriser pendant les quelques heures dont elle avait besoin pour recouvrer son collier de diamants et de rubis.

Elle avait essayé de faire entendre raison à Freddy, mais il l'avait, pour ainsi dire, jetée hors de chez lui. Il n'avait même pas voulu lui dire qui détenait l'acte de propriété de sa maison et il ne lui restait plus qu'à attendre que l'on frappe à sa porte et qu'on lui demande soit de payer un loyer, soit de vider les lieux.

Et, ce soir, il lui fallait en plus se plier aux exigences de Barton, afin de pouvoir récupérer son collier et vendre de nouveau les pierres. Leur vente lui accorderait peut-être un mois ou deux de répit. Ou même plus, si elle se décidait à quitter son hôtel particulier et à s'installer dans un logement plus petit et à se défaire d'une partie de ses domestiques.

Mais elle aurait tout le temps d'y penser plus tard. Pour le moment, elle devait se concentrer sur ce qu'elle était en train de faire. Tant qu'elle n'aurait pas le collier en main, elle devait ne rien laisser voir de son désarroi et donner pleine satisfaction à Barton. A cette fin, elle avait soigné tout particulièrement sa toilette et avait été prête quand était arrivée la voiture qu'il avait envoyée la chercher. Sa robe n'était pas neuve, mais elle ne l'avait pas portée depuis un an. Une robe de satin bleu nuit que Susan avait rafraîchie en y ajoutant une bordure de dentelle d'Alençon.

Son collier — celui qu'elle avait fait faire — aurait été parfaitement assorti à sa robe, mais elle avait préféré porter un simple rang de perles, de peur que l'on ne s'aperçoive que les pierres étaient fausses. Et elle avait laissé suffisamment de place dans son réticule, afin d'y mettre le vrai collier, au cas où Barton tiendrait parole et le lui rendrait.

Naturellement, s'il ne le lui rendait pas, elle se sentirait flouée et serait furieuse d'avoir accepté de participer à ce bal et de lui servir d'hôtesse. Mais, après tout, elle n'aurait pas fait un très grand sacrifice et Barton ne l'y prendrait pas une deuxième fois. Si elle ne récupérait pas ce collier à la fin de la soirée, elle se ferait une raison et attendrait sereinement ce qui pourrait advenir après les révélations de Barton.

Mais, pour l'instant, elle était obligée de recevoir des invités auprès d'un homme qu'elle détestait et de leur faire bonne figure, malgré toute l'amertume qu'elle avait sur le cœur. Elle sourit poliment à l'homme qui venait de s'incliner sur sa main et répondit machinalement à ses hommages, comme elle l'avait fait des centaines de fois lors des réceptions qu'elle avait données quand son mari était encore en vie. Son sourire devint un peu moins figé, lorsqu'elle se rendit compte que tous les invités de Barton étaient des inconnus. Barton n'avait plus ses entrées depuis longtemps dans les salons les plus chic de la capitale. La plupart des amies de Constance le considéraient infréquentable et déclinaient ses invitations ou, même, renvoyaient ses cartons sans même avoir pris la peine de les lire. De son côté, Constance regrettait de n'avoir pas vu plus tôt sa véritable nature, mais elle n'était pas la seule, car le salon était plein de gens qui recherchaient son amitié.

Elle parcourut des yeux la foule des invités, tout en écoutant d'une oreille distraite Barton accueillir le gentleman qui venait d'arriver. Des invités qui étaient, pour la plupart, des bourgeois enrichis dans le commerce ou dans l'industrie cherchant à monter dans l'échelle sociale. Une fois cette soirée terminée, elle ne les reverrait plus jamais et ils ne seraient jamais admis dans les salons fréquentés par ses amis. Elle était donc tranquille. Aucun d'entre eux ne pourrait colporter des ragots à son égard.

— Monsieur Smythe, Sa Grâce, la duchesse douairière de Wellford.

Elle grimaça. Barton claironnait son titre, afin de se mettre en valeur au travers de sa nouvelle conquête.

Le gentleman s'inclina courtoisement sur sa main.

— Je suis très honoré de faire votre connaissance, Votre Grâce.

Son visage ne lui évoquait rien — quoique…, mais, cette voix, elle l'aurait reconnue entre toutes. Une voix claire et rieuse. Et ce contact de sa main sur la sienne… étrangement familier, presque intime…

C'était le cambrioleur qui s'était introduit dans sa chambre !

Il se redressa et la regarda dans les yeux pendant une fraction de seconde trop longtemps, comme s'il la mettait au défi de le dénoncer — bien persuadé qu'elle ne le pouvait pas. Une lueur amusée brillait au fond de ses prunelles. Il souriait, un sourire un peu trop large et un peu trop intense pour une présentation formelle. S'il avait été un autre, elle aurait pu penser qu'il avait bu quelques verres de trop et s'apprêtait à faire un mauvais coup. Mais cet homme lui avait déjà prouvé qu'il n'était pas une canaille ordinaire. Il n'était pas du genre à s'enivrer avant d'aller commettre un méfait.

Monsieur Smythe ? Etait-ce ainsi que Barton l'avait appelé ? Elle n'en était pas totalement sûre, mais elle pouvait difficilement demander à Barton de lui répéter son nom et, encore moins, le questionner sur la façon dont il l'avait connu. Exprimer un intérêt trop appuyé à l'égard d'un invité n'était pas le moyen le plus rapide pour récupérer son collier.

Naturellement, elle pouvait sans peine effacer ce sourire par trop familier et insolent du visage de Smythe en lui disant qu'elle l'avait reconnu. Un mot de sa part suffirait à le perdre. Elle ouvrit la bouche, mais la referma aussitôt.

Non, ce serait trop dangereux.

Si elle le dénonçait, il serait capable de lui demander la bourse qu'il avait « oubliée » dans sa chambre ou, pire encore, d'évoquer le baiser qu'il lui avait volé.

— Bonsoir, monsieur. Soyez le bienvenu…, dit-elle en affectant un sourire gracieux.

— Merci, Votre Grâce.

Elle aurait pu jurer qu'il lui avait fait un clin d'œil.

Puis, il s'évanouit dans la foule des invités.

Si Barton avait remarqué quelque chose, il n'en laissa rien paraître. Ils continuèrent d'accueillir les invités et, quand les derniers furent arrivés, Barton l'invita à ouvrir le bal.

Elle glissa sur la piste comme une somnambule, en ne répondant à son partenaire que lorsqu'elle ne pouvait pas faire autrement. Il dansa plusieurs fois avec elle, chaque fois qu'elle ne trouvait pas le moyen de refuser ses invitations, et elle réussit à maintenir la même attitude avec lui : polie, aimable et distante. Rien qui puisse laisser les invités imaginer qu'il y avait — ou qu'il pourrait y avoir dans l'avenir — une relation intime entre eux.

Pendant qu'elle tenait Barton à distance, elle s'efforçait également d'éviter tout contact avec le mystérieux M. Smythe. Après tout, peut-être s'était-elle trompée en croyant le reconnaître. De toute façon, il lui était difficile d'en avoir le cœur net en présence de tant d'oreilles indiscrètes.

Mais non, elle ne pouvait pas s'être trompée ! Il était bien *son* voleur. Elle l'avait vu dans ses yeux. Et elle se sentait quelque peu frustrée car, contrairement à ce qu'elle avait imaginé, il n'avait pas l'air plus heureux que cela de la revoir. Tout juste s'était-il autorisé quelques allusions taquines, davantage pour la narguer que pour tisser une quelconque complicité avec elle. Pourtant, plusieurs fois, elle avait eu l'impression qu'il l'observait, mais peut-être n'était-elle encore que le jouet de son imagination. Il ne faisait même aucune tentative pour lui parler. Quand elle regardait dans sa direction, il avait, invariablement, la tête tournée de l'autre côté. Il semblait être fort peu concerné par sa présence dans le salon.

Lorsque, finalement, l'heure du dîner arriva, Constance en fut soulagée bien qu'elle dût accepter le bras de Barton pour la conduire à la salle à manger. Grâce à Dieu, son statut d'hôtesse faisait qu'ils étaient placés chacun à une extrémité de la table. Elle était très éloignée de Smythe, également. Les gens qui étaient autour d'elle n'avaient rien d'exceptionnel. Plus détendue, elle bavarda avec eux aimablement jusqu'à la fin du repas. Mais, lorsque le moment fut venu de retourner dans le salon, il lui fallut de nouveau se mettre sur ses gardes.

Profitant de ce qu'elle était loin du maître de maison, elle s'arrangea pour se perdre dans la foule des invités. L'orchestre venait d'attaquer une valse, une danse beaucoup trop intime à son goût pour l'exécuter dans les bras de Barton. Si seulement elle pouvait trouver un autre cavalier rapidement, elle aurait au moins quelques minutes de répit avant de subir de nouveau ses attentions. Elle regarda autour d'elle. Vite, quelqu'un. N'importe qui.

— Voulez-vous m'accorder cette danse, Votre Grâce ?

Elle dit oui à l'homme, avant même de lever les yeux vers lui pour rencontrer le sourire et le regard moqueur de M. Smythe.

Il remarqua son trouble, mais lui prit la main sans faire de commentaires et l'entraîna sur la piste.

Dès les premiers pas de danse, les derniers doutes de Constance s'évanouirent. M. Smythe était bien le voleur qui s'était introduit dans sa chambre. Il la tenait comme il l'avait tenue cette nuit-là, d'une manière à la fois détendue et intime. C'était bon d'être de nouveau dans ses bras et de pouvoir — enfin ! — l'admirer à la lumière des chandelles.

Ses cheveux bruns, légèrement bouclés, ondulaient sur sa nuque. Fascinée, Constance avait envie de les toucher de nouveau, de sentir leur soie couler entre ses doigts. Il avait des traits fins, réguliers, et un sourire prêt à éclore à la moindre provocation. Une lueur joyeuse pétillait dans ses prunelles. S'il éprouvait le moindre scrupule à s'être fait démasquer, il n'en laissait rien paraître, car il se montrait le plus charmant et le plus joyeux des compagnons.

Ils dansèrent en silence pendant quelques instants. Puis, il se pencha vers elle.

— Pendant combien de temps encore allons-nous prétendre ne pas nous connaître ? Jusqu'à présent, nous y avons assez bien réussi, je pense. Plus longtemps que je le croyais. Mais, à un moment ou à un autre, il faut bien que l'un de nous deux cède. Et comme il s'agit de moi, en l'occurrence, bravo, vous avez gagné.

— Je ne sais pas de quoi vous voulez parler.

Il soupira.

— Je vois, vous avez décidé de pousser le jeu plus loin. Ce n'est pas nécessaire, vous savez. Je suis conquis. Vaincu même. Tout à l'heure, à mon arrivée, j'ai failli perdre contenance. Je dois avouer que vous trouver ici, au bras de Barton, a été une mauvaise surprise. Une très mauvaise surprise.

— Vous n'en mourrez pas, répliqua-t-elle d'une voix acerbe. Découvrir une personne de connaissance dans un endroit où on ne s'attendait pas à la voir est beaucoup moins bouleversant que d'être attaqué par un inconnu dans sa chambre à coucher.

— Touché. Mais j'espérais avoir été pardonné pour mon intrusion. Pourquoi êtes-vous aussi froide avec moi à présent ?

— Peut-être est-ce simplement parce que je n'éprouve aucune sympathie pour les gens qui s'approprient des choses qui ne leur appartiennent pas.

— Oh, vraiment ? Pourtant j'ai remarqué que vous n'avez pas eu de scrupules à garder l'argent que je vous avais laissé.

Ainsi il lui avait laissé la bourse sciemment. Qu'espérait-il ? Des remerciements pour avoir fait d'elle la complice d'un vol ?

— C'était différent. Que pouvais-je faire d'autre ? Je n'avais aucune idée…

— … de l'endroit où j'habitais et de la provenance de cet argent, termina-t-il à sa place. Et, comme vous étiez dans une situation désespérée, vous l'avez gardé. N'ayez crainte, je comprends votre décision et je ne vous blâme pas.

— Je vous rembourserai dès que j'en aurai l'opportunité.

— Non, vous me rembourserez dès ce soir.

Elle sentit son cœur chavirer. Il lui avait semblé tellement gentil, tellement compréhensif. Et il lui avait promis de ne pas la compromettre. Maintenant, il montrait son véritable visage. Finalement, c'était bien un homme comme les autres. Et il avait manifestement l'intention de profiter de son avantage sur elle. Sans qu'elle sache pourquoi — après tout, elle ne le connaissait pas —, cette pensée lui fit mal au cœur, comme si elle était trahie. Bouleversée, elle fit un faux pas et trébucha.

Il la rattrapa, en s'arrangeant pour que son faux pas se fonde gracieusement dans le mouvement d'une pirouette improvisée.

— Oh, allons, ne me regardez pas avec cette mine mélodramatique. Nous sommes dans un salon, pas dans une rue mal famée. Je ne vais pas abuser de vous. J'ai seulement besoin que vous teniez occupé votre amant, Barton, pendant quelques instants, le temps que je rende visite à son bureau.

— Il n'est pas mon amant, répliqua-t-elle, le visage fermé.

— Vraiment ? demanda-t-il avec un haussement de sourcils amusé. Pourtant, pendant toute la soirée, vous étiez à ses côtés et vous vous êtes comportée comme si vous étiez la maîtresse de maison.

— Je l'ai fait contre ma volonté.

— Par ailleurs, on vous a souvent vue en sa compagnie.

— C'est vrai, concéda-t-elle, mais, après ce soir, j'ai l'intention de ne plus jamais le revoir. En outre, j'ai été vue en compagnie d'autres hommes. Ce n'est pas pour cela que j'ai été leur maîtresse.

Il haussa un sourcil dubitatif.

— Je suis en votre compagnie, en ce moment. Cela ne veut pas dire que je serais disposée à vous inviter dans mon lit.

*Quoique*... Elle se mordit la lèvre songeant que, si ce M. Smythe désirait se glisser dans son lit, il n'aurait pas besoin d'une invitation. Il savait comment arriver dans sa chambre en passant par la fenêtre et la prochaine fois, il parviendrait à lui voler plus qu'un baiser. Elle tressaillit à cette idée qui faisait naître des images par trop troublantes.

Il la regarda fixement de nouveau et son sourire s'élargit, comme s'il avait lu dans ses pensées. Elle regretta d'avoir évoqué l'éventualité, même improbable, de l'inviter dans son lit, car, s'il ne l'avait jamais envisagé auparavant, il devait sûrement y penser maintenant.

Gênée, elle s'éclaircit la voix.

— Je voulais dire simplement que j'espérais me remarier et que c'était la raison pour laquelle il m'arrivait de recevoir des gentlemen célibataires et en âge de chercher une épouse.

— Et vous avez cru sincèrement que Barton pourrait être amené à vous demander votre main ?

Une lueur incrédule s'était mise à briller dans les yeux de Smythe et son sourire s'était effacé.

— Je me suis aperçue, à mon grand dam, que la plupart des gentlemen n'avaient aucun scrupule à piétiner l'honneur d'une femme. C'est à mettre au compte de ma naïveté, pas des mœurs licencieuses que vous avez l'air de vouloir m'attribuer.

— Ainsi, vous et Barton, vous n'êtes pas… ?

Il avait parlé un peu trop vite et sa main s'était crispée légèrement sur sa taille.

— Il a eu le front de me faire une offre qui n'avait rien à voir avec le mariage. Je l'ai déclinée. Plusieurs fois.

Elle fronça les sourcils.

— A la fin de cette soirée, il me faudra sans doute encore repousser ses avances, car, apparemment, mes refus répétés n'ont pas suffi à le décourager. Il m'a contrainte à venir ici par ruse, en employant des arguments… dont je n'ai pas envie de parler.

M. Smythe cligna des paupières en hochant la tête comme pour signifier qu'il n'insisterait pas et sa main se détendit. Il la tenait du bout des doigts, visiblement certain qu'elle resterait avec lui, même s'il ne faisait rien pour la retenir.

— Alors, on m'a peut-être mal informé.

— Sans nul doute.

Il prit un air un peu embarrassé.

— J'espère, néanmoins, que vous ne m'en voudrez pas trop si je vous demande de le tenir occupé pendant quelques instants, le temps que j'aille inspecter son bureau ?

— Je ne vois guère comment je pourrais vous rendre un tel service.

— Servez-vous de votre imagination. J'ai besoin d'un quart d'heure, tout au plus. Ce n'est pas grand-chose, comparé aux cent guinées que j'ai laissées dans votre chambre.

L'orchestre égrena les dernières notes de la valse et il la raccompagna hors de la piste.

— Je vous remercie, Votre Grâce, d'avoir bien voulu danser avec moi. J'y ai pris grand plaisir. Maintenant, si vous voulez bien m'excuser ?

Il inclina brièvement la tête, pour prendre congé. Il n'avait pas une minute à perdre s'il voulait accomplir sa tâche.

Après qu'il se fut éclipsé, Constance parcourut le salon des yeux et, quelque part dans la maison, une pendule carillonna trois fois. Minuit moins le quart. Elle lui donnerait les quinze minutes qu'il lui avait demandées. Ce n'était pas cher payé en échange de l'argent qu'il lui avait laissé. Il fallait qu'elle retrouve Barton. Au plus vite. En tournant la tête, elle l'aperçut dans le hall d'entrée, un peu trop près de l'escalier qui, probablement, conduisait à l'étage et à son bureau.

Elle traversa le salon pour le rejoindre.

— Milord ?

Elle avait espéré lui demander de danser avec elle, mais, du coin de l'œil, elle remarqua que l'orchestre, bien inopportunément, avait choisi ce moment pour faire une pause.

Tant pis. La soirée touchait à sa fin. C'était un moment comme un autre pour lui demander le collier.

— Puis-je vous parler un instant ?

— Certainement, chère amie, acquiesça-t-il en s'inclinant courtoisement sur sa main. De quoi s'agit-il ?

Elle résista à l'envie de lui dire qu'elle n'était pas et ne désirait pas devenir sa « chère amie ».

— En privé, s'il vous plaît.

— Allons dans mon bureau, alors.

Il se retourna pour l'emmener dans le seul endroit où elle ne voulait pas aller.

— Pas dans un endroit aussi privé. Je préférerais le jardin. On y sera suffisamment tranquille, je pense.

— Sous la lumière argentée de la lune... Ce sera tellement plus romantique !

Elle retint, non sans mal, une nouvelle réplique. Pour le moment, elle devait patienter. Elle aurait tout le temps de le remettre à sa place lorsque le délai que lui avait demandé le mystérieux M. Smythe serait écoulé.

Il lui prit la main et l'entraîna vers l'une des portes-fenêtres du salon. Tout en le suivant, elle comptait les secondes et les minutes. Deux déjà, plus que treize à tenir. Quand ils furent dans la pénombre, à une certaine distance de la maison, il se retourna vers elle, un sourire triomphal aux lèvres.

— A quoi dois-je ce soudain désir d'être seule avec moi ? Auriez-vous reconsidéré mon offre, chère amie ?

« Chère amie », encore une fois ! Elle se mordit la lèvre.

— Vous en connaissez très bien la raison. Etes-vous satisfait de la façon dont j'ai tenu mon rôle dans cette farce ridicule ?

— Pleinement. Je n'ai aucun reproche à vous faire et, si vous le désirez, vous pourrez me servir d'hôtesse dans toutes les réceptions que je donnerai.

— Je n'en ai pas le moindre désir, répliqua-t-elle avec fermeté. Je vous l'ai dit et répété suffisamment souvent.

— Pourtant, vous avez accepté ce soir. Ce bal est une réussite et, pour ma part, j'ai été enchanté. De votre côté, vous ne m'avez pas donné l'impression que vous trouviez votre rôle aussi terrible que vous l'aviez imaginé.

— Je n'ai accepté de venir que pour une seule raison et vous la connaissez fort bien.

— Ah oui, le collier.

Il mit la main dans sa poche, le tira avec une lenteur théâtrale et l'agita devant elle, comme on agite un leurre devant un animal que l'on veut prendre au piège.

Exaspérée par son petit jeu, Constance lui arracha le bijou des mains, l'enfouit dans son réticule et lui tourna le dos pour retourner vers la maison, sans plus se préoccuper de Smythe et du délai qu'il lui avait demandé de respecter.

Mais la main de Barton agrippa le haut de son bras et la força à s'arrêter. Elle tenta de se dégager, mais il la tenait fermement. Si elle se débattait trop violemment, elle ne réussirait qu'à se faire un bleu. Hors de question de revenir dans le salon avec l'empreinte rouge des doigts d'un homme sur le bras.

Elle cessa donc de s'agiter.

— Alors, finalement, vous voulez rester encore un peu avec moi.

— Je n'ai pas le choix il me semble, dit-elle dans un soupir. Je ne veux pas que ma conduite alimente les mauvaises langues.

Il avait de nouveau gagné, et il s'en félicitait comme l'attestait son sourire.

— Pourquoi auriez-vous peur des mauvaises langues ? Si je me trompe et que vous n'avez réellement pas envie d'être avec moi, il vous suffit d'appeler à l'aide l'un des nombreux gentlemen qui vous ont fait la cour ce soir. Un claquement de vos jolis doigts suffirait, ajouta-t-il en joignant le geste à la parole. Mais peut-être n'en êtes-vous pas aussi sûre ? La plupart de ces gentlemen ont eu droit à des rebuffades de votre part, n'est-ce pas ? Ils seraient capables de montrer de la compréhension ou même, peut-être, de la sympathie à mon égard. Depuis votre veuvage, vous n'avez pas cessé de jouer les aguicheuses, tout en rejetant les hommes dès qu'ils se montrent un peu trop pressants.

— Ce n'est pas du tout cela ! se défendit-elle avec véhémence. Je croyais que ces gentlemen avaient des intentions honnêtes. Si l'un d'entre eux m'avait proposé le mariage, j'aurais accepté. Je n'ai jamais cherché autre chose. Avec vous non plus, d'ailleurs.

Barton sourit de plus belle.

— Quelle charmante naïveté ! Je pense que c'est cette combinaison d'ingénuité et d'expérience qui m'attire le plus chez vous. Vous croyez possible de revenir en arrière et de tout recommencer. Retrouver un mari et fonder une famille. Mais vous n'avez plus dix-huit ans depuis longtemps et, sauf votre respect, votre fraîcheur s'est quelque peu fanée. Quand les hommes vous regardent, ils savent que vous êtes trop vieille pour assurer à coup sûr la pérennité de leur lignée, mais que vous pouvez leur donner tous les plaisirs qu'une femme peut leur apporter. Vous n'êtes plus une oie blanche, chère amie... Avec vous, pas besoin de prendre des gants. Vous avez connu les plaisirs de la chair et vous n'en avez pas peur. Au contraire.

Il sourit et l'attira vers lui.

— Je le vois dans vos yeux, dans la lueur qui brille dans vos prunelles. Ce qui vous manque, ce sont les caresses d'un homme. Et c'est davantage du scandale que de moi que vous avez peur. Ici dans le noir, je pourrais vous voler un baiser, peut-être même plus. Je suis certain que cela ne vous inquiéterait pas outre mesure ; pas autant, en tout cas, que l'idée qu'on pourrait nous surprendre. Je vous soupçonne d'être prête à vous donner librement, dès lors que tout se passe en toute discrétion. Dites-vous bien qu'en ce moment je pourrais attirer l'attention de mes invités et ruiner ainsi votre réputation.

Il resserra sa prise puis, voyant qu'elle ne se rebiffait pas, il la relâcha d'un air satisfait.

— Ils penseront seulement que vous êtes une brute et que vous avez abusé de votre force avec une faible femme, rétorqua Constance.

— Une femme qui a accueilli mes invités et passé la soirée à mes côtés, comme si elle était la maîtresse de maison ? Personne ne pourra croire que vous n'étiez pas consentante. Si vous vous plaignez, toutes les mauvaises langues jugeront que vos plaintes ne font que confirmer leurs soupçons. Par contre, si vous me laissez vous embrasser, ici, dans le noir, nous pourrons retourner ensuite séparément dans le salon et personne ne saura que vous avez été seule avec moi.

Elle se maudit pour avoir cru pouvoir jouer au plus fin avec Barton dans sa propre maison. Elle avait réussi à récupérer le collier, mais elle avait perdu une nouvelle bataille. Elle maudit également M. Smythe pour avoir su aussi bien se servir d'elle. Le délai de quinze minutes était largement écoulé, elle en était sûre. Malgré cela, il n'éprouvait aucun scrupule à la laisser entre les griffes de Barton. Il avait eu ce qu'il voulait et certainement était-il déjà parti, sans se préoccuper de savoir ce qu'elle était devenue.

Résister à Barton maintenant ne lui serait d'aucune utilité. Si elle cédait, l'épreuve ne durerait peut-être pas trop longtemps et elle pourrait ensuite recouvrer sa liberté. Résignée, elle ferma les yeux et pencha la tête en arrière, en priant intérieurement pour que personne ne les surprenne.

Barton la tenait. Elle n'avait aucune envie de donner encore plus de grain à moudre aux mauvaises langues.

Ses lèvres s'emparèrent des siennes et, quand il

voulut pénétrer avec sa langue dans sa bouche, elle ne résista pas non plus. Elle pouvait seulement espérer qu'il n'oserait pas aller trop loin dans un endroit public où n'importe qui pouvait survenir à n'importe quel moment. Et, après cette nuit, elle s'arrangerait pour ne plus jamais être seule avec lui.

Il faisait de son mieux pour éveiller ses désirs et elle prenait un malin plaisir à ne pas répondre à ses efforts. S'il avait envie de la caresser, grand bien lui fasse. Lorsqu'il se rendrait compte qu'elle restait aussi froide qu'un glaçon, il finirait par se lasser et la laisserait s'en aller. Quoi qu'il fasse, elle s'arrangerait pour lui gâcher tout son plaisir — ainsi, il aurait moins envie de recommencer.

Il dévorait sa bouche consciencieusement et ses mains étaient sur ses épaules. Ce n'était qu'une question de temps avant qu'elles s'aventurent plus bas.

A sa grande surprise, elle n'éprouvait rien et ne se sentait même pas outragée. Son esprit était étrangement détaché de son corps. Elle n'avait qu'une seule envie : que cela se termine vite et qu'elle puisse rentrer chez elle. Qu'il fasse ce qu'il avait envie de faire et qu'elle en soit débarrassé. Les dernières années, les étreintes de son mari n'avaient pas réussi à mettre ses sens en émoi et elle doutait fort que les caresses maladroites de Barton puissent y parvenir.

Comme elle l'avait prévu, Barton laissa glisser ses mains doucement vers sa poitrine.

Puis, brusquement, il s'écarta d'elle en jurant.

Un bruit de piétinement maladroit résonna derrière eux au milieu d'un parterre de plantes exotiques, accompagné par un sifflotement au fur et à mesure que l'intrus se rapprochait.

Barton fit un pas ou deux en direction du bruit.

— Hé là, vous ! Que diable faites-vous ?

— Que croyez-vous ? Je cherche un chemin pour sortir de cette satanée jungle, pardi !

La surprise passée, Constance dut faire un effort pour ne pas éclater de rire. M. Smythe ! Elle se sentait à la fois heureuse et soulagée qu'il soit venu mettre un terme à son supplice. Quel homme, ce Smythe !

— Je voulais seulement aller respirer un peu, expliqua Smythe d'une voix hésitante. A peine étais-je sorti de la maison que je me suis retrouvé perdu au milieu de cette forêt vierge. J'ai bien envie d'aller me plaindre au propriétaire !

— Je suis le propriétaire ! Vous feriez mieux d'aller cuver votre vin ailleurs, au lieu de tituber au milieu de mes bégonias !

Barton était rouge de fureur.

Constance s'écarta de l'allée et disparut dans la pénombre. Dissimulée derrière un arbre, elle continua d'observer la scène, tout en riant sous cape.

Il y eut un silence, comme si M. Smythe avait quelque peine à réaliser la situation.

— Des bégonias ? C'était donc cela. Oh, il n'y a pas trop de mal. De toute façon, ils étaient déjà à moitié morts. S'ils avaient été un peu arrosés, ils ne seraient pas en aussi piteux état.

— Avant d'être piétinés, ils étaient en parfaite santé ! Je les avais fait venir de France !

— Ah bon… Si vous mettiez des fleurs anglaises

dans vos parterres, vous auriez moins de problèmes. Elles sont tout aussi jolies et moins fragiles.

— Allez-vous-en de chez moi, espèce de bouffon aviné ! Vous m'aviez été recommandé par un ami, Smythe, c'est pour cela que je vous ai invité. Je le regrette à présent. Vous n'êtes qu'une fripouille malpolie et infréquentable. Plus jamais vous ne remettrez les pieds dans ma maison ! Si vous ne partez pas immédiatement, je vous ferai jeter dehors par mes domestiques.

— C'est bon, je m'en vais, je m'en vais. Je n'insiste jamais quand je vois que je ne suis pas le bienvenu.

Le piétinement recommença, Smythe ayant repris son chemin vers la rue, en continuant de faire semblant de tituber — et en écrasant, au passage, d'autres plantes coûteuses et exotiques.

Barton laissa échapper un nouveau chapelet de jurons, puis revint vers l'endroit où il avait laissé Constance et l'appela à voix basse.

Plaquée derrière son arbre, elle osait à peine respirer.

Il passa tout près d'elle. Elle resta immobile dans l'ombre, son cœur battant à se rompre.

Il la chercha et l'appela pendant quelques instants encore, puis il jura entre ses dents et se dirigea vers la maison, espérant probablement la retrouver dans le salon.

Elle soupira et un sourire de satisfaction erra sur ses lèvres. Il pouvait toujours la chercher. Maintenant qu'elle avait le collier, elle n'avait plus aucune raison de rester une minute de plus. Elle avait les bras nus, ayant laissé son châle à l'intérieur, mais, grâce à Dieu, la nuit n'était pas trop froide. Elle était capable de trouver son chemin jusqu'à la rue à travers le jardin. Après la façon dont il s'était conduit avec elle, elle n'avait aucune envie de prendre congé de son hôte.

Elle s'enfonça dans la nuit. La maison se trouvant derrière elle, elle devrait sans peine…

— Permettez.

Une main sortit de l'ombre et lui saisit le bras.

Elle sursauta.

— Smythe !

— Lui-même.

— Je croyais que vous étiez parti.

— En vous laissant seule dans le noir avec Barton ? Je ne suis pas un goujat. Avez-vous une voiture qui vous attend de l'autre côté de la maison ?

— Barton a envoyé la sienne me chercher. J'espérais trouver un ami pour me ramener chez moi.

— Vous venez d'en trouver un. Si vous pouvez vous en aller immédiatement, je me charge de vous faire raccompagner. Je crains de ne plus être vraiment le bienvenu chez ce cher Barton.

Il sourit. Un sourire qu'elle devina plus qu'elle ne le vit dans l'obscurité.

Elle lui rendit son sourire.

— Je n'ai aucune envie d'y retourner, moi non plus. Votre offre me convient et je vous en remercie.

— Parfait.

Il avait l'air sincèrement heureux d'être en sa compagnie. Il glissa son bras sous le sien et l'entraîna en direction de la rue.

Un frisson d'excitation la parcourut à l'idée d'être de nouveau seule avec lui dans le noir, loin des lumières du salon. N'importe quoi pouvait arriver et personne ne le saurait.

— Vous ne devriez pas être aussi imprudente avec votre réputation, Votre Grâce.

— Je vous demande pardon ?

Sa voix avait été douce et gentille, mais avec une pointe de réprobation.

— Je voulais parler de votre présence tout à l'heure dans le jardin avec Barton.

— C'est vous qui m'avez demandé de le tenir occupé, lui rappela-t-elle sur un ton acerbe. Par n'importe quel moyen.

— Après ce que vous m'aviez dit pendant que nous dansions, je ne pensais pas que vous choisiriez celui-là. Aviez-vous envie qu'il vous embrasse ?

— Pas particulièrement.

Il eut une brève hésitation.

— Vous y avez pris plaisir ?

— C'est une question très impertinente.

— Et une réponse très évasive.

— Mais vous n'en aurez pas d'autre, répliqua-t-elle avec fermeté. Avez-vous au moins réussi à trouver ce que vous cherchiez ?

— Non, malheureusement. Qu'est-ce qui vous fait penser que je cherchais quelque chose ?

Elle pencha la tête sur le côté et le regarda, les yeux mi-clos.

— Ce n'est pas une certitude, mais je pense — ou, plutôt, j'espère — que, si vous aviez eu simplement l'intention de commettre un cambriolage, vous n'auriez pas eu envie, ni même besoin, de m'impliquer dans votre forfait.

Il hocha la tête.

— C'est vrai. Et ne vous inquiétez pas. Cela ne se reproduira plus. Je vous ai déjà beaucoup trop impliquée dans mes — comment dire ? — expéditions nocturnes.

— Oh, ce n'était pas grand-chose, dit-elle avec précipitation. Je n'en suis pas morte.

— Néanmoins, vous contraindre involontairement à accepter un baiser de Barton sous le ciel étoilé…

Son ton avait été un peu mordant. Suffisamment pour faire réagir Constance.

— Ce n'était qu'un baiser.

— Vraiment ? Mais un baiser peut se révéler fort dangereux.

Il la fit tourner vers lui et l'enlaça avec ses bras.

— Permettez-moi de vous en faire la démonstration.

Avant qu'elle ait eu le temps de réagir, sa bouche s'empara de la sienne.

Ce fut comme la nuit où il s'était introduit dans sa chambre. Un baiser aussi romantique et enivrant que le parfum des roses. Les yeux fermés, elle s'y abandonna, en laissant ses sens s'éveiller au contact de son corps dur et viril.

Glissant ses mains à l'intérieur de sa veste, elle sentit avec délice les muscles de ses épaules et de son dos frémir sous ses doigts. Tour à tour ferme et possessive ou aussi légère qu'une plume, sa bouche dévorait la sienne et leurs langues se livraient le plus merveilleux des duels. Quand il s'écarta pour reprendre sa respiration, elle le prit par la taille et cambra le haut de son corps, en livrant délibérément son cou et sa gorge à ses baisers.

Il accepta son invitation et traça un sillon de feu sur sa peau, avant d'enfouir son visage dans le creux de son épaule.

— Vous y prenez plaisir, quand je vous embrasse ? murmura-t-il d'une voix étouffée.

— Oui, avoua-t-elle en frissonnant.

Il insinua un doigt à l'intérieur du col de sa robe et l'écarta de son corps, en la faisant glisser le long de son bras. Puis il planta un baiser sur la base de son sein.

Elle laissa échapper une exclamation de surprise et de plaisir mêlés.

Il rit et en planta un deuxième, encore un peu plus bas.

— Je vais vous embrasser de nouveau à cet endroit. Assez fort pour y laisser une marque. Personne ne le saura, à part nous deux. Vous en avez envie ?

— Oh, oui, dit Constance, choquée par sa propre réponse mais incapable de lui refuser quoi que ce soit.

Il pencha de nouveau la tête et elle sentit ses lèvres sucer sa peau — une sensation délicieuse qui fit monter une vague de chaleur dans ses reins.

Cela ne dura qu'un instant. Puis il enfouit de nouveau sa tête dans le creux de son épaule et lui murmura à l'oreille.

— Dorénavant, si vous avez envie d'être embrassée, ne galvaudez plus vos charmes avec une canaille comme Barton. Choisissez quelqu'un qui soit digne de votre affection.

Sur cette recommandation, il l'entraîna à travers les arbres et, quelques instants plus tard, ils franchirent un petit portillon dont il força la serrure en un tournemain.

« Un cambrioleur n'est jamais dans l'embarras quand il se trouve devant une porte », songea-t-elle intérieurement.

Smythe siffla et une voiture sortit de la pénombre. Noire, tirée par un attelage de chevaux bais et conduite par un cocher emmitouflé dans une grande cape, coiffé d'un chapeau à larges bords qui dissimulaient la plus grande partie de son visage.

Smythe lui donna ses instructions, puis il aida Constance à monter dans la voiture et referma la portière sur elle.

— Vous ne m'accompagnez pas ? questionna-t-elle en penchant la tête à la fenêtre.

— Mon cocher va vous ramener chez vous, répondit-il en la regardant avec des yeux brillants de désir. Vous serez plus en sécurité avec lui ce soir que seule dans une voiture avec moi.

— Mais, et vous, comment allez-vous rentrer chez vous ?

« Où habitez-vous ? Quelqu'un vous attend-il ? Une femme peut-être ? » Autant de questions qui se bousculaient dans sa tête.

Il lui sourit, le visage à demi éclairé par les lanternes de la voiture.

— Ne vous inquiétez pas pour moi, Votre Grâce. Je saurai me débrouiller. J'espère que nous aurons l'occasion de nous rencontrer de nouveau…

Il la salua de la tête, pendant que la voiture s'ébranlait, puis il disparut dans l'ombre des arbres de la rue.

Elle se laissa aller en arrière sur la banquette en cuir,

le cœur battant à grands coups dans sa poitrine. Il avait raison. Un baiser pouvait être fort dangereux. Le sien avait été plus enivrant que tout le champagne qu'elle avait bu pendant la soirée. Il avait mis ses sens en feu, alors que celui de Barton l'avait laissée aussi froide qu'une statue de marbre.

L'accusation de Barton n'était peut-être pas aussi injustifiée qu'elle l'avait imaginé. Elle était prête à transgresser toutes les règles, dans la mesure où elle ne risquait pas d'être surprise. Avec M. Smythe, au moins, elle ne risquait rien. Elle pouvait compter sur sa discrétion, elle en était persuadée.

« Seigneur, Connie, reprends-toi ! » se morigéna-t-elle, stupéfaite de la tournure que prenaient ses pensées.

Elle pouvait à peine se maîtriser au souvenir de ses caresses. Elle sentait encore son baiser, ardent et sensuel. La marque, encore brûlante à la naissance de son sein, était là pour lui rappeler tous les endroits et toutes les façons dont il pourrait l'embrasser si elle le laissait faire.

Pourquoi avait-elle accepté aussi facilement ? Etait-ce parce qu'il l'avait embrassée d'autorité, sans rien lui demander ?

Au début, il avait agi ainsi. Mais ensuite, après leur première étreinte, il lui avait demandé ce dont elle avait envie, ce qui pourrait la rendre heureuse. Contrairement aux prétendants qui lui avaient fait la cour, il n'avait pas cherché à acheter son honneur et ne s'était pas inquiété de savoir si un autre homme lui avait proposé un prix plus élevé. Il ne lui avait pas lancé un ultimatum ou menacé de détruire sa réputation.

Son premier baiser avait été pour lui donner un

échantillon de ce qui était à venir et il lui avait promis de lui donner encore plus de plaisir, si elle voulait bien y consentir. Il n'y avait eu aucun marchandage. Pas une seule fois, il n'avait proposé de l'entretenir ou même de lui donner des bijoux ou de payer ses factures en échange de ses charmes. Il n'avait même pas dit ce qu'il voulait d'elle. Il l'avait embrassée de nouveau parce qu'il en avait envie et parce qu'il avait deviné qu'elle préférait cent fois ses baisers à ceux de Barton. Cela avait été simplement un moment de plaisir partagé.

Elle glissa ses doigts sous l'étoffe de sa robe, en imaginant que ses lèvres s'y trouvaient encore. Il lui avait dit qu'elle ne serait pas en sécurité avec lui… Elle l'imagina à côté d'elle, la serrant contre lui dans la pénombre de la voiture. Elle serait seule et complètement à sa merci. Ses mains courraient librement sur son corps, et elle savait intuitivement qu'elle ne ferait rien pour les repousser.

Au contraire. Elle aurait envie qu'il continue. Sa sécurité… Quelle sécurité ? En quoi les caresses d'un homme doux et attentionné pouvaient-elles la mettre en danger ?

Elle secoua la tête afin de chasser les images par trop troublantes qui se bousculaient dans son esprit et se pencha à la fenêtre pour offrir son visage à la fraîcheur de l'air nocturne. Ce faisant, elle jeta un coup d'œil aux rues que la voiture traversait. La direction semblait bonne, mais comment le cocher allait-il pouvoir trouver sa maison ? Elle n'avait pas entendu Smythe lui donner son adresse. Il lui avait seulement dit de la raccompagner chez elle.

Elle rentra la tête à l'intérieur et ouvrit la petite fenêtre entre la voiture et le siège du cocher.

— J'habite dans Grosvenor Square, juste après…

— Je connais le chemin, Votre Grâce. Ne vous inquiétez pas.

Il lui avait donné son titre. Et, par-dessus le bruit des chevaux, elle avait cru discerner une pointe d'amusement dans sa voix. Il la connaissait. Et il savait d'autres choses sur elle également.

— Votre maître, M. Smythe — vous travaillez pour lui depuis longtemps ?

Pas de réponse. Le cocher fit claquer son fouet sur la croupe des chevaux afin de les faire aller plus vite.

Son mutisme prouvait au moins une chose : il était loyal. Suffisamment pour rester muet. Et Smythe avait plus confiance en lui qu'en lui-même.

Ils approchaient de sa maison. Constance se mordit la lèvre de frustration. Elle ne savait rien de M. Smythe. Il avait été invité chez Barton, mais il n'était pas l'un de ses familiers. Comment faire pour le revoir ?

La voiture s'arrêta en douceur devant la porte de son hôtel particulier. Le cocher sauta de son siège, lui ouvrit la portière et lui tendit la main pour l'aider à descendre.

Elle le regarda, sans trop savoir ce qu'elle allait découvrir. Le visage du cocher n'était plus dissimulé par le bord de son chapeau et elle lui trouva un air honnête et franc. Pas du tout le visage d'un bandit. Etonnamment amical. De son côté, il la dévisagea ouvertement, avec une curiosité qu'elle aurait trouvée inconvenante de la part d'un domestique, si elle n'avait pas eu envie de gagner sa confiance afin d'en savoir un peu plus sur son maître.

Elle essaya de nouveau.

— S'il vous plaît, au sujet de M. Smythe. Je ne sais rien ou presque de lui. Même pas son adresse ou son prénom. Si j'avais besoin de le contacter…

Les derniers mots s'étouffèrent au fond de sa gorge. C'était horriblement hardi de sa part, elle en avait conscience.

Le cocher la regarda fixement pendant un long moment, d'une façon totalement dénuée de servilité. Puis il haussa les épaules et elle eut l'impression qu'il se moquait d'elle. Il fouilla dans la poche de sa veste et en sortit une carte de visite à laquelle il jeta un coup d'œil, avant de la lui tendre.

— Voici sa carte, Votre Grâce.

— Merci, murmura-t-elle en réprimant avec peine un soupir de satisfaction.

« Joue l'indifférence, n'aie pas l'air trop empressé… »

Mais ce fut plus fort qu'elle. Elle lui arracha pratiquement la carte des mains, lui tourna le dos et l'enfouit dans le creux de son corsage. Puis, le visage empourpré, elle monta les marches du perron et s'engouffra dans sa maison.

Une fois à l'intérieur, elle se réfugia dans sa chambre, referma la porte derrière elle et, plongeant sa main dans son corsage, repêcha la carte nichée entre ses seins.

« Anthony de Portnay Smythe »

Anthony Smythe, Anthony, Tony.

Elle essaya les diverses versions du nom, les savourant et prenant plaisir à la façon dont elles résonnaient à son oreille.

Avant de sonner Susan pour qu'elle vienne l'aider à se déshabiller, elle chercha un endroit où cacher la carte et choisit finalement de la glisser sous son oreiller.

Quelques minutes plus tard, pendant que sa camériste dénouait les attaches de sa robe, elle ne put s'empêcher de sourire. Décidément, elle était incorrigible ! Elle serait toujours aussi sentimentale et fleur bleue. Une carte de visite pouvait difficilement passer pour une marque d'affection. D'autant plus que ce n'était même pas Anthony lui-même qui la lui avait donnée. Peut-être qu'il n'avait pas envie qu'elle en sache plus sur lui.

Susan était en train de défaire son corset et, quand Constance se retourna, la camériste eut un sursaut presque imperceptible. La marque était là, à la naissance de son sein.

— Avez-vous passé une soirée agréable chez lord Barton, Votre Grâce ? s'enquit-elle d'une voix neutre, comme si elle n'avait rien remarqué.

— Très agréable, répondit Constance en laissant échapper un soupir de plaisir involontaire.

— C'est ce que je pensais, commenta Susan sur un ton légèrement désapprobateur.

— Malgré la présence de lord Barton, corrigea Constance. Il est toujours aussi odieux. Je compte bien ne plus jamais le revoir.

Une résolution qui sembla avoir apaisé les craintes de la camériste.

— Je l'espère pour vous, Votre Grâce.

— Cependant, j'ai fait la rencontre d'un autre gentleman…, avoua-t-elle, cachant son sourire derrière sa main.

Susan hocha la tête et sourit également.

— S'il est capable de faire briller vos yeux de cette façon, ce doit être un homme remarquable.

Constance soupira.

— Peut-on jamais savoir quelles sont les intentions d'un gentleman, Susan ? Je me suis trompée tellement souvent par le passé.

— S'il a su vous rendre heureuse, Votre Grâce, il est peut-être temps de penser avec votre cœur, au lieu de penser avec votre tête.

La duchesse de Wellford sentit un frisson d'excitation la parcourir tout entière. Si elle pouvait penser avec son cœur, le choix serait facile. Elle avait envie d'Anthony Smythe et il lui avait montré suffisamment qu'il n'était pas insensible à ses charmes.

« Pour l'instant, du moins. »

La voix de la raison la ramena brutalement à la réalité. Bien sûr qu'il lui était agréable d'imaginer les plaisirs qu'elle pourrait connaître dans les bras de M. Smythe. Et, sûrement, elle avait le droit de rêver. Après tout, cela ne faisait de mal à personne. Mais cela ne pourrait être, au mieux, qu'une solution temporaire. Si elle venait à accepter d'autres bourses pleines d'or de son « gentleman cambrioleur », en échange de son affection et des charmes de son corps, elle deviendrait ce qu'elle craignait le plus de devenir, une femme entretenue. Pas vraiment une catin certes, mais la différence était bien mince.

Et s'il lui proposait le mariage ?

« Ne dis pas de bêtises, Connie… »

La pensée avait quelque chose de fascinant et d'horrifiant tout à la fois. Mais, de toute façon, ce n'était pas une éventualité qu'elle pouvait envisager. Elle serait folle de lui faire confiance les yeux fermés ou d'attacher trop d'importance à ses baisers. La première nuit, il lui avait dit qu'il en aimait une autre. Il pouvait être momentanément infidèle à l'élue de son cœur et désireux d'avoir une aventure avec elle, si elle l'y encourageait. Mais, au bout du compte, ses intentions à son égard ne se révéleraient pas plus honnêtes que celles de ses autres « prétendants ».

Même si ce serait plus agréable avec lui qu'avec les autres, car il s'était montré à la fois passionné et plein de prévenance.

En outre, c'était un cambrioleur, se rappela-t-elle intérieurement. Malgré son envie d'une union honorable, dans les liens du mariage, elle ne pouvait pas fermer les yeux sur les activités délictueuses d'Anthony de Portnay Smythe. Si jamais la vérité venait à se savoir, c'en serait fini de sa réputation et de la sienne. Pire encore, il pouvait être pris la main dans le sac, être emprisonné et pendu. Que deviendrait-elle alors ? La veuve d'un criminel, rejetée par toute la bonne société. Sa situation actuelle était cent fois préférable.

En dernier recours, elle pourrait toujours se réfugier à Wellford, dans sa maison douairière, et finir sa vie sans amour et oubliée de tous, comme le lui avait suggéré à demi-mot son neveu.

Elle secoua la tête tristement.

— Malheureusement pour moi, Susan, je ne pense pas pouvoir me permettre d'écouter mon cœur. La réponse à mes problèmes ne s'appelle sûrement pas

Barton. Mais je ne peux pas non plus me donner corps et âme à cet autre gentleman, malgré tout le désir que je pourrais en avoir. Pour des raisons que je préfère garder pour moi, mais qui rendent une idylle entre nous totalement impossible.

Après cette confession, Constance laissa sa camériste l'aider à se coucher. Puis, quand celle-ci fut sortie, elle souffla sa chandelle et resta seule dans ses draps froids, éclairée seulement par les braises qui rougeoyaient dans l'âtre.

Presque sans y penser, elle glissa une main sous son oreiller et chercha la carte de visite d'Anthony Smythe. Ses doigts caressèrent le papier glacé et, peu à peu, elle sombra dans le sommeil, réconfortée et rassurée par ce lien — oh combien ténu — avec *son* gentleman cambrioleur.

# 6

Patrick ouvrit les rideaux du lit avec une énergie aussi inhabituelle qu'inutile. Aveuglé par la lumière du soleil, Tony grimaça en battant des cils. Maintenant, son valet de chambre faisait tinter les assiettes ostensiblement sur le plateau du petit déjeuner.

— Bonjour, Patrick, grommela-t-il en tendant la main pour saisir sa tasse de café.

Apparemment, son valet de chambre désapprouvait que son maître soit rentré à une heure aussi tardive. Il pouvait bien aller au diable, peu lui importait !

Après avoir renvoyé sa voiture, Tony s'était rendu à l'hôtel particulier de lord Stanton où, après avoir présenté ses hommages à lady Esme, il avait assuré St John qu'il s'était complètement trompé au sujet de Constance. La duchesse douairière de Wellford n'était en rien impliquée dans les projets louches de Jack Barton.

Elle était aussi innocente qu'un bébé qui vient de naître.

Du moins en ce qui concernait le vol et le recel des planches de la Banque d'Angleterre.

Un sourire de satisfaction erra sur ses lèvres au souvenir de la façon dont elle s'était mordue la lèvre quand il avait imprimé un suçon sur sa peau et dont ses doigts s'étaient plantés dans ses épaules pour le serrer plus fort contre elle.

Dans ce domaine, elle était tout sauf innocente. Et ce n'était pas pour lui déplaire.

Cependant, il avait été beaucoup plus embarrassé quand il avait dû avouer à Stanton son manque de succès dans la mission qu'il lui avait confiée.

Certes, il n'avait eu aucun mal à découvrir la presse d'imprimerie, le papier et l'encre dans la cave de l'hôtel particulier de Barton. Mais pas de trace des planches. Il n'y avait aucune preuve que des faux billets avaient été imprimés sur place, or tout le matériel nécessaire était bien là. Il n'aurait servi à rien de le détruire, si ce n'est de mettre Barton sur ses gardes. Il fallait, avant tout, mettre la main sur les planches et elles étaient vraisemblablement enfermées à l'abri dans le coffre de son bureau, protégées par une serrure Brahma. Une serrure qu'il avait été incapable de forcer.

St John n'avait pas été particulièrement impressionné par son rapport.

— Essayez de nouveau, avait-il dit simplement en lui versant un deuxième whisky.

Comme si c'était facile ! Le fait que la serrure Brahma était réputée inviolable l'avait laissé de marbre. N'avait-il jamais vu le défi que la compagnie Brahma avait affiché dans sa vitrine pour se gausser des voleurs et des perceurs de coffres-forts ? La compagnie offrait deux cents guinées à celui qui réussirait à l'ouvrir. Une affiche qui était depuis vingt ans dans la vitrine, sans que personne n'ait été capable de relever le défi.

Stanton ne lui avait pas suggéré de rendre l'avance qu'il lui avait faite, mais, à un moment ou à un autre, le sujet pourrait bien venir sur la table si Tony venait à déclarer qu'il lui était totalement impossible de remplir sa mission.

Naturellement, il pouvait aisément se permettre de rendre les cent guinées et déclarer forfait. Mais il était piqué dans son orgueil à l'idée d'être obligé d'en venir à une pareille extrémité. S'avouer vaincu n'était pas dans sa nature et, même si l'inviolabilité de la serrure Brahma était de notoriété publique, il arrivait souvent que la notoriété publique se trompe. Il lui faudrait peut-être du temps pour y parvenir, mais avec un peu de pratique…

Il regarda Patrick, qui était en train de préparer ses vêtements pour la journée, et décida d'occuper son esprit à des sujets plus agréables.

— Le trajet de retour jusqu'à l'hôtel particulier de la duchesse de Wellford s'est passé sans incident, je suppose ? s'enquit-il en prenant un air faussement indifférent.

Le valet de chambre finit de brosser sa veste avant de lui répondre.

— Un chat de gouttière a failli finir tragiquement sous les roues de la voiture, mais j'ai réussi à l'éviter juste à temps. La pauvre bête s'en est tirée avec la peur de sa vie.

— La duchesse est arrivée à bon port, saine et sauve ?

— Je l'ai déposée devant sa porte. Elle s'est montrée fort reconnaissante et, si vous voulez bien me pardonner de l'avoir remarqué, Monsieur, j'ai eu rarement l'occasion de raccompagner chez elle une aussi charmante passagère.

L'approbation de Patrick mit du baume au cœur de Tony. Il était étrangement agréable de savoir que son opinion de Constance était partagée par son valet de chambre.

— Même si je l'ai trouvée plutôt bavarde pour une personne de la haute noblesse, poursuivit Patrick. En général, les ducs et les duchesses ne s'abaissent guère à…

— Bavarde ?

— Oui, Monsieur.

Patrick se retourna vers la commode pour choisir des chemises, comme si de rien n'était.

— Qu'a-t-elle dit ? questionna Tony quand il ne put y tenir plus longtemps.

— Elle m'a demandé des renseignements à votre sujet, Monsieur.

Tony s'assit et, ce faisant, faillit renverser sa tasse de café.

— A mon sujet ?

— Oui, Monsieur.

Le valet de chambre posa le plateau devant lui et remplit de nouveau sa tasse, avant de s'écarter.

— Que lui as-tu répondu ?

— Rien. Un valet doit savoir rester à sa place, Monsieur.

Il avait choisi vraiment le pire moment pour se souvenir de sa position et se conduire comme un domestique.

— J'ai supposé que vous aviez une bonne raison pour avoir négligé de lui donner votre prénom ou votre adresse. Vous désiriez peut-être ne pas être importuné de nouveau par cette dame…

Tony laissa échapper un juron. Elle ne savait pas qui

il était ? Pourtant, il lui avait été présenté, en bonne et due forme !

Certes, mais à ce moment-là, elle n'avait eu d'yeux que pour Barton. Il planta sa fourchette dans ses œufs au bacon avec plus de force qu'il n'était nécessaire.

Le visage de Patrick s'illumina.

— Puis, je me suis souvenu quel grand dadais vous étiez avec les femmes et, surtout, avec une certaine femme en particulier. Je vous ai soupçonné d'avoir simplement oublié l'importance d'une telle information. Je lui ai donc donné l'une de vos cartes de visite.

Tony poussa un soupir de soulagement.

— Comment l'a-t-elle acceptée ?

Patrick mima le geste d'une femme qui glisse une carte dans son corsage.

— Sauf votre respect, Monsieur, je crois que votre nom est plus avancé avec cette dame que vous ne l'êtes vous-même.

Plus tard, pendant que Patrick le rasait, Tony sentit un sourire ridicule envahir son visage. Elle avait voulu connaître son nom. Et l'avait gardé précieusement à côté de son… cœur.

L'image de sa carte, nichée entre les seins de Constance, tout contre sa peau nue, le rendit presque fou de désir. Patrick avait raison. Il devrait battre le fer tant qu'il était chaud. Il passa un doigt sur son menton et sur sa joue. Lisse et ferme. Non pas qu'elle se soit plainte qu'il piquait la nuit précédente. Mais il valait mieux ne pas s'imaginer que la partie était gagnée et que son intérêt pour lui était indéfectible.

— Patrick, mon meilleur costume, s'il te plaît. Je sors. Et prends un soin particulier à mon nœud de cravate.

— Oui, Monsieur.

— Et, pendant que je serai parti, j'ai une tâche à te confier. Tu te rendras à la compagnie Brahma Locks. Je désire qu'un coffre-fort soit installé dans mon bureau. Tu leur diras que c'est très urgent, car j'ai des valeurs à mettre à l'abri et une peur horrible des voleurs.

— Bien, Monsieur.

Deux heures plus tard, Tony dut admettre que la journée ne se déroulait pas comme il l'avait prévu. Il avait envisagé une conversation courtoise avec Constance dans son salon. L'embrasser la nuit, à la lueur des étoiles, c'était déjà bien. Excellent, même, à vrai dire. Mais il devait trouver un moyen de lui montrer à la lumière du jour qu'il avait des manières de gentleman, s'il voulait que leur relation aille plus loin.

Dérogeant à ses habitudes, il se présenta donc à la porte de son hôtel particulier, pour se voir répondre, à son grand désappointement, que Sa Grâce n'était pas chez elle. Il laissa une carte de visite et demanda au majordome, aussi poliment que possible, où elle pouvait être par une aussi belle journée.

Maintenant, ayant appris qu'elle était allée faire des courses et qu'elle devait ensuite se rendre à la bibliothèque de Bond Street, il se promenait avec nonchalance entre les rayonnages de livres, en espérant croiser son chemin — tout à fait par hasard, bien entendu.

Au moment où elle entra, il était occupé à feuilleter un recueil de poèmes qu'il avait déjà lu et relu maintes fois, en essayant d'avoir l'air complètement absorbé par son contenu qu'il pouvait à peine voir, car ses besicles étaient restées chez lui, sur son bureau.

Elle n'était pas seule. Une constatation qui le fit jurer intérieurement. Elle était accompagnée par un homme qui avait l'air plein de sollicitude à son égard et par deux jeunes demoiselles.

Que faire ? Dans le scénario qu'il avait imaginé, elle était allée faire des courses seule, ou, peut-être, avec une domestique pour l'aider à porter ses paquets. Il lui aurait été facile de l'approcher et il aurait fait une remarque désinvolte, avec une allusion indirecte à leur rencontre au bal de lord Barton.

Elle aurait ri et lui aurait répondu du tac au tac. Il lui aurait proposé de porter ses livres. Elle aurait accepté gracieusement. Une conversation se serait ensuivie. Il aurait laissé échapper des petits détails relatifs à son enfance et à son adolescence, des détails qui auraient ravivé sa mémoire et lui aurait épargné l'embarras de devoir se présenter à une femme qu'il connaissait depuis l'enfance.

Nulle part dans son scénario il n'avait envisagé que le rôle de porteur de livres et d'interlocuteur spirituel pourrait être déjà tenu par un autre.

Il lui fallait trouver un autre scénario.

Rapidement, car il ne pouvait pas prétendre ne pas l'avoir vue et, de son côté, il lui était impossible de ne pas le remarquer, car il s'était placé à un endroit où ils devaient inévitablement se rencontrer.

Il jura intérieurement.

Il se retourna et fit un pas vers elle, juste au moment où elle allait passer à côté de lui. Avant qu'il ait pu dire un mot, leurs regards se croisèrent. Elle battit des cils et une lueur inquiète brilla dans ses prunelles, puis elle rougit et, finalement, voyant qu'elle ne pouvait pas l'éviter, elle se résigna et choisit l'expression appropriée pour une rencontre imprévue et pas vraiment désirée — un sourire amical, laissant entendre aux personnes qui l'entouraient : *je connais cet homme, mais je ne sais pas vraiment qui il est, ni où je l'ai rencontré.*

Trop tard.

Les mots étaient déjà au bout de sa langue.

— Votre Grâce, dit-il en s'inclinant courtoisement. Une journée magnifique, n'est-ce pas ?

— Oui… oui, acquiesça-t-elle en bredouillant. Monsieur…

— Smythe, madame. Nous nous sommes rencontrés hier soir, au bal de lord Barton.

— Ah oui, bien sûr. Que je suis bête ! Monsieur Smythe, puis-je vous présenter le vicomte Endsted et ses sœurs, Catherine et Suzanne.

— Mesdemoiselles, milord…

Il s'inclina profondément et, à son grand dam, il entendit les demoiselles étouffer un éclat de rire d'écolière derrière leurs mains.

Quand il releva les yeux vers Constance, il vit que la réaction de ces demoiselles avait fait naître une nouvelle lueur d'inquiétude dans ses prunelles. Il n'était pas fréquentable pour elles non plus et, après son départ, elle allait devoir les mettre en garde contre lui.

— Monsieur Smythe.

Le vicomte avait appuyé un peu plus qu'il ne fallait sur le « monsieur ». Il fit un pas en avant, comme pour mettre ses sœurs hors de portée de l'intrus, et saisit la main de Tony.

Une poignée de main ferme, presque à lui broyer les phalanges. Tony hésita à lui rendre la pareille, puis y renonça en se disant que ce serait de l'enfantillage.

Visiblement satisfait de lui-même, le vicomte relâcha sa prise. Puis il jeta un coup d'œil au livre que Tony tenait dans son autre main.

— Byron ?

— Oui, je le trouve…

Comment le trouvait-il ? Il ne voulait pas donner une réponse incongrue et risquer de mettre encore un peu plus en danger son crédit auprès de Constance.

— … édifiant.

Les demoiselles gloussèrent et leur frère leur décocha un regard noir.

— Ce lord Byron a une conduite scandaleuse. Je la désapprouve totalement.

— Je n'ai pas d'opinion particulière à son sujet, car je ne l'ai jamais rencontré, répondit Tony. Mais ses poèmes sont plutôt bien tournés et ils ne contiennent rien de vraiment immoral ou condamnable.

Il jeta un coup d'œil vers Constance. Manifestement, elle préférerait se couper la langue, plutôt que de formuler une opinion. Endsted la regardait fixement, attendant visiblement un soutien de sa part.

— Il est un peu leste, concéda-t-elle finalement.

Elle grimaça un sourire embarrassé en direction de Tony, avant de se retourner vers Endsted.

Le vicomte hocha la tête.

— Ses poèmes ne sont pas convenables pour une dame.

Ce qui montrait qu'il connaissait bien peu les dames et encore moins la poésie, se dit Tony intérieurement.

— Veuillez me pardonner, monsieur, de ne pas être de votre avis. Nous n'avons peut-être pas lu les mêmes poèmes, mais je n'ai rien trouvé d'inconvenant dans ceux que j'ai lus. Il y rend hommage aux femmes avec des mots fort bien choisis et sans jamais s'écarter de la bienséance.

Constance fit comme si elle n'avait pas entendu, mais une légère rougeur envahit ses joues. Pas de doute : elle était de son avis, mais n'osait pas le dire.

Endsted le regarda de haut, avec une moue méprisante.

— De toute façon, ce n'est pas le genre de chose dont on a envie de parler dans une bibliothèque.

Tony choisit d'ignorer la rebuffade et prit un air faussement innocent.

— Pour ma part, je pense qu'il n'y a pas de meilleur endroit pour parler livres et poésie.

— Je suppose que c'est un moyen de passer le temps pour quelqu'un qui n'a rien d'autre à faire, répliqua Endsted, comme si lire des poèmes était aussi condamnable que de fumer de l'opium avec Byron. Et maintenant, monsieur, si vous voulez bien nous excuser…

Il prit Constance par le bras et l'entraîna avec autorité.

Elle ne regarda pas en arrière, mais les sœurs d'Endsted jetèrent un coup d'œil dans la direction de Tony, en riant sous cape de nouveau.

Tony hésita à rappeler Endsted et à le mettre au défi de citer ne serait-ce que le titre d'un seul poème de Byron, puis il se dit que démontrer son ignorance ne servirait à rien. Constance en serait embarrassée et cela pourrait seulement renforcer son prestige auprès des demoiselles Endsted, ce dont il se moquait éperdument.

C'était Constance qu'il désirait charmer et séduire, mais il n'avait pas la moindre idée de la façon dont il pourrait y parvenir. Du moins à la lumière du jour. La nuit, il n'y avait aucun problème. Dans l'obscurité, elle répondait à ses baisers d'une façon qui, chaque fois, rendait leur séparation plus difficile.

Mais, apparemment, s'il devait continuer à la revoir, il lui faudrait passer ses soirées à perdre la tête dans des étreintes passionnées, et accepter d'être remplacé au matin par un vicomte ou un baron. Et, vraiment, si elle avait décidé d'épouser un autre pair, qui était-il pour se mettre en travers de son chemin ? Elle devait penser à son avenir et, s'il l'aimait, il devait accepter le fait que ce n'était pas son intérêt d'avoir une liaison avec lui.

Tony soupira. Tout compte fait, sa vie était plus compliquée depuis la nuit fatale où il s'était introduit comme un voleur dans la chambre de la duchesse. Avant cela, ses nuits avaient été solitaires et son amour, son seul et unique amour, sans espoir. Si bien qu'au fil des années il avait fini par se faire une raison et être en paix avec lui-même. Maintenant, il n'avait plus qu'un seul moyen pour recouvrer sa tranquillité d'esprit : chasser de ses pensées le visage de Constance Townley et passer ses soirées en tête à tête avec son nouveau coffre-fort et ses pinces-monseigneur et autres rossignols.

Il reposa le recueil de poèmes sur son étagère, et résolut de laisser le champ libre au noble lord auquel Constance avait décidé de donner son cœur.

# 7

— Citron ?

Constance disposa les tasses et servit le thé en s'efforçant d'ignorer l'irritation grandissante d'Endsted à son égard.

— Non, merci.

En voyant la mine pincée et revêche du vicomte, elle se dit qu'elle n'avait pas besoin d'ajouter encore à son aigreur et lui proposa du sucre à la place.

Elle offrit ensuite une tasse à chacune des deux sœurs qui se servirent du sucre et du citron, tout en jetant des regards à la dérobée au dernier invité — un invité qui, à vrai dire, s'était imposé.

Quand il n'y eut plus personne à servir, Constance se tourna vers lui et lui offrit du sucre et du citron d'une voix glaciale, afin de lui faire bien comprendre qu'il n'était pas le bienvenu et qu'il ferait mieux d'aller au diable.

— Merci.

Jack Barton lui sourit, comme si de rien n'était, prit la tranche de citron qu'elle lui offrait et la posa sur le bord de sa sous-tasse.

Elle sentit ses doigts frôler les siens et pesta intérieurement. Elle n'avait pas été assez rapide et il s'était arrangé pour provoquer ce frôlement « accidentel ».

Endsted l'avait remarqué. Il avait un esprit observateur. Une qualité qui pouvait aisément devenir une nuisance. Il était également rigide et vertueux, aristocrate jusqu'au bout des ongles et d'une honnêteté sans faille, avec une dose non négligeable de fatuité. Mais c'était le premier de ses prétendants qui avait exprimé clairement son désir de la présenter à sa famille. Ses intentions étaient honorables, sinon il n'aurait jamais permis à ses sœurs de la rencontrer.

Et elle avait réussi à le décevoir, d'abord avec M. Smythe et maintenant avec Barton qui l'attendait dans son salon quand elle était revenue de la bibliothèque. Sans y avoir été invité et bien décidé à n'en pas bouger.

Susan avait encore ajouté au désastre de la journée en lui murmurant à l'oreille que M. Smythe était venu lui rendre visite et était reparti après s'être enquis de l'endroit où elle était allée, contrairement à Barton qui s'était incrusté, alors que le majordome lui avait dit qu'il ne serait pas le bienvenu et que son insistance à vouloir rester à attendre la duchesse de Wellford était inconvenante.

Ainsi, Smythe était allé à la bibliothèque avec l'espoir de la rencontrer. Elle en avait eu l'intuition — pour sa plus grande crainte. De loin, il lui avait donné l'impression d'être l'homme pondéré et sûr de soi avec lequel elle avait dansé la veille au soir, chez Barton.

Mais, au fur et à mesure qu'elle s'était approchée de lui, elle avait décelé un empressement dans ses manières qu'elle n'avait pas vu chez un homme depuis…

Combien de temps cela faisait-il ? Depuis le temps

où elle avait des soupirants, bien avant son mariage avec Robert. Quand les jeunes gens qui lui faisaient la cour buvaient ses paroles, à l'affût du moindre signe pouvant leur laisser espérer avoir réussi à conquérir son cœur. A l'époque, il n'y avait aucune de ces insinuations à mots couverts ou de ces regards libidineux qui accompagnaient toutes ses relations avec les hommes maintenant qu'elle était une veuve.

Tony Smythe l'avait regardée comme si son âge n'avait eu aucune importance pour lui, comme si elle était encore une jeune fille fraîche et jolie, avec tout l'avenir devant soi. Et elle l'avait traité de haut, avec une indifférence froide et méprisante.

La nuit dernière, elle avait eu peur de n'avoir rien à lui dire si elle venait à le rencontrer à la lumière du jour. Mais aujourd'hui elle l'avait trouvé en train de lire Byron.

Elle adorait Byron.

Elle regarda en direction de Endsted et se souvint qu'il avait trouvé la lecture de Byron tout à fait inconvenante pour une femme. Si elle réussissait à se faire épouser de lui, il n'y aurait plus de poésie dans sa vie. Elle devrait passer ses soirées à faire de la broderie ou à lire des ouvrages ennuyeux.

Elle jeta un coup d'œil de l'autre côté, en direction de lord Barton.

Une vie ennuyeuse auprès d'Endsted était sûrement préférable à la vie d'une femme entretenue.

M. Smythe, naturellement, lui lirait les poèmes de Byron. Au lit, si elle le lui demandait. Il l'aurait fait si elle ne l'avait pas humilié en public, afin de ne pas mettre en péril les faveurs naissantes d'Endsted à son égard. Elle doutait fort qu'il ait envie de la revoir, après une pareille rebuffade.

Pourquoi diable pensait-elle à lui, alors qu'elle avait besoin d'avoir l'esprit libre pour s'occuper de ses invités ? Elle reporta son attention sur les hommes en face d'elle. Endsted maintenait délibérément un silence glacial. Apparemment, il n'ignorait rien des rumeurs qui couraient sur Barton et ne supportait de rester en sa présence que par courtoisie pour Constance. Une courtoisie contrainte et forcée.

Barton ne semblait même pas se rendre compte de la tension qui régnait dans le salon. Ignorant la mine renfrognée d'Endsted, il sourit à ses sœurs.

— Si je peux me permettre, vous avez des sœurs absolument charmantes, lord Endsted.

Endsted lui décocha un regard noir, tandis que les deux jeunes évaporées gloussaient derrière la paume de leurs mains.

— Je ne me souviens pas avoir jamais eu le bonheur d'être en compagnie d'autant de jeunes personnes aussi séduisantes, poursuivit Barton d'un ton badin.

Il posa son regard un peu trop longtemps sur la plus âgée, Catherine, jusqu'à ce qu'elle rougisse et détourne les yeux.

— Etes-vous un ami de Constance ? questionna la jeune fille timidement.

— Oh, un très bon ami, répondit Barton.

Constance pouvait difficilement dire le contraire, l'homme étant dans son salon, en train de boire son thé. Comment expliquer à ses invités qu'elle tolérait sa présence seulement parce qu'elle avait peur des choses qu'il pourrait leur dire à son sujet si elle lui ordonnait de s'en aller de chez elle ?

— Oui, répéta Barton, je suis un grand ami de Sa Grâce et j'aimerais être votre ami également, si votre frère voulait bien me le permettre. M'autorisez-vous à vous rendre visite demain, à vous et à vos charmantes sœurs, milord ?

Abandonnant son flegme naturel, Endsted se leva brusquement, le visage écarlate.

— Certainement pas ! Catherine, Suzanne, nous partons.

Les deux jeunes filles grimacèrent, visiblement déçues, mais obéirent avec précipitation. Il les poussa devant lui vers la porte, avant de se retourner vers Barton.

— Je n'ignore rien de votre réputation, monsieur, comme je sais que toutes les portes de la bonne société vous sont fermées. Je vous saurais donc gré de vous tenir à une distance respectueuse de ma famille. Si jamais je vous surprends de nouveau en train de tourner autour de mes sœurs, nous réglerons cela sur le pré, pas dans un salon.

Puis il s'adressa à Constance, la voix tremblante de colère et de déception.

— Je ne sais pas ce qui vous a pris de recevoir ce monsieur chez vous, Constance. A l'avenir, vous devriez vous montrer plus sourcilleuse sur le choix de vos invités. Si vous ne le faites pas pour moi, faites-le au moins pour vous-même.

Après une dernière mise en garde muette, il sortit du salon.

Constance se retourna vers Barton qui était resté assis dans son fauteuil et qui continuait de siroter tranquillement son thé. Elle fit un pas vers lui, les mains sur les hanches, mais il n'eut même pas la courtoisie de se lever. Les insultes et les menaces d'Endsted semblaient n'avoir eu aucun effet sur lui. Il arborait toujours le même sourire serein et paisible que lorsqu'elle l'avait trouvé à son retour, installé comme chez lui dans son salon.

— Voilà ! s'exclama-t-elle. Endsted est parti et je doute qu'il revienne jamais. Vous êtes satisfait, j'espère ?

Barton la détailla ouvertement, d'une manière tellement possessive et familière qu'elle regretta de ne pas pouvoir le frapper. Elle avait l'impression d'être nue, comme s'il voyait à travers le tissu de ses vêtements.

— Pas totalement. Mais j'espère ne pas tarder à l'être.

— S'il s'agit d'une tentative pitoyable de remarque à double sens, je peux vous dire que ce n'est pas avec ce genre d'humour que vous parviendrez à me faire changer d'avis à votre égard.

— Oh, vraiment, je ne sais pas où vous avez pu voir un double sens. Je suis persuadé que vous allez bientôt satisfaire pleinement tous mes désirs.

Un frisson de répulsion parcourut le dos de Constance.

— Vous êtes odieux, absolument odieux ! Je me moque de ce que vous pouvez désirer et je trouve vos allusions profondément blessantes et déplacées ! Si vous ne le comprenez pas, je ne sais pas comment il faut vous le dire. Je n'ai pas envie de vous et n'aurai jamais envie de vous. Si vous persistez à me poursuivre de vos assiduités, ma réponse sera toujours la même. Maintenant, allez-vous-en de chez moi ! Je ne veux plus vous voir ! Plus jamais !

Peu à peu, elle avait haussé le ton, et, au bout de sa tirade, elle criait, le visage écarlate.

— Chez vous ?

Il était resté impassible et continuait de sourire, comme si de rien n'était.

Brusquement, elle comprit. Il savait qu'elle n'avait pas l'acte de propriété de sa maison et un horrible soupçon lui traversa l'esprit.

— Vous vous méprenez, je crois, poursuivit-il, sur le fait que cette maison vous appartient. Si elle était réellement votre propriété, vous seriez en mesure de me montrer l'acte, n'est-ce pas ?

Il savait. Sinon, il n'aurait pas cet air triomphal. Mais s'il y avait une chance, même minime, qu'elle se trompe, elle devait jouer la comédie.

— Je ne l'ai pas ici. Il est à ma banque, en sécurité dans un coffre.

— Vraiment ? dit-il d'un ton ironique en la menaçant du doigt. Ce n'est pas bien de mentir, Constance. Je penserais plutôt que c'est votre cher neveu qui en avait la garde et qu'il n'était pas désireux de renoncer au pouvoir qu'il avait sur vous en vous le donnant. Dommage qu'il ne soit pas un très bon joueur de cartes, même quand il n'a pas l'esprit embrumé par les vapeurs de l'alcool — et cela lui arrive rarement. Le connaissant, il est fort capable d'avoir joué ses biens immobiliers.

Il sourit. Un sourire froid et cruel.

— Pas les siens, peut-être. Il n'est pas fou à ce point. Mais quand on perd dans une nuit l'équivalent du prix d'un hôtel particulier... Tout compte fait, un joueur malchanceux et cynique peut fort bien décider de payer sa dette d'honneur avec l'acte de propriété d'une maison dont il n'est pas réellement propriétaire. C'est tentant, vous ne croyez pas ? Et tellement facile...

— Vous mentez, murmura-t-elle, le visage blême.

— Et, pourtant, c'est ce qu'il a fait. L'acte est en sécurité. Je l'ai en ma possession. Seriez-vous assez aimable pour me faire faire le tour de ma nouvelle propriété ? Nous pourrions commencer par les chambres, à l'étage. La vôtre en particulier. J'ai très envie de la visiter.

— Je ne vous crois pas.

— Alors, vous devriez aller rendre visite à votre cher neveu et le lui demander. Il doit être très éprouvant pour vous de savoir votre avenir entre les mains d'un pareil imbécile.

Elle s'accrocha à son dernier espoir.

— Freddy ne peut pas s'être défaussé légalement de quelque chose qui ne lui appartient pas. Je ferai appel aux tribunaux. Cette maison m'appartient. Mon nom est sur l'acte de propriété.

Barton haussa les épaules.

— Il y est encore. Pour le moment. Mais il n'y a pas besoin du talent d'un grand faussaire pour changer quelques lignes sur un bout de papier. Lorsqu'on me demandera de produire cet acte, soyez assurée que le nécessaire aura été fait. Vous vous apercevrez alors, Constance, que les juges sont des gens pragmatiques. Ils veulent du concret. Vous aurez votre parole, naturellement. Mais moi j'aurai une preuve matérielle, une preuve tangible. Si vous avez le moindre doute, vous pouvez aller demander à Freddy ce qu'il pense à ce sujet.

Constance se mordit la lèvre. Continuer de jouer la comédie ne servirait à rien.

— Je... je suis déjà allée le voir, admit-elle d'une

voix hésitante. Quand je lui ai demandé de me donner cet acte, il m'a avoué l'avoir perdu au jeu.

Barton hocha la tête.

— Bien, nous avançons, commenta-t-il, un sourire gourmand aux lèvres.

Elle avala avec peine la boule qui s'était formée au fond de sa gorge.

— Je suppose que vous allez me demander de payer un loyer, maintenant que je suis votre locataire.

Il jouissait intensément de sa défaite.

— Vous savez très bien que ce n'est pas de votre argent dont j'ai envie, ma chère Constance.

Elle ferma les yeux, vaincue.

— Alors, j'aurai libéré les lieux demain matin, si c'est cela que vous exigez.

Il lui saisit le poignet. Elle rouvrit les yeux, choquée par la brutalité de son geste.

— Pas si vite, ma jolie. Il est précisé dans l'acte que cet hôtel particulier est entièrement meublé. Un inventaire précis y est attaché. Si vous pouvez m'assurer que tous les meubles et tous les tableaux sont à leur place, je veux bien consentir à ne pas visiter chaque pièce de cette maison.

Elle se mordit la lèvre. Il savait qu'elle avait vendu une partie du mobilier. Il était inutile de prétendre le contraire.

— Il y a un moyen plus facile et vous le savez. Vous restez dans la maison. Vous gardez vos domestiques et je vous donne l'argent dont vous avez besoin pour remplacer tout ce que vous avez pris, même les bijoux dont vous avez dû vous séparer pour payer vos créanciers. Mais, en échange, vous acceptez que cette maison soit la mienne et que je puisse y venir quand bon me semble et y faire ce qui me plaît. J'entends, naturellement, qu'aucune porte ne me sera fermée. Celle de votre chambre, en particulier.

La main sur son poignet se détendit, pour devenir presque caressante.

— La proposition que je vous fais n'a rien de déplaisant, je vous l'assure. Je ne suis pas un homme cruel. Mes maîtresses m'ont toujours trouvé très généreux et ne se sont jamais plaintes de la façon dont je les traitais. Mais je n'aime pas que l'on me résiste.

— Et moi, je n'aime pas être forcée !

— Je n'ai pas l'intention de vous forcer. En aucune manière. Vous avez le choix. Vous pouvez quitter cette maison, si bon vous semble. Dans la mesure où son mobilier correspondra à l'inventaire attaché à l'acte, je n'aurai aucune raison de faire appel à la justice pour obtenir la rétrocession de mon bien. Ou bien vous acceptez d'être mon invitée ici et de me traiter avec la gratitude que mérite un homme qui aura résolu tous vos problèmes financiers. Je vous donne deux jours pour y réfléchir. Cela devrait vous suffire.

En voyant qu'elle ne disait rien, il continua, en insistant sur chaque mot, afin de lui faire comprendre qu'il serait intransigeant et qu'il n'y aurait pas de délai supplémentaire.

— Je reviendrai lundi, Constance. Je vous demanderai alors les clés et vous serez libre de partir ou de rester. D'ici là…

Il se pencha vers elle et posa sa bouche sur la sienne.

Elle aurait voulu que ce soit un baiser répugnant,

afin de se débattre et de le repousser, comme on se débat contre une mort prématurée. Mais, au lieu de cela, elle ferma les yeux et s'abandonna à ses lèvres en essayant de se souvenir de ce qu'elle ressentait quand Robert l'embrassait.

Elle fut obligée d'admettre que Barton n'était pas un novice en la matière. Si c'était un autre qui l'avait tenue dans ses bras, elle n'aurait pas trouvé l'expérience désagréable. Il faisait un effort louable pour essayer d'éveiller ses désirs.

Elle imagina qu'elle était dans les bras de Tony et fit semblant de ne pas être insensible à ses caresses. Dorénavant, elle allait devoir s'y habituer... Elle avait l'impression d'être au bord d'un abîme. Jamais elle ne s'était sentie aussi désespérée.

— Ce n'était pas si mal, n'est-ce pas ?

Elle sentit le rouge de la honte lui monter au visage.

— Je n'ai pas dit mon dernier mot, Jack, dit-elle d'une voix blanche. Ne croyez pas que vous avez gagné.

— Nous reparlerons de mes chances de victoire lundi, Constance. D'ici là...

Il partit, la laissant tremblante de rage et de frustration. Renoncer à ses rêves pour avoir un mari était une chose. S'il n'y avait pas de promesse d'amour, il y avait au moins une garantie de sécurité... jusqu'au moment où l'imbécile ne trouvait rien de mieux que de mourir en vous laissant à la merci d'un neveu imbu de lui-même et se moquant éperdument des obligations qu'il pourrait avoir à votre égard...

Elle secoua la tête. Elle ne laisserait pas Barton se servir d'elle à sa guise et la rejeter comme une vieille guenille quand il aurait épuisé les plaisirs qu'elle pourrait lui apporter. Il y avait sûrement un autre moyen. Si elle avait l'acte et l'inventaire, la maison lui appartiendrait. Elle les mettrait en sécurité quelque part, hors de portée des mains de Freddy et de tous les autres, comme elle aurait dû le faire le jour où Robert était mort. Elle n'aurait alors plus de comptes à rendre à personne.

Mais Barton ne serait sûrement pas disposé à les lui rendre sans contrepartie. Elle savait pertinemment ce qu'il exigerait en échange. Si elle ne voulait pas être obligée de céder à ses exigences, il lui fallait trouver un moyen de les lui reprendre.

Soudain, elle sut : elle devait s'introduire chez Barton à son insu et fouiller son bureau. C'est probablement là qu'il gardait les papiers ; un endroit où il pouvait les contempler à son aise et se féliciter de son habileté. La vanité était son trait de caractère le plus odieux. N'était-ce pas sa vanité qui l'incitait à parader avec elle dans sa propre maison ? Pour le seul plaisir de montrer à tout le monde qu'il avait réussi à séduire l'une des plus belles femmes de Londres et à en faire sa maîtresse.

Elle s'imagina en train de se faufiler dans sa maison en pleine nuit. Dès qu'elle aurait trouvé l'acte, elle repartirait sans que personne ne la remarque. Impossible. Une porte fermée à clé suffirait à faire échouer son plan. Elle était incapable de forcer une serrure et, même si elle en était capable, elle n'aurait pas les nerfs assez solides pour se lancer dans une pareille aventure.

Mais elle connaissait quelqu'un qui ne reculerait pas devant une expédition de ce genre. Son cœur se mit à battre plus vite au souvenir de la façon dont Anthony de Portnay Smythe était sorti par la fenêtre de sa chambre et était descendu le long de la façade avant de disparaître aussi silencieusement qu'une ombre. Et il s'était déjà introduit dans le bureau de Barton. Il savait même peut-être déjà où se trouvait ce maudit acte de propriété.

Si seulement elle pouvait l'inciter à aller le reprendre pour elle. La nuit du bal, elle avait tenu Barton occupé pendant le temps nécessaire à la visite de son bureau, comme il le lui avait demandé. Il lui avait dit que cela effaçait la dette qu'elle avait à son égard. Et, dans le jardin, elle l'avait laissé l'embrasser. Mais elle l'avait blessé, également, lors de leur rencontre à la bibliothèque. Quelle contrepartie pourrait-elle lui offrir en échange de son aide, après une pareille rebuffade ?

La même contrepartie que celle demandée, plus ou moins ouvertement, par tous ceux qui lui avaient proposé leur aide. Lui, au moins, il lui avait fait une proposition moins outrageante quand il lui avait demandé de le rembourser. Et il lui avait laissé délibérément une bourse pleine de pièces d'or.

Peut-être, mais elle savait intuitivement qu'il ne refuserait pas le genre de contrepartie qu'elle pourrait lui offrir… Envisageait-elle sérieusement de vendre son honneur pour un prix aussi dérisoire ?

Elle pensa au baiser passionné qu'ils avaient échangé à la lueur des étoiles dans le jardin de Barton et à la façon dont son corps avait répondu au sien quand ils dansaient. Le prix ne serait pas dérisoire si, en échange, elle récupérait la propriété de sa maison. Et le moment venu elle n'aurait guère besoin de jouer la comédie. L'idée de s'abandonner à ses caresses, nue, dans ses bras, au creux d'un lit n'avait rien de déplaisant… Au contraire, songea-t-elle, rougissante.

Les images que faisait naître son imagination quand elle se retrouverait seule avec Anthony Smythe étaient fort éloignées de la soumission passive avec laquelle elle accueillerait les « hommages » d'un autre homme — Barton, par exemple —, si elle venait à y être contrainte.

Le moment venu, se dit-elle, il lui faudrait même modérer ses ardeurs, si elle ne voulait pas se conduire d'une façon par trop éhontée et inconvenante.

Mais, pour en revenir à son plan, de quelle manière une femme pouvait-elle s'offrir à un homme en échange d'un service ?

Elle frissonna. N'était-ce pas ce qu'elle envisageait de faire ? Il ne servait à rien de déguiser son projet en l'habillant d'images romantiques, même si une nuit entre les bras de Tony pouvait être aussi agréable qu'elle l'imaginait. Toutes les relations qu'ils pourraient avoir ensuite seraient simplement le résultat d'une sorte de contrat et non le début de l'idylle passionnée qui avait surgi de son esprit enfiévré.

Elle soupira. Si la vie était comme dans les rêves, elle ne se serait pas conduite avec lui comme elle s'était conduite cet après-midi, à la bibliothèque. Elle serait allée à sa rencontre, seule, et il lui aurait fait la cour en lui lisant des poèmes de Byron et en l'assurant de sa discrétion. Ils se rencontreraient en secret et il deviendrait un peu plus hardi à chacune de leur rencontre. Elle lui opposerait un semblant de résistance, avant de succomber à son charme et à ses caresses. Leur séparation — inévitable — serait douce-amère, mais elle en garderait un souvenir ineffable qui l'aiderait à supporter les années froides et sans amour auxquelles les Parques l'avaient condamnée.

Mais, maintenant, elle devait soit renoncer à toutes ses idées romantiques et se jeter délibérément dans les bras de Tony, soit accepter de passer sous les fourches Caudines de Barton.

Rien n'était perdu, se rappela-t-elle.

L'une et l'autre de ces deux possibilités réduisaient à néant son espoir d'une cour assidue et patiente d'Anthony Smythe, mais la première était infiniment plus plaisante, dans la mesure où elle parviendrait à vaincre la répulsion instinctive qu'elle éprouvait à l'idée de devoir faire le premier pas.

Si elle devait agir, il n'y avait pas de temps à perdre.

Elle monta à la hâte dans sa chambre et tira le cordon pour appeler sa camériste.

— Susan ?

— Oui, Votre Grâce ?

— Je sors. Ma robe du soir en satin, celle qui est brochée de fils d'or.

Chaque fois qu'elle l'avait portée, elle avait été le centre de tous les regards masculins. Et elle avait envie d'être le plus possible à son avantage.

Susan sortit la toilette de la penderie et l'aida à l'enfiler.

Elle avait toujours pensé que c'était sa plus belle robe, mais, maintenant, elle n'en était plus aussi sûre, se dit-elle en se regardant dans sa psyché. Elle était magnifique, certes. Les fines broderies en fil d'or chatoyaient dans la lumière des chandelles et des petites perles étincelaient dans les bouffants des manches et du corsage. Mais elle avait l'air trop formelle, trop rigide, pour ce qu'elle avait à l'esprit ce soir.

Elle voulait être belle et séduisante. Un prix digne de tous les risques qu'il pourrait prendre pour l'obtenir. Mais elle ne voulait pas avoir l'air inapprochable. Comment lui faire comprendre, sans le lui dire ouvertement — jamais elle ne le pourrait — qu'elle était prête à se donner à lui ?

Elle inspira profondément et s'efforça de calmer les battements désordonnés de son cœur.

— Susan, aide-moi à enlever mon corset.

Une lueur inquiète brilla dans les yeux de sa camériste.

— Vous n'avez pas l'intention d'aller rendre visite de nouveau à lord Barton, n'est-ce pas, Votre Grâce ?

— Loin de moi une telle pensée, Susan. Je connais quelqu'un qui est susceptible de m'aider à déjouer les plans de cette canaille, si je le lui demande gentiment.

Et, sans corset, ses travaux d'approche seraient plus faciles.

La femme de chambre hocha la tête.

— Très bien, Madame.

Constance enleva sa robe et Susan l'aida à défaire les lacets de son corset, puis à enfiler de nouveau sa robe. L'effet était stupéfiant. Le tissu n'était pas transparent, mais, comme il était alourdi par les perles et les fils d'or, il collait à son corps. Elle pouvait discerner clairement les courbes de ses seins sous son corsage.

Et, si elle pouvait les voir, il ne manquerait pas de les voir également.

Elle avala la boule qui s'était formée au fond de sa gorge.

Très bien. Au moins, il n'y aurait pas de malentendu. Il ne manquait plus qu'une seule chose pour compléter le tableau.

Une légère rougeur envahit ses joues.

— Susan, comment fait-on pour humidifier ses jupons ?

— Votre Grâce ?

Sa caméristе laissa échapper un éclat de rire incrédule et embarrassé.

— J'ai entendu dire que cela se faisait, mais je ne pense pas avoir jamais vu…

# 8

Assise dans un petit salon meublé bourgeoisement, Constance frissonnait sous son manteau en attendant l'arrivée de M. Smythe. Elle avait découvert très vite la raison pour laquelle humidifier ses jupons n'était jamais devenu une mode chez les femmes légères. Elle avait cru que c'était son extrême impudeur qui en avait empêché l'usage. Maintenant qu'elle l'avait essayé, elle croyait plutôt que c'était l'inconfort qu'il procurait à celles qui le pratiquaient. Le tissu était glacial et, avec cet artifice, elle était beaucoup plus sûre de prendre froid que d'attraper un homme dans ses filets.

Mais l'image qu'elle offrait quand elle s'était regardée dans sa psyché convenait à la perfection au but qu'elle s'était fixé ce soir. Le tissu de sa jupe collait à ses jambes et soulignait ses hanches et son ventre. Délivrés du corset qui les avait maintenus prisonniers pendant si longtemps, ses seins gonflaient librement le corsage de sa robe et ses tétons pointaient à travers l'étoffe. Elle avait mis un peu de rouge sur ses joues et sur ses lèvres — juste assez pour inviter au baiser. La duchesse fière et hautaine avait disparu pour laisser la place à une femme vulnérable et éminemment désirable.

A son arrivée au logis de Smythe, elle avait failli

perdre sa maîtrise de soi lorsque le domestique qui lui avait ouvert la porte avait voulu la débarrasser de son manteau. Elle s'y était accrochée comme à une bouée de sauvetage. Il avait été surpris, mais n'avait pas insisté.

Elle ne l'enlèverait qu'au dernier moment, lorsque Anthony apparaîtrait… Si elle en avait le courage.

Tony entra enfin dans la pièce. Elle se tourna vers lui pour l'accueillir.

Il lui sourit poliment.

— Votre Grâce ? A quoi dois-je l'honneur de cette visite ?

Elle laissa glisser son manteau de ses épaules et tomber sur le parquet autour d'elle.

Il la considéra de la tête aux pieds, pendant un long moment, en silence.

— Oh, dit-il enfin, le visage impénétrable.

Elle attendit, mais il continua de rester sans réaction. Debout, les deux pieds rivés au sol et les yeux fixés sur elle, comme s'il était complètement déconcerté par ce qu'il voyait.

Seigneur Dieu, qu'avait-elle fait ? Elle avait été persuadée qu'il avait envie d'elle. Ne l'avait-il pas embrassée avec passion ? Deux fois. Mais peut-être était-il ainsi avec toutes les femmes quand il était seul avec elles ?

C'était son domestique qui lui avait donné l'adresse de cette maison, pas M. Smythe. Avant de venir, elle ne s'était pas demandé s'il avait envie de la recevoir chez lui. En tout cas, il ne l'avait jamais invitée à lui rendre visite. Après la façon dont elle lui avait battu froid à la bibliothèque, il n'avait peut-être plus du tout envie de la revoir, et encore moins presque nue dans son salon.

Peut-être même qu'il avait d'autres plans pour la soirée.

Il n'était peut-être pas seul. Pire encore, il pouvait fort bien être marié, même si rien dans la pièce n'indiquait la présence d'une femme. Et elle s'était invitée d'elle-même, habillée comme une courtisane et persuadée qu'elle allait recevoir un accueil chaleureux.

Elle regarda fixement le manteau à ses pieds, en regrettant qu'il ne puisse pas se remettre sur ses épaules par la seule force de sa volonté, puis elle leva de nouveau les yeux vers Anthony.

Il avait toujours les yeux rivés sur elle, comme hypnotisé. Oubliant toutes ses manières, il s'assit sur une chaise. Puis, presque aussitôt, il se redressa d'un bond, le visage écarlate.

— Pardonnez-moi, Votre Grâce. Asseyez-vous, je vous en prie. Puis-je vous offrir quelque chose ? Du thé ? Un verre de porto ?

Elle s'assit avec reconnaissance sur le canapé.

— Un verre de sherry ?

— Volontiers.

Elle remarqua son empressement à appeler un domestique. Puis, lorsque ce dernier fut revenu avec les bouteilles et les verres, il ne le laissa pas entrer dans la pièce, en lui barrant le passage avec son corps, et lui prit le plateau des mains, avant de le congédier. Ensuite, il revint vers elle et s'affaira à remplir les verres, comme s'il ne savait pas que faire avec ses mains.

Cela signifiait-il qu'il avait toujours envie d'elle ? A moins qu'elle ne l'ait embarrassé d'une façon ou d'une autre. Tant qu'il n'avait rien dit, c'était difficile à dire. Mais quels que soient les sentiments — ou les émotions — qui l'agitaient, il n'était pas en colère, car il ne montrait aucun signe de vouloir la mettre dehors, ce qu'il aurait déjà fait s'il avait trouvé sa visite inopportune.

Il lui offrit un verre, mais continua de rester silencieux. Elle but une gorgée de sherry et croisa les jambes, tandis qu'il suivait le mouvement de sa jupe, tout en buvant également une gorgée de vin.

Finalement, elle n'eut pas la force de supporter ce silence plus longtemps. Toutes les reparties spirituelles qu'elle avait imaginées ne pouvaient lui servir à rien face à un homme aussi muet qu'une carpe. Elle avait espéré une conversation, un dialogue, au cours duquel elle pourrait exprimer le but de sa visite d'une façon indirecte, à demi-mot, sans être obligée de trop sacrifier son amour-propre et sa dignité.

En désespoir de cause, elle renonça à tout préambule et lui exposa la raison de sa visite de but en blanc.

— J'ai besoin de votre aide.

— Tout ce que vous voudrez, murmura-t-il en battant des cils et en consentant enfin à la regarder dans les yeux.

Il s'éclaircit la gorge et son visage redevint impassible, comme s'il n'avait pas essayé de voir à travers sa robe.

— Comment puis-je vous être utile ? s'enquit-il d'une voix de nouveau normale. Je suis à votre service.

Très bien. Il voulait faire semblant de n'avoir rien trouvé d'anormal à son apparence ? Alors, le mieux était de calquer son attitude sur la sienne.

— J'ai besoin de votre aide, pour commettre un cambriolage chez quelqu'un.

Elle se troubla et battit des cils.

— Il s'agit d'un cambriolage, mais pas vraiment d'un

vol à proprement parler… L'objet que je désire récupérer était ma propriété, avant qu'on me le vole.

— Il est inutile de vous justifier, répondit-il calmement. Je sais que vous ne me demanderiez pas un tel service, si vous n'aviez pas une bonne raison. Je suis votre homme. Dites-moi de quoi il s'agit et où cela se trouve.

— Jack Barton est en possession de l'acte de propriété de ma maison. Ma maison, pas celle de mon mari ou de mon neveu. Elle m'a été léguée en bonne et due forme.

En entendant sa voix chevroter, elle prit une profonde inspiration et s'efforça de se calmer.

— Je suppose que vous pouvez deviner aisément la raison pour laquelle il refuse de me le rendre. Ce serait très commode pour lui de me laisser rester dans ma propre maison, en échange de mon « hospitalité » chaque fois qu'il aurait envie de me… rendre visite.

A sa grande satisfaction, une lueur meurtrière étincela dans les yeux d'Anthony.

— Je voudrais donc le récupérer, avant qu'il ait changé mon nom pour le sien, mais je ne sais pas où il le garde.

— N'ayez crainte, dit-il d'une voix rassurante, j'ai une bonne idée de l'endroit où il se trouve. Il vous a joué un vilain tour en vous le prenant et je ne serai pas fâché de lui rendre la monnaie de sa pièce. Je vais m'occuper de cette canaille d'une telle façon qu'il ne songera plus à vous créer des ennuis de ce genre.

Il semblait presque soulagé d'avoir un sujet pour occuper son esprit et le distraire du spectacle pour le moins troublant qu'elle lui offrait.

— Cela prendra plusieurs jours sans doute, dit-il les yeux perdus dans le vague, comme s'il réfléchissait déjà à la façon dont il allait s'y prendre pour commettre un tel cambriolage. Il vous faudra être patiente et me laisser travailler à ma guise. Je vous apporterai cet acte de propriété dès qu'il sera entre mes mains. Je vous le promets.

— J'en ai besoin avant lundi. C'est le jour où il a l'intention de… de venir prendre possession de ma maison.

Il revint brusquement à la réalité et battit des cils, de nouveau hypnotisé par le galbe de ses jambes à travers sa jupe. Il y eut de nouveau un silence et, l'espace d'un instant, elle eut peur qu'il retire son offre de l'aider.

— Avant lundi ? dit-il enfin en fronçant les sourcils. Ce ne sera pas facile avec un délai aussi court. Néanmoins, je comprends que vous soyez pressée. Je modifierai mes plans afin de pouvoir vous l'obtenir à temps. Vous l'aurez lundi, sans faute.

— Merci.

Il y eut un nouveau silence, plus long encore que les autres. Elle avait escompté qu'il choisirait ce moment pour lui dire quelle contrepartie il attendait en échange de ce service et elle but une autre gorgée de sherry, afin de se fortifier intérieurement pour accepter le prix qu'il allait lui demander.

Mais il ne dit rien. Il continua simplement de la regarder, ses yeux glissant lentement de ses lèvres vers sa poitrine, sans faire le moindre effort pour dissimuler son admiration. Sous la caresse de son regard, elle sentit une vague de chaleur monter dans ses reins, tandis que ses tétons se tendaient et pointaient à travers l'étoffe de son corsage.

Quand ce silence lui devint intolérable, elle baissa les yeux et regarda fixement le fond de son verre.

— Naturellement, bredouilla-t-elle, si vous faites cela pour moi, je vous en serai très reconnaissante. Une fois que vous m'aurez apporté l'acte, vous pourrez me demander tout ce que vous voudrez. Je n'aurai rien à vous refuser.

— Rien ? s'enquit-il d'une voix neutre.

— Rien.

— En paiement de mes services, vous seriez prête à vous plier à toutes les requêtes que je pourrais faire ?

— Oui, acquiesça-t-elle, le rouge au front.

La voix d'Anthony se changea en un murmure sensuel, un murmure qui courut le long des nerfs de Constance et la fit frissonner.

— Je vous préviens, j'ai une imagination très fertile, pour ne pas dire délirante, dans certains domaines.

Brusquement, des images érotiques se bousculèrent dans l'esprit de Constance. Elle ferma les yeux et le son mélodieux de sa voix rendirent les images encore plus intenses. Un torrent de lave se mit à couler dans ses veines à l'idée de ce qu'elle pourrait ressentir en se soumettant aux caprices d'un homme qu'elle connaissait à peine — un criminel endurci, habitué à prendre tout ce dont il avait envie.

— Tout ce que vous voudrez.

— Mais quelle sera votre réaction le matin ? Je me le demande…

Sa voix était redevenue parfaitement neutre.

— Je ne vois pas ce que vous voulez dire…

Une réponse un peu trop facile.

— Je pense, pourtant, que c'est assez clair. Du moins pour moi. Vous m'avez fort bien fait comprendre que vous préfériez ne rien avoir de commun avec moi, quand vous vous trouviez en compagnie de vos amis. Ici, vous vous sentez beaucoup plus en sécurité, n'est-ce pas ? Vous êtes venue incognito… pas avec un masque sur le visage, mais presque.

Une remarque qui piqua au vif Constance.

— Comment auriez-vous voulu que je vous présente à Endsted ? répliqua-t-elle, le feu aux joues. De cette façon, peut-être : « Permettez-moi de vous présenter M. Smythe, un bon ami que j'ai rencontré dans ma chambre, alors qu'il s'apprêtait à voler mes bijoux. Il a eu pitié de mon désarroi et s'en est allé sans rien me voler, hormis un baiser, et m'a laissé le butin de ses autres cambriolages pour m'aider à payer mes créanciers. Un vrai gentleman ! » Vraiment, Tony, vous me demandez l'impossible !

— C'est Tony, maintenant ? Je ne savais pas, Votre Grâce, que nous avions progressé jusqu'à un tel niveau de familiarité. Je devrais être flatté, je suppose. Quand nous nous rencontrerons à l'avenir, je vous autorise à m'appeler comme bon vous semble. Pour en revenir à Endsted et à vos autres amis, je ne vous demande nullement de dire que vous m'avez rencontré dans l'exercice de ma profession. Nous avons été présentés l'un à l'autre à un bal tout à fait officiel, même si, apparemment, vous n'y avez prêté qu'une attention distraite sur le moment. Ensuite, vous avez dansé avec moi et nous avons conversé de choses et d'autres, comme il sied dans un salon. J'avais espéré être traitée comme vous traitez tous les autres et comme je vous ai traitée : avec respect et courtoisie.

— Avec respect et courtoisie ? Puis-je vous rappeler que vous avez pris des libertés avec ma personne ?

— Veuillez m'en excuser, répondit-il avec raideur. Sur le moment, je n'ai pas eu l'impression de vous déplaire — au contraire. Et, à mon tour, je me permets de vous rappeler que vous venez de m'autoriser à prendre de plus grandes libertés encore avec vous. Mais, si je me suis trompé et si je vous ai réellement déplu, je vous demande humblement pardon. Cela ne se reproduira plus.

Constance sentit sa colère fondre au souvenir de la mine qu'il avait eue à la bibliothèque. Elle l'avait blessé. Profondément blessé. Et, maintenant, elle l'avait blessé de nouveau. Chez lui. Dans sa propre maison.

Elle était venue lui offrir ses charmes sans la moindre honte en échange de son aide et ne trouvait rien de mieux que de lui reprocher sa conduite, alors qu'il s'était toujours montré un parfait gentleman à son égard.

Elle baissa les yeux et regarda fixement les dessins qu'elle traçait machinalement avec le bout de son pied sur le tapis.

— C'est à moi de vous demander de me pardonner. Je me suis mal exprimée. Vous n'avez rien pris, hormis ce qui vous était offert en toute liberté. Mais, après notre rencontre de cet après-midi, Barton est venu chez moi. Je me suis affolée et, dans mon affolement, je n'ai trouvé personne d'autre que vous pour me venir en aide. J'ai pensé que vous ne refuseriez pas mon offre ce soir, après le baiser que nous avions échangé dans le jardin de cette canaille.

Il rit.

— Oh, Votre Grâce, je n'y suis pas opposé. Pas le moins du monde. Surtout quand je vous vois habillée ainsi.

Il la détailla lentement, sans faire le moindre effort pour dissimuler son intérêt, puis il poussa un soupir de satisfaction.

— Vous êtes éminemment désirable… Vous n'avez qu'un mot à dire et je vous prendrai ici, maintenant, sur le tapis devant la cheminée et vous promets de vous donner tout le plaisir qu'un homme peut donner à une femme. Mais comprenez-moi, si je désirais avoir une compensation pour mes services, j'en exigerais le paiement dans sa totalité et en avance.

Il la regarda dans les yeux et son sourire s'estompa.

— Avec les risques que je prends lors de mes expéditions nocturnes, je ne remets jamais le plaisir ou le paiement au lendemain. On ne peut jamais garantir le résultat. Si on me prend et que je suis pendu, votre gratitude ne me sera d'aucune utilité.

— Très bien, alors.

Ici et maintenant, sur le tapis ? Il ne l'emmènerait même pas dans son lit ? Elle sentit ses genoux flageoler et un frisson d'excitation lui parcourut le dos à la pensée de… Jamais Robert ne l'avait prise ainsi ! Les doigts tremblants, elle commença à défaire son corsage, en essayant de garder son calme, ce qui n'était pas chose aisée.

— Je n'ai pas demandé à être payé.

La main de Constance s'arrêta brusquement.

— Vous ai-je jamais demandé quelque chose ? questionna-t-il doucement. Je vous ai dit que je voulais bien aller « récupérer » cet acte pour vous et je le ferai. Je ne désire pas — quels termes avez-vous employés ? — prendre des libertés avec vous. Je n'exige aucune contrepartie de votre part, de quelque nature que ce soit. N'ayez crainte, je vous apporterai votre acte, en mains propres, avant lundi.

Il fit un geste de la main, comme si son expédition chez Barton n'était qu'une simple promenade de santé.

— Si vous étiez venue simplement m'exposer votre problème, sans rien m'offrir, je n'aurais pas hésité un seul instant à vous proposer mon aide. Et, étant un gentleman, je ne vous demande même pas votre gratitude. N'en parlons plus.

— M... Merci.

Mais, au fond d'elle-même, elle n'avait pas du tout envie de le remercier. Elle avait plutôt envie de l'injurier, de le traiter de tous les noms. Et, si elle avait le feu aux joues, ce n'était plus d'excitation, mais d'humiliation.

Il y eut de nouveau un long silence. Les yeux de Tony étaient fixés sur son visage, ignorant délibérément le reste de son corps.

— Désirez-vous autre chose de moi ?

Il y avait de nombreuses choses qu'elle désirait de lui, mais elle pouvait difficilement les formuler sans se couvrir de honte. Pour commencer, elle aurait aimé qu'il la regarde comme il l'avait regardée à son entrée dans la pièce, pas avec cette froideur et ce dédain qu'il lui montrait en ce moment.

— Non, je pense que c'est tout.

Il hocha la tête et ne répondit rien. Son expression resta impassible et un silence pesant s'instaura de nouveau entre eux.

— Alors, je crois que je vais rentrer, dit-elle finalement.

— Je pense que c'est ce que vous avez de mieux à faire également. Voulez-vous que je vous raccompagne chez vous ?

Il était de nouveau le gentleman courtois et attentionné.

— Non, je peux très bien rentrer toute seule. A pied, ce n'est pas très loin.

Après s'être offerte à lui ouvertement, comme une gourgandine, son attitude polie et respectueuse était vraiment par trop insupportable !

— Vous êtes venue à pied ? questionna-t-il l'air à la fois étonné et désapprobateur. Ce n'est ni convenable, ni prudent pour une femme de marcher seule dans les rues la nuit. Je vais dire à Patrick d'aller vous chercher un fiacre.

— Non, ce n'est pas nécessaire.

Elle l'avait de nouveau choqué en lui disant qu'elle était venue à pied, comme si sa tenue et son offre éhontée n'avaient pas suffi. Jamais elle ne s'était sentie aussi mortifiée !

— J'insiste ! Je refuse de vous laisser repartir ainsi.

A la fermeté de son ton, elle sentit qu'il ne céderait pas. Aussi, elle hocha la tête et se leva.

Il ramassa son manteau et le mit sur ses épaules, en prenant bien soin de rabattre les pans devant elle avant d'ouvrir la porte. Elle le boutonna, en se mordant la lèvre, le rouge aux joues et au front.

Il l'accompagna jusque dans le hall d'entrée et ordonna

à son domestique d'aller lui chercher un fiacre. Puis, il lui tourna le dos et rentra dans le salon.

Le domestique qui l'avait raccompagnée chez elle le soir du bal chez Barton la fit attendre quelques instants sur le perron.

Quand il revint, après avoir hélé un fiacre, il l'aida à monter en voiture.

Elle aperçut fugitivement un sourire errer sur ses lèvres. Un sourire de commisération, sans doute.

De retour dans son salon, Tony s'assit dans un fauteuil et attendit que la porte d'entrée se soit refermée sur Constance. Il l'imagina descendant le perron et montant dans un fiacre, puis, quand il entendit la porte s'ouvrir de nouveau, il finit son verre d'un seul trait et appela son valet.

Telle une ombre, Patrick apparut presque immédiatement derrière lui.

— Monsieur ?

— Du cognac, Patrick, ordonna-t-il. Beaucoup de cognac.

— Tout de suite, Monsieur.

Le valet de chambre obéit sans rien dire, même s'il désapprouvait visiblement la conduite de son maître.

Il sortit du salon et réapparut quelques instants plus tard avec un plateau d'argent sur lequel étaient posés un verre en cristal et une bouteille de cognac français millésimé.

Il posa le plateau sur le guéridon à côté de Tony et remplit religieusement le verre. Tony le but d'un seul trait et lui fit signe de le remplir de nouveau. Le valet de chambre s'exécuta, avec une mauvaise grâce évidente.

— Eh, eh, encore un peu ! grommela Tony en voyant que le verre n'était pas plein. Là, voilà. Cela suffit.

Il but la moitié du verre et soupira.

— Cette femme me tuera ou me rendra fou, marmonna-t-il. Je n'arrive toujours pas à comprendre sa conduite de ce soir.

Il finit son verre et le tendit à Patrick pour qu'il le remplisse.

— Elle me regarde avec ses grands airs en public, en me faisant savoir ouvertement que je ne suis rien pour elle et qu'elle en préfère un autre. Puis elle vient chez moi, toute douce et consentante, comme dans mes rêves les plus fous. Mais, que ce soit à la lumière du jour ou des chandelles, elle ne me reconnaît pas… C'est quand même extraordinaire, tu ne crois pas ?

— Cela fait bien longtemps, Monsieur, fit observer Patrick. Vous avez beaucoup changé tous les deux.

— Une chose n'a pas changé. Elle ne voulait pas de moi alors et elle ne veut toujours pas de moi maintenant. L'as-tu vue ? Seigneur Dieu !

Une lueur d'excitation brilla dans ses yeux.

— Pas de corset, une robe de soie moulante… Je serais prêt à parier qu'elle a humidifié ses jupons !

Il secoua la tête.

— Comme une vulgaire courtisane. En ne laissant rien à l'imagination, non pas que mon imagination ait besoin d'être stimulée quand il s'agit d'elle. Mais elle n'aurait pas dû sortir dans une tenue pareille. C'est une histoire à attraper la mort. Et avec tout cela, à la bibliothèque, elle m'a fait comprendre clairement qu'elle n'avait pas envie d'avoir la moindre relation avec moi — du moins, en public. Très bien. Je n'ai pas besoin qu'on me le dise deux fois. A l'avenir, je ferai tout pour l'éviter. Si elle ne veut pas de moi, je n'ai aucune raison de me rendre plus ridicule que je ne le suis déjà.

Il regarda fixement son verre, encore à demi plein. Il commençait à ressentir les premiers effets de l'alcool et, d'un geste rageur, il jeta le contenu du verre dans le feu, faisant jaillir une flamme qui, pendant un bref instant, illumina le salon.

— Quelques heures à peine plus tard, elle vient chez moi, habillée pour me séduire. Très bien, me dis-je. Elle n'a aucune peine à accepter ma compagnie quand nous sommes seuls. Elle la recherche, même. Si j'ai la moindre fierté, je dois lui rendre la monnaie de sa pièce, refuser ce qu'elle vient m'offrir. Ce qui prouve que je suis encore plus idiot que je ne le pensais, car comment ai-je pu refuser une offre aussi inespérée ? Elle a été mariée pendant assez longtemps pour savoir à quoi elle s'exposait et veuve depuis assez longtemps pour en avoir envie. Elle m'ignorera peut-être demain matin, mais demain matin c'est loin et nous aurions eu toute la nuit devant nous.

Il regarda fixement son verre vide. Patrick secoua la tête et le remplit de nouveau.

— Pourquoi est-elle venue me voir ? Pour me demander de commettre un cambriolage. Ce n'est pas un problème, naturellement. Je serais prêt à mourir pour elle, si elle me le demandait. Un cambriolage ? Quelle dérision ! J'en ai commis cent. Alors, un de plus… Si j'acceptais, elle daignerait coucher avec moi. Une fois son précieux acte de propriété récupéré. Par gratitude.

Il ferma les yeux et but plus lentement cette fois-ci.

— Elle m'a regardé avec ses yeux adorables et a baissé la tête, comme si le voyage jusqu'à mon lit était un véritable calvaire.

Il finit son cognac et soupira.

— Ce n'était pas ainsi que je l'avais imaginé.

Patrick le considéra, l'air à la fois réprobateur et déçu.

— Ce que vous avez désiré le plus pendant la moitié de votre vie était ici, à portée de votre main. Mais, au lieu de saisir votre chance, vous l'avez renvoyée et, maintenant, vous noyez votre frustration dans le cognac !

— Ce n'était pas ce que je voulais, marmonna-t-il. Sa gratitude, vraiment ! Pourquoi pas sa pitié ?

— Que voulez-vous d'elle exactement, sinon coucher avec elle ?

— Je veux qu'elle me voie pour qui je suis, même si elle ne peut pas me voir pour qui j'ai été. A ses yeux, je ne suis qu'un voleur, Patrick. Un coquin, un gibier de potence. Mais, comme elle avait besoin de moi, elle était prête à jouer la putain pour obtenir mon aide. Un voleur ne mérite rien d'autre qu'une putain…

Il la revit telle qu'elle s'était offerte à lui, les seins pointant à travers son corsage et sa jupe moulant ses hanches et ses jambes.

— Non pas que je n'ai pas aimé la voir vêtue ainsi. Mais je parie qu'elle ne s'habille pas d'une façon aussi provocante quand elle essaie de séduire Endsted.

— Vous voudriez qu'elle le fasse, Monsieur ?

— Non, bien sûr. S'il ne tenait qu'à moi, elle ne reverrait plus jamais Endsted, en aucune circonstance. Surtout dans la tenue où je l'ai vue ce soir. Endsted est un fat, imbu de lui-même et de sa noblesse. De toute façon, je ne l'imagine vraiment pas avec elle. Elle s'ennuierait à mourir.

— S'il avait été à votre place, Monsieur, Endsted aurait profité de la vue de ses charmes, tout en lui faisant comprendre clairement qu'il désapprouvait totalement sa conduite. Puis, il l'aurait insultée en la renvoyant chez elle. Elle serait partie, la tête basse et au bord des larmes, convaincue d'être d'une façon ou d'une autre moralement repoussante ou trop laide et difforme pour pouvoir éveiller encore les désirs d'un homme. Je suis sûr qu'à l'avenir elle y réfléchira à deux fois avant de montrer sa vulnérabilité. Mais, naturellement, ce n'est pas vous qui vous conduiriez ainsi, n'est-ce pas ?

Tony ignora le regard noir de son valet de chambre.

— Tu veux dire que je devrais aller la voir. Lui demander de me pardonner ?

Patrick hocha la tête.

— Oui, le moment serait bien choisi pour aller faire amende honorable. Après avoir bu une demi-bouteille de cognac, vous parviendrez peut-être enfin à épancher votre cœur et à lui dire ce que vous êtes incapable de dire quand vous êtes dans votre état normal.

— Sacrebleu, Patrick, les autres valets de chambre ont la délicatesse de mentir ou, au moins, de rester silencieux quand leurs maîtres se sont rendus ridicules.

— Si cela peut vous consoler, Monsieur, le valet de chambre de lord Endsted a eu souvent l'occasion de mentir à son maître. C'est un ami et il nous arrive de nous rencontrer autour d'une chope de bière.

Tony leva la main.

— Ne parlons plus de lord Endsted. Ma soirée est déjà suffisamment gâchée comme cela. Je n'ai pas besoin qu'on me parle en plus de lui ou des horreurs que les valets colportent sur leurs maîtres quand ils sont hors de portée de leurs oreilles. Et, puisque tu as l'air plein de bonnes idées, dis-moi plutôt ce que je dois faire pour regagner les bonnes grâces de la duchesse de Wellford ?

Patrick réfléchit un instant avant de répondre.

— Il faudra du temps, sans doute, Monsieur, pour lui redonner le sourire, mais, pour commencer, vous pourriez peut-être lui rendre le service qu'elle vous a demandé. D'après ce que j'ai compris, il s'agissait d'une chose qui lui tenait très à cœur…

— Vous rentrez bien tôt, Votre Grâce.

Susan examina sa maîtresse avec curiosité, cherchant sans doute à déceler la trace d'une étreinte.

— Le gentleman auquel vous désiriez rendre visite était-il absent de chez lui ?

— Non, il était chez lui et il a bien voulu me recevoir.

La camériste fit une moue désapprobatrice.

— C'était rapide. Mais je suppose que c'est la même chose avec tous les hommes. Plus on prend soin de son apparence, moins ils prennent de temps à leur affaire. Ce n'est vraiment pas juste.

Constance fut un peu choquée par une telle familiarité de la part de sa domestique, puis elle se dit qu'il valait mieux dire la vérité.

— Il m'a renvoyée chez moi, avoua-t-elle en grimaçant. Il m'a longuement détaillée, puis il m'a remis mon manteau sur les épaules et m'a raccompagnée jusqu'à sa porte.

Elle regarda Susan, en espérant qu'elle lui fournirait une explication.

— Il ne vous a pas trouvée séduisante ?

Constance s'assit en frissonnant sur le bord de son lit. Dire qu'elle avait pris froid, avec ces maudits jupons humides !

— Ce n'est pas cela. Il ne me l'a pas dit ouvertement, mais je l'ai senti troublé par mon apparence. De mon côté, je lui ai laissé entendre que j'étais prête à me donner à lui en échange de son aide. Malgré cela, il n'a pas voulu de moi. Je crains de l'avoir insulté. Ou d'avoir souillé l'opinion qu'il avait de moi.

— Alors, il vous a laissée vous débrouiller toute seule avec lord Barton ? questionna Susan, visiblement consternée par l'échec de sa maîtresse.

— Non. Sur ce point, il n'y a eu aucun problème. M. Smythe s'est montré tout à fait désireux de m'aider, mais il m'a dit qu'il n'avait pas besoin de ma gratitude. Il ne m'a rien demandé en échange, comme s'il était trop fier pour accepter quoi que ce soit.

Susan s'assit également sur le bord du lit, l'air éberlué.

— Pardonnez-moi, Votre Grâce, mais ce doit être un gentleman bien extraordinaire. Ces messieurs, en général, ne sont guère enclins à donner quoi que ce soit à une femme sans contrepartie.

Constance hocha la tête.

— Je le pense également, Susan.

*
* *

Anthony regarda fixement la porte fermée du coffre de Barton et sentit les paumes de ses mains devenir moites. Il les essuya sur son pantalon et sortit ses crochets de la poche de sa veste. Ce n'était pas le moment de s'énerver ou de se décourager devant la tâche à accomplir. Il pouvait tenir sa promesse à Stanton et détruire les planches en mettant le feu à la maison, s'il ne parvenait pas à forcer la serrure du coffre.

Mais il y avait également la promesse qu'il avait faite à Constance. Un incendie ne serait guère judicieux, car il détruirait cet acte de propriété auquel elle tenait tellement. Un acte de propriété dont elle avait un besoin urgent.

Patrick avait eu raison. Il avait été stupide de céder à sa colère et de gâcher la plus grande partie de la soirée à boire. Quand il avait commencé à reprendre ses esprits, il s'était rendu compte qu'il n'avait pas un instant à perdre s'il voulait prendre de vitesse Barton et rendre son acte de propriété à Constance avant lundi. Il lui avait fallu néanmoins plusieurs heures pour dissiper les vapeurs de l'alcool et, même maintenant, il sentait qu'il n'était pas encore au mieux de sa forme pour affronter une serrure — surtout la serrure d'un coffre Brahma.

Il était 3 heures du matin et il ne lui restait plus que quelques heures avant l'aube. C'était le moment le plus calme de la nuit, quand tous les braves gens dormaient, laissant les cambrioleurs et les monte-en-l'air libres de travailler en paix.

Pénétrer dans le bureau de Barton ne lui avait été pas plus difficile que le soir du bal, même si, pour cela, il avait dû grimper le long d'un tuyau de descente et entrer par la fenêtre, au lieu de passer par l'escalier. Maintenant, il lui fallait espérer avoir plus de succès avec le coffre que lors de sa précédente tentative.

Il était toujours là, le narguant dans sa niche sur le mur derrière le bureau. Barton n'avait même pas pris la peine de le dissimuler derrière un tableau, son exposition à la vue de tous étant une confirmation de sa confiance dans son invulnérabilité.

Si Jack gardait des objets ou des documents de valeur chez lui, ils étaient sans nul doute derrière cette maudite porte blindée. Tony avait trouvé la presse à imprimer, le papier et l'encre au sous-sol, dissimulés sous une simple toile de Hollande.

Mais aucune loi n'interdisait à quelqu'un la possession d'une presse à imprimer. Pour priver Barton de papier, il suffirait d'une allumette ou même, simplement, de verser l'encre dessus, ainsi il serait inutilisable pour faire de la fausse monnaie.

Les planches à imprimer devaient être quelque part ailleurs dans la maison, sinon Barton n'aurait pas acheté une presse.

Il glissa un crochet dans la serrure du coffre et tâtonna lentement. Un premier déclic, un deuxième, puis il sentit le crochet glisser. Tout était à recommencer.

Combien y avait-il de pistons ? Dix-huit, pas moins, et la moindre erreur voulait dire du temps perdu. Il essaya de nouveau, en progressant tout en douceur, mais, une fois de plus, le crochet glissa dans ses mains moites.

— Sacrebleu de sacrebleu !

Il jura plusieurs fois entre ses dents. Puis il prit une profonde inspiration et fit une nouvelle tentative.

Il fallait qu'il réussisse, car il n'imaginait pas retourner auprès de Constance les mains vides. Il la revit telle qu'elle était quand elle était venue lui rendre visite. Ses grands yeux sombres, sa peau satinée, ses lèvres rouges, son corps souple et consentant…

Et il l'avait renvoyée chez elle. Il avait dû avoir un moment d'égarement.

Naturellement, une nuit de gratitude n'était rien comparée à une vie entière d'amour et de tendresse — dans la mesure où il parviendrait à lui faire comprendre que son attirance pour elle allait bien au-delà d'une simple attirance physique. En profitant de sa détresse, il se ravalerait au niveau de Barton. Ils auraient d'autres opportunités plus tard, à condition d'être patients et de savoir attendre.

Il sentit son crochet toucher un autre piston et le mettre en position. Tout en continuant lentement son travail, il imagina Constance se penchant sur lui et lui murmurant doucement à l'oreille.

Soudain, la porte du bureau grinça, un grincement qui résonna dans le silence de la maison à l'instar d'un coup de fusil. Tony retira son crochet et se dissimula à la hâte derrière un double-rideau, en priant pour que le mouvement du velours ne trahisse pas sa présence.

Une lueur apparut au bord du rideau. Une lueur faible et vacillante, comme si quelqu'un était entré dans le bureau, une unique bougie à la main.

Un homme, s'il en jugeait au bruit sec de ses talons sur le parquet.

Barton.

Un pas, deux pas, trois pas. Tony compta les pas qu'il

fallait à un homme de la taille de Barton pour parvenir au bureau et le contourner.

Il retint sa respiration.

Il y eut un nouveau bruit, le bruit d'un tiroir que l'on tire. Un froissement de papier. Un silence. Un soupir. Puis les pas s'éloignèrent, la porte se referma et la lueur disparut.

Un large sourire éclaira le visage de Tony. Où valait-il mieux garder un acte de propriété ? Dans un coffre-fort ? Cela n'était nullement nécessaire, car un tel papier ne pouvait intéresser personne et sûrement pas un voleur ordinaire. Autant le garder à portée de la main, à un endroit où on pouvait l'admirer. Le toucher, quand on voulait se rassurer sur sa victoire et rêver à sa conquête prochaine au milieu de la nuit.

Tout compte fait, il avait de la chance que Barton ne garde pas le document sur sa table de nuit. Il ne l'avait peut-être pas estimé nécessaire, tellement il était sûr de tenir Constance fermement entre ses mains.

Tony sortit de derrière le rideau et tira un crochet de sa poche. Forcer la serrure d'un tiroir était un jeu d'enfant. Quelques secondes lui suffirent. Dès qu'il entendit le déclic, il ouvrit le tiroir et trouva l'acte de propriété, posé simplement, bien en vue, au-dessus d'autres papiers qui, pour lui, n'avaient probablement aucun intérêt.

C'était presque trop facile. Il aurait eu pitié de Barton, si cette canaille n'avait pas jeté son dévolu sur l'élue de son cœur.

Il plia le papier soigneusement, le mit dans sa poche, se dirigea vers la fenêtre et disparut dans la nuit.

# 9

L'orchestre de chambre jouait une musique douce dans un coin du salon. Un verre de champagne à la main, Constance faisait semblant de s'amuser. Cette soirée chez les Stanton, dans leur bel hôtel particulier londonien, aurait dû être une soirée de pur plaisir, en compagnie de ses amis les plus chers. Elle s'en était fait une fête pendant plusieurs semaines. Maintenant Barton avait tout gâché. La musique lui écorchait les oreilles et le champagne était insipide. Toutes ses pensées étaient accaparées par son rendez-vous fatal avec Barton le lendemain matin et le visage glacial de Tony quand il l'avait renvoyée chez elle.

Son amie, la comtesse, l'avait serrée dans ses bras quand elle avait vu sa pâleur et s'était inquiétée de sa santé.

Elle avait prétendu que tout allait bien, mais le comte lui-même avait vu qu'elle n'avait pas l'air dans son assiette et en avait fait la remarque. Esme lui avait serré de nouveau les mains et lui avait assuré que, si elle avait un problème, il lui suffisait de leur en parler et qu'ils feraient tout pour trouver un moyen de le résoudre. En cas de nécessité, leur maison était la sienne. Elle pouvait passer la nuit et même plus longtemps chez eux, si elle le désirait. Pour finir, elle lui avait recommandé de profiter pleinement de la soirée et d'essayer d'oublier ses tracas.

Constance avait affirmé qu'elle n'en était pas réduite à une pareille extrémité et que son amie n'avait aucune raison de s'inquiéter, mais, au regard plein de sagacité que lui avait jeté le comte pendant qu'elle s'écartait pour laisser la place aux autres invités, elle s'était rendu compte qu'il n'était pas dupe.

Elle avait eu tort de leur mentir. Ce serait encore pire si, à la fin de la soirée, elle devait ravaler sa fierté et demander à Esme de lui accorder l'hospitalité, au cas où il lui faudrait choisir entre sa maison et son honneur.

Elle éprouvait cependant un certain réconfort en sachant que les Stanton étaient très sourcilleux quant à la moralité de leurs invités. Dans leurs salons, au moins, elle ne craignait pas de rencontrer Barton, car sa réputation était telle que jamais Esme ne pourrait tolérer sa présence chez elle.

Elle fut donc d'autant plus surprise quand elle vit Anthony Smythe en grande conversation avec son hôte. Le comte n'était sûrement pas au courant de la profession de son interlocuteur, car, sinon, il l'aurait déjà fait jeter hors de chez lui par ses domestiques. De son côté, elle ne pouvait guère l'informer de ce qu'elle savait sur son compte. Surtout après être allée demander à M. Smythe d'accomplir pour elle le genre de délit qu'elle prétendait condamner.

Il était en face d'elle, à l'autre bout de la pièce, et elle résista à l'envie de regarder dans sa direction. Elle était encore profondément mortifiée à l'idée qu'elle était allée chez lui, vêtue d'une façon provocante, et s'était pratiquement offerte à lui, pour être renvoyée chez elle avec une tape sur la tête. Il lui aurait fait une leçon de morale que le résultat aurait été le même. Si elle s'était conduite d'une manière similaire avec les autres hommes qu'elle connaissait...

Alors, elle n'aurait pas eu besoin d'aller demander son aide à M. Smythe. En voyant la façon dont elle s'était habillée et son empressement à satisfaire tous leurs désirs, ils lui auraient donné immédiatement l'argent dont elle avait besoin pour payer ses dettes. Le chèque aurait été signé dans la minute et l'instant d'après elle se serait retrouvée dans leur lit, ou même nue, sur le tapis, devant la cheminée comme l'avait suggéré Anthony.

Alors pourquoi, bonté du ciel, était-elle allée trouver le seul homme qui refusait de prendre son corps en contrepartie de ses services ? Etait-ce parce qu'elle avait su au fond de son cœur qu'il avait trop d'honneur pour accepter un pareil marché ?

Ou, simplement, parce qu'elle avait eu besoin d'une raison, n'importe quelle raison, pour le revoir et l'émoustiller suffisamment pour lui faire oublier sa rebuffade à la bibliothèque ? Avait-elle eu envie, au fond d'elle-même, de s'abandonner dans ses bras et de le laisser lui faire tout ce dont il avait envie ?

Au cours de son année de veuvage, il lui avait été facile de résister aux propositions de plus en plus hardies qu'elle n'avait pas cessé de recevoir. En son for intérieur, elle avait espéré qu'un jour ou l'autre, même s'il n'y avait pas de demande en mariage, on lui ferait une offre moins insultante. Elle n'avait aucune envie d'être une maîtresse et encore moins l'une de ces femmes entretenues qui vendaient leur corps au plus offrant.

Mais s'il y avait un homme qui l'estimait pour elle-même et pas seulement pour sa beauté ? Un homme dont elle apprécierait la compagnie et qui accepterait d'être discret ? Alors, elle céderait volontiers, juste pour sentir de nouveau des bras autour d'elle et dormir en sachant que quelqu'un se souciait d'elle, même si cela ne devait être que pour une nuit.

Elle leva les yeux vers un miroir et y aperçut le reflet de Tony Smythe. Son costume bleu sombre lui allait à la perfection, soulignant la largeur de son torse et de ses épaules. Sous la tenue de soirée, on devinait sans peine l'athlète rompu à tous les sports — le cambrioleur capable de grimper le long des façades et de sauter avec une facilité déconcertante par-dessus les murs de clôture. Elle crut l'avoir entendu rire et imagina ses yeux pétillants d'humour et son sourire ironique et moqueur.

Les traits de son visage n'avaient peut-être pas cette régularité que l'on admire tant dans les statues antiques, mais ils étaient expressifs et débordaient d'enthousiasme et d'énergie. On pouvait les regarder pendant une vie entière et y trouver sans cesse quelque chose de différent. Et, quand il se passionnait pour une chose ou pour quelqu'un, il devenait irrésistible.

Constance détourna les yeux de la glace et, baissant la tête, reporta son attention sur les petites bulles qui jaillissaient au fond de sa coupe de champagne et remontaient éclater à la surface. Elle n'avait rien à gagner à le regarder. Elle pouvait seulement voir dans ses yeux ce qu'elle craignait le plus, sa commisération pour sa conduite pathétique de la veille et la confirmation de son échec à obtenir l'acte de propriété dont elle avait un besoin si pressant. Comment avait-elle pu imaginer qu'il parviendrait en une nuit à préparer et à effectuer une mission aussi périlleuse ? Comment avait-elle pu être assez stupide pour aller le lui demander ?

Elle aurait l'air encore plus stupide s'il la surprenait en train de l'épier en public.

— Puis-je vous demander l'honneur de m'accorder cette danse, Votre Grâce ?

Elle sursauta. Il était juste à côté d'elle et elle ne l'avait même pas entendu approcher. Son cœur se mit à battre plus vite en le sentant aussi près, mais son émoi ne devait rien à la peur ou à une quelconque angoisse.

Il s'inclina courtoisement. Son visage exprimait seulement un intérêt poli et aimable. Le genre d'intérêt que l'on attend de n'importe quel cavalier venant demander à une dame de danser avec lui.

— Volontiers, monsieur Smythe.

Elle essaya de lire dans ses yeux, mais n'obtint aucune réponse aux questions qu'elle se posait. Avait-il des nouvelles pour elle ? Elle mourait d'impatience de le lui demander, mais à quoi cela aurait-il servi de lui demander la plus extrême discrétion, si elle l'interrogeait à voix haute au milieu de tous ces gens ?

Ils prirent place sur la piste et la musique commença.

C'était un excellent danseur. Ses pas étaient sûrs et il la guidait d'une main à la fois souple et légère. Elle essaya de se détendre et de se divertir, mais le regard qu'il fixait sur elle était par trop troublant. Il voulait lui dire quelque chose, elle en était sûre.

Mais, en même temps, elle se surprit à désirer qu'il y ait une autre raison à l'intensité de son regard. Robert n'avait jamais éprouvé beaucoup de plaisir à danser et il avait été chaque fois soulagé quand d'autres cavaliers se proposaient pour prendre sa place. Mais aucun d'entre eux n'avait jamais osé la regarder ainsi quand le duc était dans la pièce.

Elle avait épié du coin de l'œil d'autres jeunes dames et vu comment leurs soupirants les regardaient. Elle s'était dit qu'elles avaient de la chance et avait essayé de ne pas trop les jalouser. Les hommes l'avaient regardée ainsi également. Il y avait longtemps. Si longtemps qu'elle ne parvenait même pas à se souvenir de ce qu'elle avait ressenti.

Anthony Smythe la regardait ainsi maintenant. Sa main prit la sienne de nouveau et il lui sourit. Quand ce fut à leur tour d'attendre au fond du tableau, il se pencha vers elle et lui murmura à l'oreille.

— Vous êtes adorable ce soir.

— Merci.

Elle n'en était pas aussi sûre. Il dut voir le doute dans ses yeux, car il se pencha de nouveau vers elle.

— Vous étiez adorable également hier soir.

— Sur le moment, vous ne m'avez pas donné l'impression que vous le pensiez.

— Détrompez-vous. Vous étiez extraordinairement séduisante. Mais il n'y avait pas de temps à perdre, n'est-ce pas ? Si j'avais accepté votre offre, nous serions encore chez moi, sur le tapis du salon, trop épuisés pour nous lever.

Elle regarda autour d'elle, afin de s'assurer que personne ne l'avait entendu. Comme toujours, il avait pris soin d'être hors de portée des oreilles des autres invités avant de faire ses commentaires scandaleux, mais certains d'entre eux avaient peut-être remarqué la rougeur qui avait envahi ses joues.

Il poursuivit sur un ton nonchalant.

— Je suis aussi appliqué et sérieux dans mes plaisirs que dans mes affaires, mais je n'aime pas mélanger les deux. A l'avenir, nous aurons tout le temps qu'il faut pour être ensemble, si vous le désirez encore. Si nous avions fait l'amour la nuit dernière, j'aurais complètement oublié d'aller récupérer votre acte de propriété chez Barton.

Elle ouvrit la bouche pour parler, mais il la devança.

— Je vous en prie, faites comme si de rien n'était. N'oubliez pas où vous êtes, Votre Grâce.

Il avait raison. Jeter ses bras autour de son cou et insister pour voir le papier immédiatement ne pourraient que leur attirer des regards sourcilleux. Mais, malgré elle, elle ne put empêcher son visage de s'illuminer.

Il la regarda et sourit.

— La joie qui se lit dans vos yeux est largement suffisante pour me payer de la peine que j'ai prise à vous satisfaire. M'avez-vous pardonné pour la nuit dernière ?

— Je n'avais rien à vous pardonner. C'était moi qui…

— Chut. N'en parlons plus. Pourrai-je vous rendre visite tout à l'heure ? Si vous me le permettez, je viendrai vous apporter en mains propres le papier dont la perte vous causait tant de tracas.

— Si je vous le permets ! Cent fois ! Mille fois ! dit-elle à voix basse. Je vais partir immédiatement et prévenir mes serviteurs de votre arrivée.

— Surtout, n'en faites rien. Personne n'a besoin de savoir ce qui s'est tramé entre nous. Profitez pleinement de votre soirée. Esme est l'une de vos grandes amies, n'est-ce pas ? Ce bal est une réussite. Tout y est parfait, la musique, la compagnie… Ce serait vraiment dommage de vous en aller aussi tôt. Rentrez chez vous après minuit et envoyez votre femme de chambre se coucher. Je viendrai vous voir aux environs d'une heure.

Elle hocha la tête en se demandant comment il savait qu'Esme était l'une de ses meilleures amies, car elle ne le lui avait jamais dit.

Il acquiesça, d'un signe de tête également, et l'entraîna de nouveau sur la piste, comme si rien ne s'était passé, en faisant, de temps à autre, un commentaire sur l'orchestre, sur la qualité du buffet et sur le fait que l'été avait été particulièrement beau et chaud.

Mais il continuait de la regarder avec la même intensité.

Il allait venir chez elle au milieu de la nuit et en secret. Elle trouvait cette perspective terriblement excitante. Et, si elle en jugeait à la façon dont il la regardait, il avait peut-être décidé de mélanger les affaires et le plaisir, après tout. Ce ne serait pas aussi surprenant, se dit-elle intérieurement. Malgré tout ce qu'ils pouvaient vous raconter pour vous faire baisser votre garde, les hommes avaient des besoins et ne pouvaient s'empêcher d'y céder, quand ils en avaient l'opportunité.

Il avait affirmé que l'honneur de l'avoir aidée lui suffisait et qu'il n'avait pas besoin d'une autre récompense, mais il avait pris un grand risque pour accomplir la tâche qu'elle lui avait demandée et elle doutait qu'il puisse résister à ses envies quand il serait seul avec elle. Cependant, malgré tous ses efforts, elle ne parvenait pas à en être tourmentée. Pourquoi n'éprouvait-elle aucune angoisse maintenant, alors qu'elle avait été épouvantée à l'idée de devoir céder aux exigences de Barton ?

Parce qu'elle n'avait pas envie de coucher avec Barton, alors qu'elle en avait envie avec Anthony Smythe.

A cette pensée, une vague de chaleur monta dans ses reins. Elle avait envie de sentir ses mains sur elle et de voir son sourire énigmatique pendant qu'il la pénétrait sur le tapis de son salon, à la lueur des flammes dans la cheminée. Une évocation tellement vivace et tellement érotique qu'elle fit un pas de travers et trébucha.

La main d'Anthony la retint avec fermeté et continua de la guider. Un sourire de curiosité incurva ses lèvres, mais il s'abstint de tout commentaire.

Très bien. Sa vertu n'était donc pas aussi solide qu'elle l'avait imaginé. L'étreinte d'un homme lui manquait, comme tous ses « prétendants » ne cessaient pas de le lui faire remarquer.

Tous, sauf Tony.

Peut-être était-ce la raison pour laquelle elle avait autant envie de lui ?

La musique égrena ses dernières notes et, pendant tout le reste de la soirée, elle eut l'impression de voguer sur un petit nuage. Elle ne risquait plus d'être jetée hors de sa maison. Barton n'avait plus de prise sur elle. Et, quand elle rentrerait chez elle, elle aurait Tony.

Quand Esme la vit de nouveau, au moment de prendre congé, elle dit qu'elle avait déjà l'air d'aller beaucoup mieux. La danse et le buffet avaient dû lui faire du bien, car elle avait retrouvé des couleurs. Elle avait les joues presque roses.

Constance lui rendit son sourire et lui confirma qu'elle se sentait beaucoup mieux — sans lui en dire la raison, naturellement — mais que, néanmoins, elle avait besoin de se reposer et qu'elle préférait ne pas rentrer trop tard.

Un quart d'heure plus tard, un fiacre la déposait devant chez elle. Sa maison. Sa maison qui, désormais, lui appartenait pleinement, sans que personne ne puisse lui en contester la propriété.

Elle monta dans sa chambre et, après s'être préparée pour la nuit, elle envoya sa caméριste se coucher. Le linon de sa chemise de nuit était doux et frais sur sa peau enfiévrée lorsqu'elle traversa sa chambre pour aller entrouvrir la fenêtre.

Il ne lui restait plus qu'à attendre.

La pendule était en train de sonner le premier coup après minuit, lorsqu'il enjamba l'appui de la fenêtre, un sourire aux lèvres.

— Merci pour votre obligeance, Votre Grâce. C'est la première fois que j'entre par une fenêtre sans être obligé de la forcer. Je trouve cela fort agréable, ma foi. On est souvent si mal reçu, quand on exerce ma profession…

— Vous avez l'acte ? questionna-t-elle en se précipitant vers lui.

— Comment ? Pas de « bonsoir, Tony. C'est si bon de vous revoir, après cette soirée merveilleuse… » Pas de préambule ? Vous n'avez pas envie de bavarder un peu ? D'échanger les banalités d'usage ?

Un large sourire barra son visage.

— Je m'en doutais.

Il mit la main dans la poche de sa veste et en sortit un document qu'il posa sur un guéridon.

— J'y ai jeté un coup d'œil. C'est exactement ce que vous m'aviez dit. Il est de la main de votre mari et fait de vous la propriétaire légitime de cette maison. Et voici l'inventaire qui y est attaché. Je vous suggère de mettre ces documents quelque part en sécurité. Dans un coffre à votre banque, peut-être. Mais, surtout, n'allez pas le remettre au jeune freluquet qui a hérité des titres et des propriétés de votre mari. Et n'en parlez pas à Barton, sauf si vous y êtes obligée. Il saura que quelqu'un est venu les prendre dans son bureau et vous n'avez pas besoin que votre nom soit associé avec d'autres vols qui pourraient se commettre chez lui. Comme je n'en ai pas fini avec lui, il me faudra lui rendre visite de nouveau et je ne voudrais pas qu'il se méfie de moi. Si vous pouvez simplement le faire lanterner pendant quelque temps, il finira par oublier ses projets à votre égard, car, d'ici peu, il aura bien trop de soucis par ailleurs pour avoir encore le loisir de penser à vous.

Constance se demanda si ces soucis avaient un rapport avec la visite que Tony avait faite dans le bureau de Barton le soir du bal, mais n'osa pas le lui demander. Elle se contenta d'examiner l'acte de propriété qui, pour le moment, était la seule chose qui la concernait.

Elle soupira.

— C'est un soulagement de savoir que je suis enfin vraiment propriétaire de ma maison et que personne ne peut plus m'en chasser.

Puis elle leva vers lui un regard significatif.

— Vous ne pouvez pas savoir à quel point je vous

en suis reconnaissante. Comment pourrai-je jamais m'acquitter de la dette que j'ai envers vous ?

Elle se pencha vers lui, sa frêle silhouette éclairée par les rayons de la lune, et attendit qu'il fasse une suggestion.

Il sourit.

— Je n'ai pas besoin de remerciements. Il me suffit de savoir que j'ai aidé une femme en détresse.

— Aucun remerciement ? Rien du tout ?

Elle espéra que sa déception n'était pas trop évidente.

— J'ai eu des temps difficiles, moi aussi, et je sais ce que c'est d'être forcé à prendre des décisions contraires à mon honneur, simplement pour ne pas sombrer dans la misère. Je ne le souhaite à personne.

— Etant donné les circonstances, je connais beaucoup d'hommes qui ne se gêneraient pas pour profiter de la situation. Vous avez eu mon acte de propriété entre vos mains et vous auriez pu facilement vous en servir contre moi.

— Ce n'est pas dans mon tempérament. Jamais je n'ai profité de la faiblesse d'un autre, que ce soit un homme ou une femme. Je me sentirais déshonoré.

— Je suis désolée de vous avoir donné toute cette peine, alors que je ne peux rien faire pour vous en échange.

Il soupira.

— Un jour, sans même y penser, vous ferez peut-être une chose qui vous semblera sans importance, mais qui me remboursera cent fois de tout ce que j'ai fait pour vous aider. D'ici là, ne vous tourmentez pas. Il me serait facile d'accepter ce que vous essayez de me donner, mais je crains que vous ne le regrettiez ensuite pendant le restant de votre vie. Si je succombais, vous finiriez par avoir une aussi mauvaise opinion de moi que de Barton. Vous êtes tirée d'affaire maintenant, mais, si Barton ou un autre cherchaient encore à vous faire des ennuis, n'hésitez pas à m'appeler.

Il lui tourna le dos et se dirigea vers la fenêtre.

Elle le suivit, en cherchant un prétexte pour le faire rester un peu plus longtemps.

— Vous reverrai-je ?

Il sourit.

— Sans doute. Vous m'avez déjà vu souvent auparavant, vous savez. Je connaissais beaucoup de choses à votre sujet. Mais nous n'avions pas été présentés formellement avant notre rencontre au bal de Barton. Maintenant que vous me connaissez, je serais étonné s'il ne nous arrivait pas de nous rencontrer de temps à autre.

— J'aimerais vous revoir.

Elle toucha la manche de sa veste.

Il était parvenu à la fenêtre. En sentant le contact de sa main, il se retourna.

— Moi aussi, j'aimerais vous revoir. Dans de meilleures circonstances.

Il posa la main sur l'appui de la fenêtre, prêt à l'enjamber.

Elle se souvint de sa première visite nocturne, quand il l'avait rassurée sur ses intentions, et lança un ballon d'essai.

— Votre femme a de la chance d'avoir un voleur aussi honnête comme mari.

Il s'écarta de l'appui de fenêtre et se retourna brusquement vers elle.

— Ma femme ? répéta-t-il, l'air perplexe. Je ne suis pas marié.

— Mais, quand nous nous sommes rencontrés la première fois…

— La nuit où je suis venu vous voler vos bijoux, lui rappela-t-il.

— Vous m'avez dit que vous aviez aimé une seule femme et je me suis dit que peut-être…

Il secoua la tête et fit un pas en arrière dans la chambre. Il ouvrit la bouche pour parler, la referma et fit une pause pour prendre une profonde inspiration.

— Je vais vous avouer la vérité et vous allez sans doute penser que je suis stupide. J'ai été amoureux d'une femme, c'est vrai. Amoureux fou. Mais elle ne m'a jamais aimé. C'était il y a très longtemps… Nous étions des amis d'enfance.

Il secoua la tête de nouveau.

— Amis, c'est beaucoup dire, marmonna-t-il. Nous nous connaissions, rien de plus. J'étais trop terrifié pour oser lui parler et lui dire que je l'aimais.

Elle le regarda avec incrédulité.

— Vous ? Terrifié à l'idée de parler à une femme ?

Il soutint son regard et hocha la tête.

— Je l'étais alors. Et je le suis encore, quand je pense à elle.

— Parce qu'elle n'a pas voulu de vous ?

— Non. Pour elle, je n'existais pas, tout simplement. Je ne suis pas sûr qu'elle m'ait adressé trois fois la parole pendant tout le temps où nous nous sommes connus. Elle s'est mariée jeune. Un beau mariage, avec un homme riche et haut placé.

Il la regarda dans les yeux.

— Elle est aussi belle que vous et aussi inaccessible. Mais je doute qu'elle me reconnaisse si nous venions à nous croiser dans la rue. Elle m'a complètement oublié. Il ne pourra jamais rien y avoir entre nous, naturellement. Comment pourrait-il y avoir quelque chose, si je suis le seul à être amoureux ?

Elle fit un pas vers lui.

— Votre histoire est vraiment trop triste. Et vous vous êtes gardé pour elle pendant toutes ces années, sans le moindre espoir de pouvoir la conquérir un jour ?

— Pas vraiment. J'ai eu des maîtresses, naturellement. Mais aucune d'entre elles ne m'a permis d'oublier ce premier amour. Mon cœur lui appartient, à jamais. Je ne veux pas me marier, si je ne peux pas me marier avec elle.

— Si vous ne vous mariez pas, vous n'aurez pas d'enfant. Vous n'avez pas envie d'avoir un fils ?

Elle se mordit la lèvre. La question lui avait échappé malgré elle.

Il eut l'air sincèrement intrigué.

— J'avoue ne pas y avoir vraiment pensé.

— Vous n'y avez pas pensé ?

Ce fut à son tour d'avoir l'air intriguée. Pendant toutes ses années de mariage avec Robert, elle avait tout fait pour avoir des enfants et s'était désespérée de ne pas en avoir. Et voilà un homme qui n'y avait même pas réfléchi !

— Mais, si vous n'avez pas d'enfant, vous n'aurez pas d'héritier, personne pour continuer votre lignée.

Pérenniser sa précieuse lignée… Tous les hommes qu'elle connaissait en étaient obnubilés.

— Oh si, j'aurai un héritier. Je ne manque pas de

neveux. J'en ai deux et une nièce également. Je suis « cher oncle Tony » depuis si longtemps que je ne me souviens même pas du temps où je ne l'étais pas. J'ai fait ma part pour les élever. J'ai toujours pensé qu'un jour ou l'autre c'était eux qui hériteraient de ce que je possède.

Il sourit. Un sourire plein de tendresse à l'évocation de ces enfants dont il n'était pas le père.

— Mais ce ne sont pas les vôtres, insista-t-elle.

— Ils sont autant les miens que de n'importe qui. Leurs pères sont morts à la guerre, il y a longtemps. Ils ont des beaux-pères, maintenant. Ainsi, ils ne sont plus complètement à ma charge désormais.

— Vous n'aimez pas les enfants ?

Il secoua la tête.

— Vous m'avez mal compris. Leur éducation n'a pas été un fardeau pour moi, même aux pires moments, quand je ne savais pas où trouver l'argent nécessaire à leur vie quotidienne. J'aime les enfants et je serais heureux d'en avoir, qu'ils aient été conçus délibérément ou non. Mais il m'a toujours semblé futile de vouloir à tout prix avoir un enfant à soi, alors qu'il y a tant d'enfants abandonnés ou malheureux.

« Pour lui au moins, le fait qu'elle ne puisse pas avoir d'enfant ne constituerait pas un vice rédhibitoire », se dit-elle intérieurement.

La question lui brûlait les lèvres. Elle jaillit de sa bouche avant qu'elle ait pu la retenir.

— Alors, si votre femme ne pouvait pas avoir d'enfant… ?

Elle ne finit pas sa phrase. Elle avait la tête qui tournait et ses jambes se dérobaient sous elle.

Il soupira.

— Vous voulez parler de la femme pour laquelle j'ai tout sacrifié ? Si je parvenais à la convaincre de m'accorder sa main, ce serait plus que ce que j'ai jamais espéré. Je serais vraiment trop stupide de refuser le bonheur auquel j'aspire pour une chose dont elle ne serait pas responsable ou, même, de lui en faire un quelconque grief.

Elle pensa à son mari et à tous les hommes qu'elle avait rencontrés. Sa stérilité avait désespéré Robert et tous ses prétendants s'étaient détournés d'elle quand ils avaient appris qu'elle ne pouvait pas leur donner l'héritier sur lequel ils comptaient tant pour perpétuer leur lignée.

Les enfants n'avaient pas la même importance pour Tony. Les siens, du moins. S'il avait envie d'elle, il la prendrait sans se poser des questions sur sa capacité à avoir des enfants. Il ne lui offrirait pas de l'entretenir, dans le seul but de profiter de ses charmes, pour la rejeter ensuite avec un sourire de commisération quand elle évoquerait le sujet du mariage.

— Cela n'aurait absolument aucune importance pour moi, Constance. Tant qu'il y aura un souffle de vie en moi et une chance, même minime, de conquérir son cœur, je n'aimerai aucune autre femme.

Tout en parlant, il l'avait regardée dans les yeux, comme s'il voulait voir jusqu'au plus profond de son âme et comme si c'était à elle que s'adressait ce serment.

Il secoua la tête de nouveau et détourna les yeux.

— Vous ne pouvez sans doute pas comprendre. Cela doit sembler complètement fou pour une personne sensée et raisonnable.

— Oh non. Je vous comprends tout à fait, au contraire.

Et, tout d'un coup, elle se rendit compte que c'était vrai. Il était possible de tomber désespérément amoureux de quelqu'un avec lequel il était impossible d'envisager un avenir, quel qu'il soit, ou, même pire, de quelqu'un qui ne pourrait jamais vous aimer en retour à cause d'une image idyllique et fausse qu'on s'est faite de l'être idéal avec lequel on désire unir sa vie.

Il souriait de nouveau.

— C'est très gentil de me dire cela, surtout de votre part, car…

Il sembla sur le point de dire quelque chose, mais, finalement, sa bouche se referma. Il y eut un silence long et embarrassé.

Ainsi, ce n'était pas elle qui était en cause. Simplement, il ne voulait pas faire naître de faux espoirs en s'engageant dans une liaison qui ne les conduirait nulle part. Il la respectait. Elle devrait se sentir soulagée, mais, malgré elle, elle ne pouvait s'empêcher d'être profondément frustrée.

Au bout d'un moment, elle se résolut à briser le silence.

— Ne vous sentez pas obligé de vous expliquer plus longuement. Je pense que c'est très noble de votre part. J'ai toujours eu une profonde admiration pour les hommes et les femmes qui sont capables de tout sacrifier par amour, leur fortune, leur réputation et même leur vie. Hélas, au risque de vous décevoir, je suis horriblement pragmatique et beaucoup trop soucieuse de mon avenir immédiat pour céder aveuglément aux inclinations de mon cœur. J'espère sincèrement que vous parviendrez un jour à réaliser votre rêve. Seules quelques âmes bien nées éprouvent d'aussi grandes passions. Les autres, dont je suis, doivent se contenter d'amours imparfaits, par respect des conventions ou par lâcheté.

Si c'était possible, il eut l'air encore plus mortifié que le soir où elle était venue lui demander son aide pour récupérer l'acte de propriété de sa maison. Il rougit et baissa les yeux. Quand il releva la tête, son visage était grave, aussi grave que lorsqu'elle l'avait rencontré à la bibliothèque.

— Ne dites pas cela. Ne dites jamais cela. Vous méritez de recevoir tout ce que l'amour peut vous donner et vous ne devriez jamais vous résoudre à moins.

Il l'attira vers lui, d'une façon tellement soudaine et brusque qu'elle eut tout juste le temps de lever la tête pour s'offrir à son baiser.

Un baiser très différent de ceux qu'ils avaient échangés lors de leurs précédentes rencontres. Celui ci était dur et exigeant. Un baiser violent, plein de désirs mal contenus. Elle lui rendit son baiser, en espérant qu'il oublierait, au moins momentanément, son grand amour et qu'il resterait un peu plus longtemps avec elle.

Il dévora sa bouche et leurs langues se livrèrent un duel passionné et sans merci. Elle sentit sa main déboutonner le haut de sa chemise de nuit et s'emparer d'un sein, puis titiller le téton entre ses doigts jusqu'à ce qu'elle gémisse de plaisir.

Insinuant sa jambe entre les siennes, elle frotta son ventre contre lui. Son émoi était par trop tangible. Il avait envie d'elle autant qu'elle avait envie de lui. L'enlaçant avec ses bras, elle se cambra, afin de lui faire comprendre qu'elle était prête à se donner à lui complètement, sans aucune retenue.

Mais, au lieu de céder à la tentation, il s'écarta et secoua la tête.

— Il faut que je m'en aille, dit-il avec un rire gauche et embarrassé. Même si vous semblez vouloir tout faire pour m'empêcher de partir. J'ai besoin que mon corps m'obéisse pour descendre le long de la façade de votre maison et je le sens de plus en plus indocile. Si je l'écoutais, il m'obligerait à rester avec vous et je n'aurais plus aucune prise sur lui. Je vous promets de revenir bientôt et, cette fois-ci, je resterai, poursuivit-il, les yeux brillants de désir. Mais, hélas, je ne peux pas rester cette nuit. J'ai un autre travail à accomplir avant le lever du soleil. Un travail qui ne peut souffrir aucun retard. J'ai envie de faire l'amour avec vous, mais je veux pouvoir prendre tout mon temps… autant pour vous que pour moi. Nous serions trop déçus, l'un et l'autre, si je devais m'en aller à la sauvette, après une étreinte imparfaite et trop rapide.

Il lui caressa la joue et laissa glisser ses doigts lentement le long de son cou et de sa gorge.

— Vous ne m'en voulez pas trop ?

Elle secoua la tête.

— Non… Vous me promettez de revenir ?

— Je vous le promets.

Elle le regarda dans les yeux et ce qu'elle y lut contenait tellement d'autres promesses que son corps se mit à trembler d'anticipation.

— Et souvenez-vous, si vous avez besoin de quoi que ce soit avant ma prochaine visite, vous savez où j'habite. N'hésitez pas à venir chez moi ou à m'envoyer un message. Je viendrai aussitôt. Mais, surtout, oubliez votre esprit pragmatique et n'allez pas imaginer que la vie ne peut plus rien vous donner. Vous avez droit au bonheur, vous aussi. Tout le monde a droit au bonheur. Il suffit de le vouloir.

Sur ces mots, il enjamba l'appui de fenêtre et disparut dans la nuit, en emportant son cœur avec lui.

— Comment ? Vous ne lui avez encore rien dit ?

Tony regarda fixement le verre qu'il tenait dans sa main et dut faire un effort pour ne pas le jeter contre le mur.

— Je ne sais pas si tu peux comprendre, répondit-il à son valet de chambre. Quand on s'est présenté à une femme sous les traits d'un gentleman cambrioleur, une sorte de Robin des Bois des temps modernes, toujours prêt à combattre les riches et à défendre la veuve et l'orphelin, il est diablement compliqué de lui avouer que l'on est un homme ordinaire, avec un passé qui n'a rien de prestigieux. J'avais pensé que ce serait plus facile une fois que Barton ne serait plus entre nous. En un sens, j'avais raison. N'étant plus aux abois, elle ne s'est pas servie des artifices de ribaude qu'elle avait employés pour essayer de me séduire dans mon salon. Elle s'est montrée beaucoup plus elle-même, reconnaissante, mais pas aguicheuse. Nous avons bavardé. Elle m'a posé des questions, en me faisant comprendre qu'elle avait envie de mieux me connaître.

Il se souvint de son corps pressé contre le sien et des libertés qu'il avait prises, sans rencontrer aucune résistance — au contraire.

— De mon côté, poursuivit-il, je me suis efforcé de lui faire comprendre qu'elle était et serait toujours mon seul et unique amour.

Il haussa les épaules.

— Je crois qu'elle a reçu le message, même si elle a pensé qu'il ne s'adressait pas à elle directement. Ensuite, elle m'a déclaré que mes sentiments étaient très nobles, mais qu'elle n'était pas capable de la même noblesse. Elle est trop pragmatique, trop engoncée dans ses préjugés et dans son besoin de sécurité pour céder aux élans de son cœur. Pour mon propre bien, il valait mieux que je la vénère de loin. Dépité par un tel discours, je l'ai embrassée de nouveau et, pendant l'espace d'un instant, tout s'est brouillé dans ma tête. Mais il fallait que je retourne à ce maudit bal chez Stanton, parce qu'il voulait me parler en particulier. Je ne pouvais donc guère jeter l'ancre pour la nuit.

Un grand sourire barra son visage.

— Même si j'ai eu distinctement l'impression que j'aurais été fort bien accueilli, si j'avais décidé de rester.

Patrick se frappa le front avec la paume de sa main.

— Mais, maintenant qu'elle a recouvré son acte de propriété, vous n'avez plus aucune raison d'aller lui rendre visite.

— Au contraire. J'ai toutes les raisons. D'ailleurs, je le lui ai promis. Elle ne s'intéresse peut-être pas à moi à la lumière du jour, mais la nuit ce n'est pas pareil. Elle m'a rendu mon baiser — pour la troisième fois — et avec une passion qui ne m'a laissé aucun doute sur son envie de me revoir. Maintenant qu'elle a consenti à me remarquer, j'ai l'intention de battre le fer tant qu'il est chaud. Elle ne peut pas continuer de m'ignorer éternellement. Pour ma prochaine visite, je ne passerai pas par la fenêtre de sa chambre. Dans son salon, je pourrai plus facilement garder la tête froide.

« Et peut-être, à la lumière du jour, finira-t-elle par me reconnaître. »

Il ne voulait pas y penser. Il aurait voulu que cela n'ait pas d'importance, mais, pour lui, c'était essentiel. Absolument essentiel.

— Une fois que vous lui aurez dit la vérité, il n'y aura plus aucun problème, affirma Patrick avec confiance.

« Mais, une fois le gentleman cambrioleur disparu, je ne jouirai plus d'aucun prestige à ses yeux. Je ne serai plus qu'un homme ordinaire qu'elle se dépêchera d'oublier. »

— C'est plutôt embarrassant de ne pas lui avoir dit qui j'étais dès le premier soir, répondit-il avec une feinte nonchalance.

— Plus vous tarderez à lui dire la vérité, plus cela deviendra embarrassant.

Au diable Patrick et ses conseils ! Il n'aurait jamais le dernier mot avec lui.

— J'y ai pensé. Mais c'est humiliant de ne pas être reconnu pour qui je suis réellement par quelqu'un que j'ai côtoyé pendant toute mon enfance et mon adolescence.

Là, il l'avait dit. C'était son amour-propre qui était en jeu.

— Qui vous êtes réellement ? répéta Patrick sur un ton incrédule.

Il haussa les épaules avant de reprendre la parole.

— Vous voulez parler du jeune apprenti pasteur qui m'a fait sortir de la prison de Newgate en prétendant agir par charité, alors qu'en fait il voulait que je l'aide à écouler le produit de ses cambriolages ?

Tony se rebiffa.

— C'est absurde et injuste !

— Mais c'est la vérité. Vous étiez trop content d'apprendre tout ce que je pouvais vous enseigner et prendre tous les risques, alors que des vieilles canailles comme moi-même ont préféré renoncer à leur vie aventureuse et criminelle pour se consacrer au repassage des habits d'un milord ou rechercher la façon la plus artistique de nouer un nœud de cravate. Malgré cela, Monsieur, vous prétendez — ou faites semblant de prétendre — être la même personne que celle que vous étiez quand vous n'aviez pas de poils au menton. Les treize dernières années ont fait de vous un autre homme, comme elles ont fait une autre femme de la duchesse de Wellford. L'homme que vous êtes devenu n'a plus rien de commun avec l'adolescent que vous étiez alors. Elle ne vous a accordé aucune attention à l'époque, parce que vous étiez un être falot et timide, le nez toujours enfoui dans vos livres, et honnête jusqu'à la probité. Vous n'avez pas eu trop de mal à vous débarrasser de votre probité et vous vous êtes servi de votre éducation pour développer votre humour et votre sens de la repartie. Lorsque vous serez parvenu à vaincre votre timidité, il ne restera plus rien de l'adolescent que vous avez été, pas même le nom. Et, d'après ce que j'ai cru comprendre, vous ne lui êtes plus du tout indifférent. Vous n'avez pas de rival, n'est-ce pas ?

— Il y a Endsted, avoua Tony.

Patrick s'esclaffa.

— Alors, vous n'avez rien à craindre. Je connais bien son valet de chambre et ce qu'il m'a dit sur lui est édifiant. C'est un homme imbu de sa personne et de ses titres de noblesse. Elle s'ennuierait à mourir en sa compagnie. Je vous garantis que, si vous acceptiez de vous déclarer, elle n'hésiterait pas une seule seconde entre lui et vous.

Il avait peut-être raison, se dit Tony intérieurement.

— Très bien, alors. J'irai lui rendre visite demain. En plein jour, cette fois-ci. Je ne doute pas qu'elle acceptera de me recevoir, car elle me l'a dit la nuit dernière. Dans son salon, entouré par ses domestiques et à une distance respectueuse, il me sera plus facile de lui avouer la vérité. Ensuite… les dés seront jetés. Il ne me restera plus qu'à attendre le verdict et espérer qu'elle ne me rejette pas.

Il sut qu'il avait pris la bonne décision, car une lueur d'espoir s'était allumée dans son cœur.

# 10

Le lendemain matin, Constance marchait de long en large dans sa chambre, en jetant, de temps à autre, un coup d'œil embarrassé à l'acte de propriété sur sa table de nuit et au message laconique posé juste à côté :

« Il faut que je vous parle. Barton. »

Le message était arrivé avec le courrier du matin, avant même qu'elle ait eu le temps de porter l'acte de propriété à la banque. Maintenant, elle avait peur de sortir de chez elle afin de l'y apporter, au cas où il l'attendrait dans la rue pour le lui reprendre par la force. Il savait qu'il ne l'avait plus. Le doute n'était pas possible. S'il avait cru l'avoir encore en sa possession, il se serait présenté chez elle en conquérant, comme il avait menacé de le faire. Au lieu de cela, il lui avait simplement envoyé ce message aussi bref que mystérieux. Il avait probablement deviné également qu'elle avait été la commanditaire du vol. Il avait l'intention de la harceler, elle en était certaine.

Oui, mais de quelle façon ?

Il ne pouvait guère aller voir un magistrat et se plaindre de la disparition d'un acte de propriété sur lequel elle était clairement identifiée comme étant la propriétaire de sa maison et de son mobilier.

Tony avait raison. Le mieux était de l'éviter et d'ignorer ses messages. A un moment ou à un autre, il finirait par se lasser et sa vie reprendrait son cours normal. Elle avait déjà suffisamment d'autres problèmes à résoudre sans se préoccuper des états d'âme de cette canaille. Le produit de la vente de sa maison et les pièces d'or qui lui restaient du sac que lui avait laissé si généreusement Tony lui donneraient du temps pour réfléchir.

A propos, qu'envisageait-elle de faire au sujet d'Anthony Smythe ? Cette question lui paraissait autrement plus compliquée à présent, à la lumière du jour qu'elle ne l'était la veille, sous l'obscure clarté des étoiles et de la lune. Elle avait envie de le revoir. Le nier serait absurde. La seule évocation de son nom suffisait à faire battre son cœur plus vite.

De plus, il pouvait l'aider à se défendre contre Barton. Connaissant ce dernier, elle savait qu'il ne lâcherait pas prise aussi facilement. Elle poussa le message sur le côté et le dissimula sous son journal quotidien *The Times*, qu'elle recevait chaque matin avec son courrier. Tony l'avait aidée auparavant et s'était montré un allié efficace. Elle allait encore probablement avoir besoin de lui. Il avait envie d'elle et savait qu'il ne lui était pas indifférent, mais il ne montrait aucun empressement à la mettre dans son lit.

Elle s'abandonnerait volontiers dans ses bras. Mais au matin, à la lueur du jour, une fois les ardeurs de la chair apaisées, elle se souviendrait de toutes les raisons qui s'opposaient à une liaison, même éphémère, avec lui.

Des raisons qu'elle avait déjà souvent énumérées

dans sa tête. D'abord, elle ne savait rien de sa famille et de son passé. Ensuite, c'était un cambrioleur, un voleur. Charmant, peut-être, mais un cambrioleur, tout de même. Mais, surtout, il aimait une autre femme. Un amour impossible, mais exclusif.

De son côté, si elle venait à prendre un amant, il lui serait plus facile d'en prendre un second quand le premier se serait lassé de ses charmes. Puis un troisième, un quatrième… C'était toujours le premier pas qui comptait. Et un jour elle se réveillerait sans amant, sans mari et avec une réputation détruite à jamais. Si elle voulait se remarier, elle devait refuser obstinément toutes les autres propositions. Garder sa vertu intacte, à tout prix.

Cependant, elle avait de la peine à penser au-delà de l'instant présent. Si elle le lui demandait, elle pouvait avoir son aide et son affection.

Il s'en irait peut-être, un jour.

Mais elle avait un souvenir très vivace de ses mains sur son corps et du torrent de lave qu'il avait fait couler dans ses veines. Elle n'avait jamais éprouvé des sensations aussi fortes avec Robert.

Il s'en irait et elle en trouverait peut-être un autre. Mais un autre homme parviendrait-il à éveiller une telle passion en elle ? Si elle ne lui cédait pas maintenant, elle ne connaîtrait peut-être plus jamais ces merveilleuses sensations.

Sa tasse de thé trembla dans sa main. Très bien, alors. Les dés étaient jetés. Elle lui demanderait d'être discret, de veiller à ne pas ruiner sa réputation, mais elle se donnerait à lui sans retenue, dès qu'il le lui demanderait.

Et, à part elle et lui, personne ne le saurait. Sur ce point au moins, elle pouvait lui faire entièrement confiance.

Puis, elle baissa les yeux et resta pétrifiée en voyant le gros titre de la première page du *Times*. Une pendaison. Les lèvres tremblantes, elle lut le compte rendu détaillé de l'exécution. Trois colonnes entières. L'homme avait été un voleur, surpris en train de dérober de l'argent et des objets précieux au domicile d'un riche marchand de la City. Le mécanisme du gibet avait été défectueux et son corps n'était tombé que de quelques pouces, le laissant danser pendant un long moment au bout de la corde. Un spectacle horrible, auquel avaient assisté sa femme et ses enfants. Les malheureux avaient supplié qu'il soit épargné ou, au moins, que ses souffrances soient abrégées, mais la populace avait refusé que son plaisir soit gâché et s'était moquée d'eux, en leur lançant des œufs pourris et des excréments jusqu'à ce qu'ils s'enfuient, morts de honte et de douleur. En plus, la pauvre femme n'avait pas eu l'argent nécessaire pour obtenir la restitution du corps et l'enterrer chrétiennement.

L'image de cet homme supplicié devant cette foule haineuse, sans que sa famille ne puisse rien faire pour lui, était vraiment trop affreuse.

Des larmes roulèrent sur ses joues et, malgré elle, elle vit Tony à sa place, tandis qu'elle se tenait au pied du gibet, impuissante et le cœur brisé.

Mais, si elle s'en tenait à la liaison discrète qu'elle envisageait, ce serait encore pire. Au cas où son amant viendrait à être pris sur le fait et condamné à être pendu, elle resterait cachée dans sa maison, afin de préserver sa précieuse réputation, en le laissant mourir seul et sans amis. Et, le lendemain, elle lirait dans le *Times* le compte rendu de son supplice face à une foule hurlante de haine et de joie malsaine. Jusqu'à son dernier souffle, elle serait torturée par les remords en sachant qu'elle n'avait rien pu faire pour sauver l'homme qu'elle aimait ou, au moins, abréger ses souffrances.

Un tremblement agita sa main et elle renversa quelques gouttes de thé sur le journal, brouillant les mots de l'article qui l'avait tant émue.

— Vous avez la visite d'un gentleman, votre Grâce, annonça Susan, un plateau d'argent à la main.

— Je ne suis pas là pour lord Barton.

— Il ne s'agit pas de lord Barton, mais de M. Smythe, Votre Grâce.

Constance regarda avec fascination la carte sur le plateau d'argent. Tony… Brusquement, elle eut envie de descendre dans le salon, de prendre la main de son visiteur et de l'entraîner avec elle dans sa chambre à coucher. Dans ses bras, elle pourrait oublier Barton, Freddy et l'horrible fait divers qu'elle venait de lire. Mais, ensuite, il lui faudrait redescendre sur terre et faire face à la réalité. Une étreinte amoureuse avec Tony… A cette évocation, elle sentit une vague de chaleur monter dans ses reins. Non. Elle devait résister. Aucun avenir n'était possible avec lui.

Sauf celui qu'elle venait de voir dans le journal.

— Je ne suis là pour personne. Si tu as besoin de moi, je serai dans le jardin, mais je ne veux recevoir aucune visite. De quiconque.

Quand les pas de sa camériste se furent éloignés, Constance quitta sa chambre également.

Elle essaya de ne pas courir en descendant l'escalier de service, hors de portée des yeux et des oreilles des importuns qui pourraient venir frapper à la porte de sa maison. Dans la petite pièce de service à côté de la cuisine, elle fit une brève halte, le temps de mettre un bonnet et de prendre un panier et un sécateur. Dans son jardin, entourée de ses fleurs et de ses herbes aromatiques, elle parviendrait plus facilement à recouvrer sa paix intérieure. La beauté des plantes, leurs odeurs, leur goût… Tout y avait tellement plus de sens.

Elle sortit dans la lumière radieuse du soleil, rassurée par les hauts murs de brique qui la protégeaient de tous côtés du bruit et de l'agitation de la ville. Ici, elle était comme dans un cocon, entourée par le chant des oiseaux, le bruissement léger d'une fontaine et le parfum des fleurs.

Elle descendit lentement l'allée gravillonnée qui conduisait au portail en fer forgé et à la rue, pour aller s'asseoir sur un petit banc dissimulé sous l'ombrage d'un tilleul.

Se sachant en sécurité, dans un endroit où personne ne pouvait la voir, elle s'assit et laissa libre cours à ses larmes.

Jamais elle ne s'était sentie aussi malheureuse.

C'était trop injuste.

Au fil des mois, sa solitude lui était devenue insupportable et voilà qu'un homme, plein de vie et d'énergie, semblait vouloir l'arracher au désespoir dans lequel elle avait sombré peu à peu depuis son veuvage. Mais cet homme, si elle venait à lui donner son cœur, pourrait la faire sombrer dans une détresse encore plus grande.

Un sanglot déchirant secoua ses épaules.

La mort de Robert l'avait fait terriblement souffrir, mais il était plus âgé qu'elle et elle s'était préparée depuis longtemps à un tel dénouement. Pour Tony, ce n'était pas pareil. Il était jeune, mais sa vie en marge des lois pouvait se terminer brutalement, au bout d'une corde. Une mort atroce et honteuse. Malgré cela, elle avait envie de lui. Une envie irraisonnée, presque douloureuse.

Un soupir interrompit brusquement le cours de ses pensées.

Levant la tête, elle découvrit Tony qui l'observait, de l'autre côté du portail, les mains accrochées aux barreaux.

— Monsieur Smythe ! s'exclama-t-elle en essuyant précipitamment son visage avec sa manche. Que faites-vous ici ?

Il se troubla, embarrassé d'être découvert.

— Je… pardonnez-moi, Votre Grâce, balbutia-t-il. Je… je n'avais pas l'intention de vous espionner.

Son bredouillement la surprit. Quand il venait la voir la nuit, il était toujours si sûr de lui. Maintenant, il avait l'air presque timide, comme s'il osait à peine lui parler. Il était une autre personne à la lumière du jour. Mais, après tout, elle était différente, elle aussi, car sinon elle lui aurait ouvert sa porte tout à l'heure, quand il était venu lui rendre visite.

Elle essaya de sourire, un sourire qu'elle aurait voulu ironique, mais qui fut seulement pathétique.

— Disons que vous auriez préféré ne pas être surpris en train de le faire…

Il lâcha les barreaux et un sourire un peu contraint incurva ses lèvres.

— Je ne m'attendais pas à vous trouver ici. On m'avait dit que vous n'étiez pas chez vous.

Il y avait eu une légère pointe de reproche dans sa voix.

— Mais, néanmoins, vous avez fait le tour de ma maison pour inspecter mon jardin. Cherchiez-vous quelque chose ?

Il appuya son front contre la grille.

— Pas vraiment, répondit-il en la regardant avec un air faussement innocent. Il m'arrive souvent de passer dans cette rue. Pour le plaisir d'admirer votre jardin. Il est magnifique, surtout en cette saison, et sa vue est très reposante.

Elle renonça à le renvoyer. Au moins, s'il était près d'elle, elle pourrait le toucher et se rassurer en se disant qu'il était libre et que, pour le moment, il ne courait pas le risque d'être pris et pendu.

— Vous feriez mieux d'entrer, alors, et de venir l'admirer de plus près, suggéra-t-elle en se levant.

L'invitation était suffisante. Il fit trois pas en arrière, prit son élan, attrapa le haut des barreaux pointus, sauta par-dessus le portail et atterrit de l'autre côté avec une facilité déconcertante.

Il y eut un silence embarrassé.

— Vous savez, je vous aurais ouvert le portillon… Cela aurait été plus simple et moins dangereux.

Elle avait mis une pointe de reproche dans sa remarque, en espérant ainsi parvenir à dissimuler le frisson d'excitation qu'elle avait éprouvé en le voyant bondir par-dessus la grille. Sa souplesse l'émerveillait… un félin, un tigre. Aucun des autres hommes qu'elle connaissait n'était capable d'un pareil exploit. Sûrement pas Barton et encore moins Endsted.

Le cœur battant à se rompre, elle se rassit en arrangeant ses jupes autour d'elle afin de ne pas montrer son émoi.

— Je suis désolé. Vous avez raison, j'ai agi inconsidérément. Cela m'arrive parfois. Comme quand je suis venu vous épier, après m'être vu interdire votre porte, puis en vous mentant au sujet de mon amour des fleurs, afin d'obtenir l'autorisation d'entrer dans votre jardin.

Il y eut de nouveau un silence embarrassé.

— Non pas que je n'aime pas les fleurs, corrigea-t-il. Vos parterres sont admirables et arrangés d'une façon absolument charmante.

— Merci.

Elle tapota la place à côté d'elle.

— Venez donc vous asseoir.

Il avança vers elle, de cette démarche souple et rapide qu'elle avait admirée au bal de Stanton.

— Vous vous y connaissez en fleurs ? questionna-t-elle avec une feinte nonchalance.

Il sourit.

— Non, je l'avoue. Oh, certes, je suis capable de faire la distinction entre une rose et une fleur de rhododendron. Je ne suis pas totalement ignare. Mais, quand je désire m'introduire dans une maison, je m'intéresse plus aux bosquets et aux massifs qui peuvent me procurer un refuge.

Il toucha le buisson à côté de lui.

— Romarin, annonça-t-elle.

— Pardon ?

— Le buisson que vous venez de toucher est du romarin.

Il cueillit une brindille et l'écrasa entre ses doigts. Aussitôt, la fragrance embauma l'air autour d'eux.

— En souvenir de cet instant, dit-il en lui tendant la brindille.

— Vous connaissez Shakespeare.

— Si vous me connaissiez mieux, vous me trouveriez étonnamment cultivé.

— Est-ce important ? Je veux dire, pour la profession que vous exercez ?

Il laissa tomber la brindille et détourna la tête.

— Je ne suis pas seulement un cambrioleur, vous savez.

Constance rougit et essaya de se rattraper.

— Pardonnez-moi. Je ne voulais pas vous…

Il tourna de nouveau la tête vers elle, une lueur de tristesse au fond des yeux.

— Il y eut un temps où je voulais faire autre chose de ma vie. J'étais le troisième garçon et ma famille n'avait pas beaucoup d'argent. Et je savais qu'il y en aurait encore moins lorsque mes frères auraient une femme et des enfants à entretenir. Très tôt, il a fallu que je me débrouille tout seul, sans l'aide de personne.

Elle sentit une vague de compassion l'envahir. Il avait été le cadet de sa famille, le laissé-pour-compte, celui qui n'a droit à rien, ni amour, ni argent, parce que ses aînés ont tout pris.

— Enfin, peu importe ce que j'aurais voulu être, poursuivit-il. L'aîné de mes frères a été tué en duel et le deuxième a reçu une balle dans la tête en Espagne, à la bataille de Talavera. Brusquement, je me suis retrouvé tout seul, avec deux veuves, deux neveux et une nièce sur les bras. Mes frères étaient plus âgés, mais pas forcément plus avisés dans la gestion de leurs affaires. Leurs propriétés étaient dans un piteux état et ils n'avaient rien prévu pour le cas où ils viendraient à mourir. Toute ma famille aurait été condamnée à la pauvreté la plus noire, si je n'avais pas agi énergiquement pour redresser la situation.

Il haussa les épaules.

— Il y a tellement de gens qui ont beaucoup plus que ce dont ils ont besoin…

— Vous auriez pu choisir une profession honnête, objecta-t-elle. Faire des études de théologie, par exemple.

En voyant son expression poliment incrédule, elle essaya de l'imaginer en pasteur.

— Peut-être pas…

Il s'assit à côté d'elle.

— J'en ai eu l'intention. J'ai même poussé ce projet assez loin et cherché une place, en espérant pouvoir envoyer un peu d'argent à ma famille. Mais le lord que j'ai rencontré m'a dit, avec toute sa morgue et sa suffisance, que la place que je briguais était déjà prise — il venait tout juste de recevoir mon concurrent. Il m'avait donné rendez-vous dans la taverne locale. Quand il s'est levé, il a oublié sa bourse sur la table. Je m'apprêtais à aller la lui rendre quand je me suis dit qu'il avait un château et des propriétés assez vastes pour être à l'abri du besoin jusqu'à la fin de ses jours, alors que mes belles-sœurs et leurs enfants étaient dans la misère et sans aucune perspective d'avenir. J'ai mis la bourse dans ma poche et la leur ai apportée. Voilà tout. C'est ainsi que s'est terminée ma vocation ecclésiastique.

Il sourit, visiblement satisfait de la décision qu'il avait prise alors.

— Et vous ? questionna-t-il. Avez-vous eu la vie dont vous aviez rêvé quand vous étiez adolescente ?

Elle fronça les sourcils.

— Je crois… A vrai dire, je ne me suis jamais vraiment posé la question. Ma mère m'a élevée avec des principes très rigides. Je devais être la femme parfaite, la compagne idéale de l'homme qui viendrait demander ma main. Mais, en contrepartie, je devais me montrer difficile et choisir un mari avec lequel je ne manquerais jamais de rien. Elle avait eu des difficultés financières et ne voulait pas que sa fille unique connaisse les mêmes problèmes. Jusqu'à la mort de Robert, ma vie a été celle que j'avais espérée. Naturellement, j'aurais aimé avoir des enfants…

— Il n'est pas trop tard, fit observer Tony.

Devait-elle lui dire qu'elle ne pouvait pas en avoir ? Un tel aveu était si douloureux.

— Il y a des femmes à qui la nature refuse ce bonheur et je crains d'être de celles-là, confessa-t-elle enfin. Mais, à part cela, ma vie auprès de Robert m'a apporté tout ce que j'avais espéré.

— Vous étiez heureuse, alors ?

Elle soupira.

— J'avais de l'argent, une position sociale enviable et j'étais bien traitée par mon mari. En quoi aurais-je pu me plaindre ?

— Vous n'avez pas répondu à ma question.

— Oui, bien sûr, j'étais heureuse ! répondit-elle avec une pointe d'agacement.

— A vous entendre le dire de cette façon, je n'en suis pas aussi sûr.

Elle soupira de nouveau.

— Une femme n'a pas les mêmes opportunités qu'un homme. S'il est doué pour une chose ou pour une autre, un homme peut cultiver son talent et entreprendre une carrière dans laquelle il aura l'occasion de s'épanouir complètement. Ce n'est qu'une question de choix. Il peut étudier le droit et devenir un avocat célèbre ou un magistrat, entrer dans l'armée ou la marine, faire du commerce... Toutes les professions lui sont ouvertes.

— Même celle de cambrioleur, lui rappela-t-il.

Elle hocha la tête.

— Mais, comme la nature a fait de moi une femme, je n'avais pas d'autre choix que de me marier. Ce n'est pas comme si je pouvais espérer un autre avenir. Heureusement, hormis d'être belle, je ne possédais aucun talent naturel particulier, sinon j'aurais été sans doute déçue de ne pas pouvoir le développer.

Il la regarda d'un air surpris.

— Aucun talent naturel ? Je vous accorde que vous possédez une beauté incomparable. Mais vous avez tort de penser que c'est votre seule qualité. Vous êtes intelligente, cultivée et vous possédez un esprit vif et subtil.

Elle rit.

— Vous fondez ces beaux compliments sur une connaissance de quelques jours seulement, cher monsieur Smythe. Je vous en remercie, mais je ne suis pas assez stupide pour les prendre au pied de la lettre, même si j'en suis flattée. Si je n'avais pas été belle, rien dans ma personne, ni mon intelligence, ni ma famille, ni ma fortune, n'aurait incité Robert à demander ma main. Ma beauté a toujours été mon seul atout. Mon mariage a été un grand soulagement pour mes parents et ils ont pu finir leur vie en sachant que je ne manquerais jamais de rien. Pour eux, c'était absolument essentiel.

Tony secoua la tête.

— A vous entendre, vous étiez un fardeau pour votre famille. Mais vos parents parlaient souvent de vos autres atouts, votre intelligence et votre culture, même si votre mère était fière que sa fille ait fait un aussi beau mariage.

Elle lui jeta un coup d'œil intrigué.

— Vous parlez comme si vous l'aviez connue.

— Oui, acquiesça-t-il, je l'ai connue et votre père également.

Elle fronça les sourcils.

— Tous les deux ? Ils ne m'ont jamais parlé de vous…

— C'était il y a longtemps. Vous aviez quitté leur maison depuis plusieurs années la dernière fois où je les ai rencontrés. Rassurez-vous, ils n'ont jamais rien su de mes activités en marge des lois et, croyez-moi, je n'ai jamais dérobé le moindre objet chez eux, ajouta-t-il avec un sourire. Pas même une petite cuillère. Je ne me suis jamais abaissé à ce genre de larcin, auquel s'adonnent parfois des membres de la « bonne » société qui, pourtant, n'en ont nul besoin pour assurer leur subsistance.

Elle sourit également.

— Une telle idée ne m'a même pas traversé l'esprit.

C'était vrai, elle avait confiance en lui, au moins sur ce point.

— Vous êtes injuste avec vous-même, poursuivit-il,

si vous pensez n'avoir pas d'autre talent que votre beauté pour séduire un mari.

Elle baissa la tête. La seule chose que Robert aurait voulu d'elle, en dehors de sa beauté, elle n'avait pas été capable de le lui donner, se dit-elle intérieurement.

— Je sais que vous êtes beaucoup plus intelligente et cultivée que vous le semblez, même si vous prétendez le contraire quand vous êtes en compagnie d'Endsted ou de ses pairs — des hommes qui n'ont que mépris pour les bas-bleus et considèrent les femmes comme de simples ornements pour leurs salons. J'ai vu les livres qui étaient sur vos étagères dans votre chambre. Des livres écrits par des philosophes et des grands écrivains et même plusieurs ouvrages en français ou en latin.

Constance soupira.

— Leur lecture a peut-être été instructive, mais, hélas, elle n'a rien fait pour améliorer ma situation financière.

Il la regarda avec une intensité surprenante.

— Vous vous êtes débrouillée fort bien avec le peu d'argent et d'aide dont vous disposiez, là où une femme du monde évaporée aurait tout de suite baissé les bras. Ce n'est pas de votre faute si, par excès de confiance, vous avez été trahie par les gens qui auraient dû vous protéger.

Elle trouva ses commentaires à la fois flatteurs et embarrassants et chercha à ramener la conversation sur un terrain plus familier.

— Comme c'est étrange de vous entendre parler ainsi, murmura-t-elle en battant des cils et en lui décochant un regard plein de charme et de séduction. Quand je suis seule avec eux, la plupart des hommes limitent leurs compliments à la blancheur de mon teint et à la finesse de ma peau.

Il haussa les épaules.

— Vous avez dû entendre cent fois ce genre de compliments. Mais, si vous insistez, je veux bien me prêter à ce jeu, si futile soit-il. Même la plus fine porcelaine chinoise ne peut pas se comparer avec votre teint d'albâtre et je suis ébloui par la luminosité de vos yeux. Mais je sais aussi que derrière la beauté antique de votre visage se cache un esprit brillant et cultivé qui n'a rien à envier à celui des hommes les plus éminents de ce royaume. Je vous connais, Votre Grâce. Beaucoup mieux que vous ne l'imaginez.

Elle sourit, conquise par la sincérité évidente de son ton.

— Et moi, je ne connais rien de vous. Absolument rien.

— Vous connaissez mon plus grand secret : que je suis un voleur. J'ai trouvé fort embarrassant d'avoir été pris en flagrant délit. Mais, dans mon malheur, j'ai eu la chance d'avoir été fait prisonnier par la plus charmante des geôlières.

Elle rougit à l'idée que c'était elle qui l'avait fait prisonnier et non l'inverse.

— Ce n'est pas bien de voler, vous savez.

— Oh, ce n'est pas vous qui m'apprendrez les commandements de notre sainte Eglise, répliqua-t-il avec une pointe d'ironie. Je fais de mon mieux pour en observer neuf sur dix. C'est nettement plus, je pense, que la moyenne des gens chez qui je commets mes larcins, car la plupart d'entre eux ne pensent qu'à eux-mêmes et à leurs petits plaisirs. Ils sont avides, paresseux et débauchés.

— Est-ce pour cela que vous vous êtes introduit chez moi ? Pour me punir de mes péchés ? De ma vanité et de ma lubricité ? ajouta-t-elle en baissant la tête.

— Ce sont là des péchés sérieux, mais qui ne font pas partie des sept péchés capitaux, à proprement parler, fit-il observer. Mais pourquoi croyez-vous en être coupable ?

— Barton a pu me manipuler facilement, parce qu'il savait à quel point je suis soucieuse de ma réputation. Si j'avais voulu admettre que je suis pauvre et qu'il m'a dupée…

— Alors, vous n'auriez plus aucune chance de vous remarier. Vous n'êtes coupable de rien, si ce n'est d'avoir cru en quelqu'un qui s'est montré indigne de votre confiance. Pourquoi devriez-vous faire pénitence, alors que tous les Barton et leurs pareils vivent dans le confort et l'opulence, sans jamais se soucier des commandements de Notre Seigneur ? Vous pourriez vous résigner, je suppose. Faire de la couture et consacrer votre temps aux bonnes œuvres. Vivre de la charité de l'Eglise, puisque votre bon à rien de neveu se refuse à remplir ses obligations à votre égard.

Il grimaça.

— Ce n'est pas une perspective très agréable. Et un gâchis horrible pour une femme aussi jeune et aussi jolie. Non, il doit y avoir une alternative…

Il s'interrompit pendant une seconde ou deux, puis son visage s'éclaira, comme si une autre idée venait de lui traverser l'esprit.

— Vous pourriez vous marier avec un simple roturier. Ainsi, personne ne vous accuserait d'être vaniteuse.

— J'y réfléchirai. Mais, jusqu'à présent, personne ne m'a proposé le mariage. Les hommes dont vous parlez m'évitent, car ils me considèrent inapprochable. Quant aux autres, ils veulent seulement…

Elle secoua la tête et soupira.

— Barton m'a dit que lui et tous les autres avaient deviné que je désirais secrètement ce qu'ils voulaient m'offrir. J'étais trop désireuse d'avoir leur compagnie et j'acceptais trop facilement leurs attentions. Je leur accordais sans cesse des libertés et ils étaient surpris que je ne veuille pas aller plus loin. En somme je serais une aguicheuse…

Tony haussa les épaules.

— C'est le genre de reproches dont les hommes usent quand ils veulent persuader une femme d'aller plus loin qu'elle ne le désire. Vous n'êtes en rien coupable. Ignorez-les.

— Mais regardez comment je me conduis quand je suis seule avec vous.

Elle se troubla et balbutia.

— Je… je suis… impudique.

Un large sourire barra le visage de Tony.

— Oui. Je l'ai remarqué. C'est très flatteur. Dites-moi, vous conduisez-vous ainsi avec tous les hommes ?

— Bien sûr que non ! Comment osez-vous seulement penser…

Il posa un doigt sur ses lèvres afin d'arrêter ses protestations.

— Je ne l'ai jamais pensé, soyez en sûre. Mais c'est

encore plus flatteur de vous entendre admettre que je suis le seul à vous mettre dans un tel émoi.

Il baissa les yeux et elle vit — ou crut voir — une légère rougeur envahir brièvement ses joues.

— Vous savez, poursuivit-il, ce n'est pas un péché de prendre plaisir à être en compagnie d'une personne du sexe opposé. Naturellement, comme je suis la personne en question, mon jugement est quelque peu faussé. Il faudrait que je sois de bois pour désirer que vous ayez plus de retenue quand vous êtes dans mes bras. Et je serais terriblement contrarié si vous vous conduisiez de la même façon avec Barton. Mais jamais je ne serais allé imaginer que, simplement parce que vous aviez couché avec un homme — votre mari —, vous seriez prête à coucher avec tous les hommes qui vous le demanderaient. Et même si vous m'avez accordé un certain degré d'intimité, ce dont je vous suis reconnaissant…

Il la regarda et lui sourit avec une lueur polissonne au fond des yeux. Une lueur qui fit battre le cœur de Constance un peu plus vite.

— Je ne prétends pas pour autant avoir le droit de faire ce qui me plaît avec vous. Si jamais je me permettais de vous faire une suggestion qui vous blesse, il vous suffirait de me le dire et j'arrêterais. Je suis à vos ordres.

Constance imagina les ordres qu'elle avait envie de lui donner. Ce ne serait sûrement pas pour exiger de lui plus de retenue. Bien au contraire.

Des pensées qui la firent rougir, tellement elles étaient inconvenantes.

— Je n'ai rien à vous reprocher, murmura-t-elle. Je

ne me suis jamais sentie blessée par vos baisers. Je… j'y ai même pris beaucoup de plaisir.

— Vous n'avez rien à craindre, lui répondit-il d'une voix rassurante. Comme je vous l'ai dit la première nuit où nous nous sommes rencontrés, vos secrets sont en sécurité avec moi. Tous vos secrets. Mais, si vous prenez autant de plaisir à ma compagnie, pourquoi m'avez-vous fait répondre que vous n'étiez pas là, tout à l'heure, quand je suis venu vous rendre visite ?

— C'était à cause de ce que je vous avais dit la nuit dernière… Je ne savais pas — et je ne sais toujours pas — si je ne me suis pas engagée trop loin. Sur le moment, cela m'avait semblé tout naturel. J'ai été stupide de faire des promesses que j'ai peur de tenir à la lueur du jour.

— Je vois.

Il posa la main avec douceur sur son bras.

— Pourquoi pleuriez-vous ? C'est la deuxième fois que je vous trouve en larmes. La première fois, vous m'avez seulement parlé de vos difficultés financières mais je me doute qu'il y a autre chose. Qu'est-ce qui vous tourmente autant ?

— Je croyais vous avoir dit que cela ne vous concernait en rien.

— Mais, à ce moment-là, nous nous connaissions à peine. J'ai la prétention de penser que nous sommes beaucoup plus proches maintenant. Nous nous entendons presque comme larrons en foire. Même si je sais par expérience que les voleurs n'ont guère confiance les uns envers les autres, ajouta-t-il après réflexion.

— Alors, pourquoi devrais-je avoir confiance en vous ?

— Parce que je me soucie assez de vous pour vous le demander et j'espère sincèrement pouvoir vous aider à résoudre le problème qui vous tracasse. Vous admettrez, je suppose, que je vous ai déjà aidée auparavant.

Elle rit à travers ses larmes.

— Ce n'est pas aussi facile cette fois-ci, je le crains. Vous me tentez et j'ai beaucoup de peine à vous résister. Vous vous souvenez du gentleman avec lequel je me trouvais quand nous nous sommes rencontrés à la bibliothèque ? J'espérais…

Elle ne finit pas sa phrase.

Tony se raidit.

— Je vois. Ce gentleman éprouve-t-il les mêmes sentiments à votre égard ?

Elle battit des cils pour chasser les larmes qui embuaient ses yeux.

— Je n'ai jamais prétendu éprouver de sentiments envers lui. A mon âge, ce ne serait pas raisonnable de fonder une relation sur des sentiments. Disons que j'avais des espérances…

— Ah.

Visiblement, il ne comprenait pas ce qu'elle avait voulu dire.

— C'est un gentleman. Ses propriétés ne sont pas aussi vastes que celles de mon défunt mari et son titre pas aussi prestigieux, mais, sincèrement, je n'espère pas retrouver un mari aussi haut placé que Robert. A cet égard, je n'ai pu que me féliciter de mon premier mariage. Cependant, lord Endsted possède une fortune plus que suffisante et il semblait intéressé. Naturellement, ils ont tous l'air intéressé au début…

— Je le conçois aisément. Vous êtes une femme

séduisante et pleine de charme, Votre Grâce. N'importe quel homme ne pourrait qu'être honoré d'avoir réussi à attirer votre attention.

Il ouvrit la bouche, pour en dire plus, puis s'interrompit et la regarda.

— Mais, si j'ai bien compris, ce n'est pas l'un d'entre eux que vous choisiriez, si vous étiez complètement libre de votre choix ?

Elle secoua la tête.

— Comme je vous l'ai dit auparavant, ce n'est ni mon choix ni mes sentiments qui ont de l'importance. S'il m'avait demandé ma main, j'aurais accepté tout de suite, comme j'aurais accepté avec les autres. Mais il m'a vue avec vous, puis, à notre retour, Barton m'attendait dans mon salon. Maintenant, il pense que je ne suis plus digne de ses attentions.

Anthony laissa échapper un juron.

— Il ne veut pas de vous parce que d'autres hommes vous trouvent séduisante ? Alors, soit il est aveugle, soit il est sot. Je vais aller le trouver et lui jeter mon gant à la figure.

Elle posa la main sur son bras.

— Ne soyez pas ridicule. C'est moi qu'il a offensée, pas vous. Et, si vous avez l'intention de provoquer en duel tous les gentlemen qui m'ont désappointée, la liste sera fort longue. Je m'attends à ce qu'elle s'allonge encore un peu plus, avant que je trouve un homme qui accepte enfin de me faire une proposition honorable. Vous m'avez surprise dans un moment de découragement, voilà tout. Je n'avais pas imaginé qu'à trente ans il me serait aussi difficile de trouver un mari convenable. Mais je n'en suis pas encore au point de trouver flatteuses les autres propositions que l'on m'a faites.

— Je ne le pense pas non plus ! s'exclama-t-il avec indignation. J'étais persuadé qu'une femme comme vous, avec votre beauté, votre esprit et votre intelligence…

De nouveau, il s'interrompit et baissa les yeux.

— J'étais persuadé que les prétendants se pressaient à votre porte et étaient prêts à se battre pour obtenir ne serait-ce qu'un regard de vous.

Elle sourit tristement.

— Ils se pressent à ma porte, mais c'est seulement mes faveurs qu'ils recherchent ; sans devoir passer par la chapelle, naturellement. Je suppose que je devrais déjà être contente de savoir que les hommes me trouvent encore désirable.

— Oh, vous l'êtes, n'en doutez pas. Mais qu'ils puissent être assez grossiers pour vous proposer de…

Elle le regarda fixement.

— J'ai de la peine à comprendre votre indignation. Vous-même, vous m'avez laissée entendre que vous ne refuseriez pas mes faveurs, si j'acceptais de vous les offrir.

— C'était avant que je me rende compte que vous n'étiez pas prête à vous donner hors des liens sacrés du mariage.

Il mit un genou en terre.

— Je suis à jamais votre serviteur, Votre Grâce. Vous me feriez un grand honneur, si vous consentiez à m'accorder votre main, et, avec moi, je vous promets que vous ne manquerez jamais de rien jusqu'à la fin de vos jours.

Elle retira sa main de la sienne.

— Voilà ce que j'ai gagné. Vous vous moquez de moi.

— Pas du tout. Je suis sérieux. Si vous ne pouvez pas trouver quelqu'un d'autre qui vous convient et que vous refusez d'accepter les offres déshonorantes que l'on vous a faites, je suis prêt à vous épouser, moi.

— Il n'en est pas question.

Les mots lui avaient échappé avant qu'elle ait eu le temps de réfléchir à l'impact qu'ils auraient sur un homme qui, jusqu'à présent, était le seul à l'avoir aidée, sans jamais rien lui demander en échange.

Il la regarda, l'air pétrifié et les joues rouges, comme si elle l'avait giflé.

— Puis-je vous demander pourquoi ?

— Je pense que cela devrait être évident.

— Pas pour moi, dit-il d'une voix calme, mais étrangement distante.

Elle baissa la tête, afin qu'il ne puisse pas voir dans ses yeux l'angoisse qui lui tenaillait le cœur à l'idée qu'il puisse être un jour pris et pendu.

— Nous nous connaissons à peine.

— Si vous avez été surprise qu'aucun d'entre eux ne vous fasse une proposition honnête, vous connaissiez encore moins les autres gentlemen avec lesquels vous étiez prête à vous remarier. Ce n'est donc pas la véritable raison, n'est-ce pas ?

— Bon, puisque vous insistez…

Elle se raidit et le regarda droit dans les yeux.

— Vous exercez un métier pour le moins… répréhensible. Comment, dans ces conditions, pourrais-je accepter d'unir ma vie à la vôtre ? Croyez-vous que je serais capable de profiter de vos gains mal acquis, sans en éprouver de la culpabilité ?

Il se redressa et reprit sa place sur le banc à côté d'elle. Une lueur douloureuse brillait dans ses yeux, mais son teint avait repris sa couleur normale et il lui répondit d'une voix légère, avec une pointe de sarcasme.

— Les femmes que j'ai aidées dans le passé ne se sont pas souciées de savoir d'où provenait l'argent que je leur donnais. Elles considéraient, avec raison, que quelqu'un devait s'occuper d'elles et les protéger contre les malheurs engendrés par la misère. De la même façon, j'avais présumé que, n'ayant pas eu de scrupules à prendre l'argent que je vous avais laissé et à me demander de m'introduire chez Barton pour y récupérer votre acte de propriété, vous n'auriez pas de scrupules non plus avec le reste.

— Vous aviez présumé à tort. J'ai ma fierté et j'aime savoir d'où provient mon argent, même si je ne peux pas dire que j'ai très bien géré mes affaires depuis mon veuvage. Et j'en ai assez des hommes et de leurs promesses. Malgré leurs belles paroles, ils ne m'ont jamais protégée contre les désagréments de la vie. Ou, du moins, que pendant un temps très limité.

— Avec moi, de tels désagréments vous seraient épargnés. Je n'ai pas l'habitude de recevoir mes complices chez moi. J'ai toujours séparé soigneusement ma vie privée de mes activités délictueuses.

— Vous le ferez jusqu'au jour où vous serez pris et pendu. Alors, vous entraînerez tout votre entourage dans votre déshonneur.

Des paroles qui ulcérèrent Tony.

— J'ai envisagé maintes fois cette éventualité et j'ai

toujours pris toutes les précautions possibles pour ne pas être pris. Mais, néanmoins, concéda-t-il, c'est l'une des raisons pour lesquelles je ne me suis jamais marié.

— Une sage décision, acquiesça Constance. Je ne peux pas imaginer un sort plus cruel pour une femme que de savoir que son mari pourrait, à n'importe quel moment, être capturé et condamné à la pendaison. Pour ma part, je ne pourrais pas le supporter.

Une ombre passa de nouveau sur le visage de Tony.

— Je vous remercie de vous être montrée aussi claire. Je n'avais pas l'intention de vous manquer de respect. Je désirais seulement vous proposer une solution à un problème qui semble vous avoir beaucoup tourmenté depuis la disparition de votre mari. Ma proposition reste ouverte, naturellement, car mon attirance pour vous est sincère et durable. Cependant, je parviendrai, tant bien que mal, à m'accommoder de votre refus, car je crains de ne rien pouvoir faire pour vous faire changer d'opinion à mon égard.

Il avait parlé sur un ton léger et semblait être redevenu parfaitement maître de lui, mais elle devina intuitivement qu'il ne lui avait pas dit toute la vérité.

— Je vous remercie de votre compréhension.

— Et moi de votre franchise.

Un remerciement qui sonnait faux, avec plus qu'une pointe d'amertume.

— Mais, dites-moi, votre refus de mon offre implique-t-il que vous refusez également mon amitié ?

— Non, répondit-elle d'une voix mal assurée.

— Parce que si vous trouvez ma compagnie aussi

blessante, je vous promets de ne plus jamais venir vous importuner.

En voyant qu'elle l'avait de nouveau blessé, elle sentit sa belle résolution faiblir. Néanmoins, elle pouvait difficilement accepter de l'épouser seulement pour ne pas froisser ses sentiments. Pourquoi ne pouvait-il pas comprendre qu'elle souffrait autant que lui de la décision qu'elle avait dû prendre ?

Elle lui prit la main impulsivement.

— Non, je vous en prie, ne m'abandonnez pas. Les sentiments que j'éprouve à votre égard sont sincères, même s'ils sont totalement irrationnels. J'ai essayé de m'en défaire. En vain. Je sais que je ne peux pas vous épouser, mais, en même temps, je ne peux pas me résoudre à renoncer à vous voir. C'est plus fort que moi. Je ne sais vraiment pas ce que je dois faire. Le seul fait d'y penser suffit à me bouleverser. C'est aussi la raison pour laquelle je pleurais tout à l'heure.

Il posa son autre main sur la sienne et la serra avec force. Son sourire était triste, mais c'était un vrai sourire, plein d'empathie et de compassion.

— Ne vous tourmentez pas. Je ne pensais pas que vous m'accorderiez votre main, mais je n'ai pas pu m'empêcher de vous la demander. Je ne veux pas que vous pleuriez à cause de moi. Vraiment, je n'ai aucune envie de vous abandonner et je le ferai seulement si vous me l'ordonnez expressément.

Il soupira.

— N'en parlons plus, puisque cela nous fait souffrir autant l'un que l'autre. Je suis à votre service, Constance, et je le resterai aussi longtemps que vous le désirerez. Votre amitié est déjà plus que je ne pouvais espérer.

Il l'attira contre lui, afin qu'elle puisse poser la tête sur son épaule et la berça doucement dans ses bras. Constance se sentait si bien qu'elle ne tarda pas à s'endormir.

Quand elle se réveilla, il était parti.

# 11

Elle se leva et retourna vers la maison, la tête vide et ne sachant plus trop où elle en était. Elle avait la migraine. Sans doute parce qu'elle avait trop pleuré et parce qu'elle avait commis l'imprudence de s'assoupir au soleil.

Mais elle ne pouvait s'empêcher de sourire en pensant à la sensation de réconfort qu'elle avait éprouvée en appuyant sa tête contre l'épaule de Tony, oubliant complètement à quel point un tel abandon pouvait être préjudiciable. Jamais elle n'aurait dû se laisser aller ainsi ! Il lui avait demandé sa main. Elle avait refusé. Normalement, après un tel refus, ils auraient dû partir chacun de leur côté et aller soigner dans la solitude, elle sa frustration et lui son amour-propre.

Mais il avait accepté son refus sans protester, même si elle l'avait senti blessé. Cela aurait été beaucoup plus facile s'il avait tempêté et s'était mis en colère, avant de la quitter brutalement et de la laisser en paix. S'il l'avait abandonnée, elle aurait pu commencer le lent travail de l'oubli, au lieu de rester contre lui à se perdre dans un rêve de bonheur impossible, comme s'ils étaient deux personnes différentes et qu'elle pouvait lui dire oui.

L'avait-elle réellement blessé profondément ? Certes,

son ego avait dû en prendre un coup. Aucun homme n'aime s'entendre dire par une femme qu'il n'est pas assez bien pour elle. Mais il ne devait pas en avoir eu le cœur brisé. Sinon, il n'aurait pas repris ses esprits aussi vite. C'était même peut-être la réponse qu'il avait voulu entendre, car, même s'il avait fait de son mieux pour l'aider, il s'était toujours efforcé de garder son cœur libre, au cas où il réussirait un jour à séduire la femme à laquelle il rêvait depuis tant d'années.

Une raison de plus pour ne pas l'épouser. Il avait peut-être envie d'elle, mais il ne l'aimait pas vraiment. Leur mariage aurait pu être un compromis acceptable, si elle avait eu le bon sens de ne pas tomber amoureuse de lui avant qu'il ne lui demande sa main. Mais, si elle avait accepté sa demande maintenant qu'elle l'aimait, elle se serait préparé un avenir plein de tristesse et de désillusion. Dès qu'il aurait réussi à la mettre dans son lit, son ardeur se serait refroidie et elle aurait perdu tout intérêt à ses yeux. Que lui resterait-il alors ? Un mari indifférent et blasé. Il passerait ses nuits loin d'elle. Des nuits d'insomnie pendant lesquelles elle se rongerait d'inquiétude en se demandant s'il avait été capturé ou tué ou, pire encore, s'il était en train de la tromper dans les bras d'une autre.

Naturellement, il ne comprendrait pas sa jalousie, car elle n'aurait aucune raison d'être jalouse. Comme il ne lui aurait fait aucune promesse de fidélité indéfectible avant le mariage, elle ne pourrait même pas se plaindre.

Ainsi, tout était pour le mieux. Elle ne pouvait que se féliciter de sa décision… mais il y avait toujours ce vide dans son cœur. Un vide qui n'avait cessé de grandir depuis qu'elle avait refusé sa demande en mariage.

— Votre Grâce !

Au moment où elle entrait dans la maison, Susan se précipita vers elle, l'air bouleversée.

— Je... je suis désolée. J'ai essayé, mais son pied était en travers de la porte. Quand j'ai tenté de la refermer, il... il m'a repoussée brutalement et je suis tombée en arrière. Je lui ai dit que vous n'étiez pas à la maison, mais il a refusé de s'en aller.

Un galimatias confus et embrouillé. La pauvre caméristе avait des larmes plein les yeux, mais Constance n'eut pas besoin de plus de détails pour savoir qui avait bien pu la mettre dans cet état.

Les lèvres tremblantes de colère, elle traversa la cuisine, suivit le couloir et poussa la porte du salon.

Barton était assis dans un fauteuil et arborait le sourire placide et satisfait qu'il arborait à chacune de leurs rencontres, comme s'il était persuadé que le bon sens et la raison finiraient par avoir raison de ses préventions à son égard. Il ne se leva pas en la voyant entrer et resta parfaitement maître de soi.

— Vous n'avez pas répondu à mon message.

— Si, répliqua-t-elle sèchement. Mes domestiques avaient reçu l'ordre de ne pas vous ouvrir la porte. Vous ne pouvez pas continuer de vous imposer de force chez moi, lord Barton.

— Chez vous.

Ce n'était pas une question. Il devait savoir qu'elle avait récupéré son acte de propriété.

Elle devait faire semblant. Essayer de lui faire croire que ce n'était pas elle qui le lui avait pris.

— Je ne veux plus entendre parler de vos menaces absurdes. Je n'ai pas l'intention de devenir votre maîtresse et, malgré toutes vos prétentions, cette maison est la mienne. Si vous pensez en être le propriétaire, adressez-vous à la justice et prouvez-le.

Il rit.

— Vous êtes vraiment belle quand vous êtes en colère, Constance, et plus intelligente que je ne l'avais imaginé. Je sais que vous m'avez repris votre acte de propriété. Naturellement, vous ne me direz pas comment vous vous y êtes prise pour le récupérer. Je soupçonne celui qui vous a aidée d'avoir une autre raison de s'introduire dans ma maison et j'aimerais avoir deux mots avec lui.

— Je ne sais pas de quoi vous parlez.

— Bien sûr, chère amie. J'aurais été surpris, si vous m'aviez dit le contraire. Néanmoins, je ne vous imagine guère en train de grimper le long de la façade de ma maison et de vous introduire dans mon bureau par la fenêtre. Quelqu'un vous a aidée. Un homme. Je vais donc vous surveiller étroitement jusqu'à ce que je découvre qui est votre amant. Ensuite, dès que je l'aurai découvert, je lui réglerai son compte à ma manière.

— Mon amant ? Je n'ai pas d'amant.

— Pas encore, peut-être. Mais cela ne tardera pas. L'homme qui vous a aidée à récupérer votre acte de propriété n'a sûrement pas pris un risque aussi grand sans espérer une contrepartie. Quelle autre contrepartie pourriez-vous lui offrir ? De l'argent ? Vous n'en avez pas. Hormis votre corps charmant et délectable, vous n'avez rien à lui donner pour le récompenser de son travail.

Elle ouvrit la bouche et la referma brusquement. Elle avait failli lui dire que Tony était différent.

Il sourit.

— Vous me l'avez presque dit. Mais peu importe. A un moment ou à un autre, vous vous trahirez. Un mot ou un regard suffira. Je suis patient. Quand je l'aurai trouvé, il saura ce qu'il en coûte de s'attaquer à moi. S'il vous est cher, vous seriez bien avisée de lui dire de ne plus se mêler de mes affaires. S'il croit pouvoir marcher impunément sur mes plates-bandes, il se trompe lourdement.

Tout en parlant, il mit la main dans la poche intérieure de sa veste et en sortit une liasse de papiers.

— Au fait, j'ai pris la liberté de monter dans votre chambre pendant que vous étiez dans votre jardin et de récupérer ce que vous m'aviez pris. Ainsi, nous sommes de retour à la case départ. Je ne suis pas du genre à me faire doubler aussi facilement — surtout par une femme.

— Vous mentez !

Elle tenta de lui arracher les papiers des mains, mais, avant qu'elle eût réussi à s'en saisir, ils avaient disparu de nouveau à l'intérieur de sa veste.

— Ils se trouvaient dans le tiroir de votre table de nuit. Vos domestiques ont essayé de m'empêcher de monter à l'étage, mais quelques coups de canne ont suffi à les écarter de mon chemin. Votre cher neveu a gardé tous ceux qui pouvaient servir. Il vous a laissé généreusement les vieux et les bons à rien, avec deux ou trois idiotes qui courent se cacher dès qu'on élève la voix.

— Vous avez frappé mes domestiques ? s'écria-t-elle, horrifiée.

— Je leur ai appris qui était le maître désormais dans cette maison. Je pense qu'ils n'auront pas besoin d'une deuxième leçon.

— Vous n'aviez pas le droit ! Je leur avais donné l'ordre de vous interdire ma porte.

— La prochaine fois, vous leur ordonnerez de m'obéir, si vous ne voulez pas que je les frappe encore plus fort.

— Si vous devez frapper quelqu'un, frappez la personne qui a donné les ordres, répliqua-t-elle en se tenant devant lui et en le mettant au défi de lever la main sur elle.

— A quoi cela me servirait-il ? Je n'ai aucune envie d'abîmer votre joli visage et, connaissant votre sensiblerie, vous m'obéirez plus facilement pour épargner les autres que pour être épargnée vous-même. Si vous voulez une démonstration, appelez votre camériste. Je me ferai un plaisir de la corriger sous vos yeux.

— Sûrement pas ! Je vous interdis…

Il se leva, la contourna et alla ouvrir la porte.

— Susan ! appela-t-il. Venez ici, je vous prie. Votre maîtresse a besoin de vous.

— Non ! Ce n'est pas vrai ! Ne venez…

Elle n'eut pas le temps de finir sa phrase. La camériste avait déjà obéi et était sur le seuil de la porte. Barton lui saisit le poignet et la tira à l'intérieur du salon, en refermant la porte derrière elle.

Susan se débattit, mais elle n'était pas de taille à lutter avec lui. Il leva son bras et le tint au-dessus de la flamme d'une chandelle.

— A cette hauteur, elle sent à peine la chaleur.

Il lui baissa le bras. La camériste ferma les yeux, le visage blême.

— A cette hauteur-ci, elle commence à sentir

quelque chose. C'est chaud sur la peau, n'est-ce pas ? Réponds-moi, Susan.

La pauvre fille hocha la tête.

Il regarda de nouveau Constance.

— Encore plus bas et la chair commence à grésiller. Si vous ne voulez pas que je continue ma démonstration, il vous suffit de vous montrer docile et d'accepter de coopérer avec moi.

— Si vous osez faire cela, j'appelle la police.

Il s'esclaffa. Un éclat de rire sardonique.

— Quel bien cela fera-t-il à votre chère Susan ? Elle aura la main brûlée jusqu'à l'os, avant que vous ayez eu le temps de revenir avec de l'aide.

— Lâchez-la.

— Donnez-moi la clé de cette maison.

En voyant sa détermination, Constance s'affola. Elle courut à son bureau et fouilla dans son tiroir, à la recherche du double de la clé de la porte d'entrée. Puis elle la lui tendit d'une main tremblante.

Il lâcha la domestique, un sourire triomphal aux lèvres. Aussitôt, Susan s'enfuit du salon, le visage blême de terreur.

— Bien. Très bien. Vous commencez à comprendre ce qu'il en coûte de me résister. Et, si vous vous avisez de mettre une barre ou de changer la serrure, sachez que la prochaine fois je viendrai avec mes domestiques et chasserai tous les vôtres sans ménagement.

Il se rassit tranquillement et croisa les jambes.

— Maintenant, revenons-en à votre amant, le voleur. C'est bien votre amant, n'est-ce pas ? Malgré toutes vos dénégations, je suis persuadé que vous avez offert votre adorable corps en échange de son aide. Vous n'auriez pas dû faire un pareil marché, car vous saviez à qui vous apparteniez avant d'aller le trouver.

Il soupira.

— Dès que je l'aurai trouvé — ce qui ne tardera pas — je le punirai pour avoir pris quelque chose qui m'appartient. Mais la façon dont je le punirai dépendra de votre bonne volonté et de votre docilité à mon égard. Je pourrais me montrer magnanime, si vous me traitez bien et si vous arrêtez de me contrarier. Juste une petite bastonnade, à titre d'avertissement. En revanche, si vous continuez de vous refuser à moi…

Il se pencha vers elle et baissa la voix.

— Je le ferai souffrir. Il hurlera de douleur, avant de mourir. Vous entendez ses cris ? Votre âme sensible n'en est-elle pas émue ?

— Jamais vous n'oserez.

— Oh si. Je soupçonne votre chevalier servant de vouloir se mêler d'une affaire beaucoup plus importante à mes yeux que votre vertu. Je n'aime pas que l'on s'introduise dans ma maison sans y avoir été invité et encore moins que l'on essaie de contrecarrer mes desseins les plus chers. S'il ne vous est pas complètement indifférent, vous seriez bien avisée de le mettre en garde et de lui conseiller de ne plus se mêler de mes affaires. Sinon, ne lui dites rien et laissez-le en subir les conséquences. Vous avez le choix.

Constance sentit son estomac se nouer et un frisson lui parcourut le dos. Une lueur froide et dure brillait dans les yeux de Barton. Il était sûr de lui et rien n'indiquait qu'un appel à la clémence aurait le moindre effet sur sa détermination. C'était un homme dangereux, capable de tuer sans le moindre remords.

Il n'avait pas cessé de sourire.

— J'attends. Etes-vous prête à payer un tel prix pour conserver votre liberté ?

En refusant de se plier à ses exigences, elle s'était mise dans une situation inextricable et maintenant, en plus, elle risquait d'entraîner Tony dans sa chute. Tony qui était le seul à l'avoir aidée sans jamais rien lui demander en échange.

— Si j'accepte vos conditions, vous le laisserez tranquille ?

— La prochaine fois que vous le verrez, vous lui direz que c'est fini entre vous et lui, que vous m'appartenez corps et âme et qu'il doit cesser immédiatement de se mêler de mes affaires. S'il obéit, il échappera au châtiment que je lui ai réservé. Dans le cas contraire, je n'aurai aucune pitié. Je vous conseille de vous montrer très persuasive, si vous en avez l'opportunité.

Elle avala avec peine la boule qui s'était formée au fond de sa gorge.

— Je ferai tout pour le convaincre.

Il se détendit et hocha la tête.

— Bien. Vous voilà enfin raisonnable. Vous ne le regretterez pas, je vous le promets. Comme je vous l'ai déjà dit, je suis généreux avec mes maîtresses quand elles se montrent gentilles et obéissantes. Ce soir, nous dînerons ensemble. Dans les jardins de Vauxhall. Mettez des couleurs vives. Je n'ai pas envie de vous voir en noir. Du rouge, par exemple. Avec votre collier de diamants et de rubis.

« Comme les prostituées dans la Rome antique », se dit-elle intérieurement.

— Après avoir dîné, nous reviendrons ici et je

passerai le reste de la nuit avec vous. Vous direz à votre cameriste que nous ne devons pas être dérangés, sous aucun prétexte.

Il se leva et prit son chapeau.

— A partir de maintenant, Constance, vous m'appellerez Jack et, quand je vous quitterai, vous m'embrasserez. Un vrai baiser, en y mettant toute la passion dont je vous sais capable.

Il attendit, debout sur le seuil de la porte.

Elle s'approcha de lui, mit ses bras autour de son cou et l'embrassa comme si sa vie dépendait de ce baiser.

# 12

Tony se laissa tomber dans le fauteuil de cuir de son bureau, les yeux fixés sur les flammes qui dansaient dans la cheminée. Il savait qu'il devait rapidement trouver le moyen d'ouvrir une serrure Brahma, mais il ne se sentait pas le courage de travailler sur celle de son coffre. Il n'avait envie de rien, hormis de rester assis, seul dans le noir, jusqu'à la fin de sa vie, s'il le fallait. Si seulement cette fin pouvait ne pas être trop lointaine…

En voyant dans quelle humeur il se trouvait, Patrick lui apporta une bouteille de cognac et un verre.

Tony se servit lui-même et but une longue rasade.

— C'est fini, dit-il en posant son verre.

— Comment cela ?

— Je lui ai demandé sa main et elle a refusé.

— N'avez-vous pas agi avec un peu trop de précipitation, Monsieur ?

— Sur le moment, j'ai pensé que c'était l'occasion ou jamais. Quand je suis allé frapper à sa porte, on m'a répondu qu'elle n'était pas là. J'ai contourné la maison et je l'ai aperçue en train de pleurer, assise sur un banc dans son jardin. Un spectacle qui m'a bouleversé. Je l'ai rejointe, en passant par-dessus la grille, et elle m'a raconté que tous les hommes en qui elle avait placé ses espoirs lui avaient fait des propositions malhonnêtes. Le mariage est la seule chose qu'elle recherche, afin de retrouver un peu d'affection et de sécurité. Apprenant cela, j'ai mis un genou en terre et je lui ai demandé sa main. Elle a refusé. Un refus irrévocable.

— Même après lui avoir dit qui vous étiez ?

— Le sujet de ma véritable identité n'a pas été évoqué, marmonna Tony.

— Vous ne lui avez pas dit…

Patrick se laissa tomber dans l'autre fauteuil en cuir et se servit un verre de cognac.

— Vous lui avez demandé sa main, alors qu'elle ne sait rien de vous ou presque et vous êtes surpris qu'elle ait refusé ?

— Elle semblait prête à accepter les demandes d'autres gentlemen qu'elle ne connaissait pas plus que moi, dans la mesure où ils avaient de l'argent et une position sociale. Et, avant de lui faire ma demande, je lui ai dit assez clairement que j'avais connu ses parents et sa famille. Avec assez de détails pour qu'elle puisse deviner la vérité en faisant simplement un petit effort de mémoire — un effort qu'elle n'a pas voulu faire. De toute façon, le fait qu'elle me connaisse ou pas n'a eu aucune influence sur sa décision. Ce n'est pas son refus qui pose un problème, mais la raison qu'elle m'a donnée. Elle ne veut pas se marier avec un voleur.

Patrick haussa les épaules et but une gorgée de cognac.

— Alors, le problème est facile à résoudre. Arrêtez de voler.

— Dix années de cambriolages ne s'effacent pas aussi facilement.

Patrick écarta l'objection d'un geste de la main.

— Le passé est le passé. On ne peut guère vous reprocher des larcins dont, en fin de compte, vous avez fort peu profité personnellement.

— Ce n'est pas faux, concéda Tony après réflexion. Quand j'ai débuté dans ma « profession », je possédais déjà un petit héritage et j'ai su le faire fructifier. Néanmoins, mes revenus n'étaient pas suffisants pour faire vivre ma famille. Aussi, je me suis mis à voler. Et, comme j'y prenais plaisir, j'ai continué. Mais l'argent que j'ai gagné honnêtement est toujours là et j'en ai bien assez désormais pour pouvoir en vivre confortablement, comme n'importe quel bourgeois.

— Donc, vous n'avez pas volé pour vous-même. Vous avez pris aux riches pour distribuer aux pauvres. En somme, vous avez fait ce que devrait faire la Couronne pour réduire les inégalités sociales et préserver la paix du Royaume. Certes, vous continuez de voler maintenant…

— Oui, mais c'est seulement pour couvrir mes activités pour Stanton.

— Ainsi, vous volez pour la Couronne et avec sa bénédiction.

Tony soupira.

— Je ne vois guère comment je pourrais aller lui dire cela. Le genre de mission que l'on me confie exige le secret le plus absolu. Je peux difficilement aller le claironner dans tout le voisinage.

— Vous ne le claironnerez pas dans tout le voisinage, si vous révélez la vérité à une seule personne. N'avez-vous pas confiance en elle ? N'est-elle pas capable de garder un secret ?

Tony lui jeta un regard noir.

— Je serais prêt à lui confier ma vie. Je l'ai déjà fait. Elle sait la vérité sur moi et un mot d'elle aurait suffi pour me faire envoyer à la prison de Newgate. Si elle m'avait voulu du mal, elle n'aurait pas hésité à me trahir et je ne serais pas ici à écouter tes balivernes.

— Puisque vous lui avez avoué le pire et que vous ne vous en êtes pas porté plus mal, je ne vois pas pourquoi vous ne lui révéleriez pas la partie noble de vos occupations. Ainsi que votre véritable nom et votre passé, naturellement.

Tony secoua la tête.

— C'est trop tôt. Ce sera peut-être possible quand j'aurai réglé son compte à Barton — une tâche qui n'est pas sans risque. Si j'en crois Stanton, c'est un homme dangereux, capable de tout, même d'un crime.

— Raison de plus pour lui dire toute la vérité, car elle a eu des relations avec lui avant votre entrée en scène. Pardonnez-moi, Monsieur, mais, parfois, j'ai l'impression d'entendre le pasteur que vous auriez voulu être. L'humilité ne vous rend aucun service quand vous vous en servez pour masquer votre couardise. Et, en l'occurrence, c'est cette couardise qui vous empêche d'aller de l'avant. Alors que vous n'avez pas peur d'affronter la mort quand vous vous introduisez chez les gens par la fenêtre, vous n'osez pas dire la vérité à Constance Townley, simplement parce que vous êtes persuadé que, lorsqu'elle la saura, elle vous rejettera. Comme elle l'a déjà fait, le pire est passé et vous ne risquez plus rien.

Tony chercha une objection à ce raisonnement, mais

n'en trouva pas. Oui, il pouvait tout dire à Constance. Il n'avait plus rien à perdre.

— Même si cela me chagrine d'avoir un valet de chambre qui n'arrête pas de mettre le doigt sur ma bêtise, tu as raison une fois de plus. Cela ne peut pas être plus dangereux pour elle que lorsque Stanton la croyait complice d'un faux-monnayeur. Quoi qu'elle pense de moi, je ne peux pas la laisser dans l'ignorance et courir le risque de la voir mettre sa liberté en danger en aidant Barton par inadvertance.

Et, aussi bien, en lui révélant la véritable raison de ses expéditions nocturnes chez Barton, il parviendrait à se grandir dans son estime et à lui enlever une partie de ses craintes et de ses préjugés.

A cette pensée, un sourire incurva ses lèvres.

Tony frappa d'une main assurée à la porte de l'hôtel particulier de Constance, en espérant que, cette fois-ci, il ne se ferait pas éconduire. Il avait pris un soin tout particulier à sa toilette. Ses bottes brillaient comme un miroir, sa veste était impeccable et son nœud de cravate tout simplement sublime. Il avait obligé Patrick à le raser de si près qu'il se demandait s'il ne lui avait pas enlevé une couche de peau, mais ses joues étaient aussi lisses que les joues d'un bébé.

Il espérait bien ne pas avoir pris autant de mal pour rien.

Elle serait chez elle. Il en était sûr. Il savait qu'il n'y avait aucun bal ou soirée musicale dans les salons fréquentés par la duchesse de Wellford — sinon, il y aurait été invité. Au début, il avait envisagé de passer une soirée tranquille chez lui en tête à tête avec son coffre et une bouteille de cognac, jusqu'au moment où il lui était venu à l'esprit que Constance aurait également une soirée tranquille chez elle. Il avait soigneusement répété dans sa tête les phrases qu'il voulait lui dire. Surtout, ne pas dévier de son objectif, ne pas se laisser hypnotiser par la beauté de ses yeux ou par le charme de son sourire. Il la trouverait et demanderait à lui parler. Elle le recevrait dans son salon et, au moins au début, il garderait soigneusement ses distances.

Il lui ferait comprendre d'une manière claire et nette que les sentiments qu'il éprouvait à son égard n'avaient rien à voir avec l'aide qu'il lui avait apportée pour récupérer son acte de propriété. Il l'admirait pour ce qu'elle était. Une femme belle, intelligente et sensible. Une femme à laquelle aucun homme honorable ne pouvait proposer autre chose qu'une union durable et sincère.

Il lui expliquerait la raison pour laquelle il s'intéressait aux activités de Barton et la relative sécurité dont il jouissait maintenant, comparée à la vie qu'il menait quelques mois auparavant, quand il « travaillait » complètement en marge des lois et sans aucune protection en haut lieu. S'il venait à être pris, désormais, Stanton interviendrait pour le tirer de prison et lui épargner une mort honteuse au bout d'une corde. Certes, il courait toujours le risque d'être tué lors de l'une de ses expéditions nocturnes, mais il n'y aurait pas de scandale et sa réputation ne serait en rien entachée si l'entière vérité venait à être découverte. Un mariage avec lui ne serait donc pas si horrible, même s'il ne pouvait pas lui offrir un château et un titre de noblesse.

Puis, il lui expliquerait qu'ils n'étaient pas aussi étrangers l'un à l'autre qu'elle le pensait et qu'il serait le plus heureux des hommes si elle consentait à l'épouser.

Mais, au souvenir de la façon dont elle avait répondu à ses baisers, il décida de modifier quelque peu son plan.

Il lui dirait qu'il serait le plus heureux des hommes si elle voulait bien l'épouser et se donner à lui tout de suite, sans plus attendre. Parce qu'il était fou de désir pour elle et qu'il l'avait été depuis aussi longtemps qu'il pouvait s'en souvenir. Et parce qu'il avait peu d'espoir d'être en mesure d'avancer dans la mission que lui avait confiée Stanton tant qu'il ne l'aurait pas tenue dans ses bras, nue et consentante.

Une pensée qui fit naître un sourire sur ses lèvres. Naturellement, rien n'était gagné. Il avait eu le tort de ne pas battre le fer quand il était chaud, lorsque Constance était dans ses bras, dans sa chambre. Trois pas auraient suffi alors pour l'emporter dans le lit et assouvir tous ses désirs.

Des doutes qui s'évanouirent au souvenir de la nuit précédente, de la façon dont elle s'était accrochée à lui, quand il avait voulu partir, et de la lueur d'espoir qu'il avait vue dans ses yeux lorsqu'elle lui avait demandé si elle le reverrait. Il n'y avait pas eu seulement de la gratitude dans ce regard. Elle pouvait ne pas vouloir de lui à la lumière du jour, mais quand le soleil était couché elle était prête à se donner à lui corps et âme.

Susan lui ouvrit la porte.

Non sans surprise, il vit de la peur dans ses yeux. Une peur qui s'effaça dès qu'elle l'eut reconnu. Puis, comme la fois précédente, elle lui dit que sa maîtresse n'était pas chez elle.

— Allons, Susan, pas de ça entre nous ce soir. Soyez franche avec moi. N'est-elle vraiment pas là ou bien n'est-elle pas là seulement pour moi ?

Susan le regarda comme si elle s'attendait à ce qu'il bondisse sur elle comme une bête fauve et la dévore.

— Elle n'est pas là, Monsieur.

Il insista, persuadé qu'elle mentait.

— Si elle se cache dans sa chambre, dans le jardin ou dans une autre pièce de la maison, je vous ordonne d'aller la chercher immédiatement et de lui dire que je désire lui parler de toute urgence, en tête à tête, dans le salon, autour d'une tasse de thé, comme un gentleman poli et civilisé. Si vous voulez une raison convaincante pour la faire venir, dites-lui que je suis tombé du lierre et que, m'étant tordu la cheville, je ne quitterai pas le salon tant que ma cheville ne sera pas guérie.

La camériste le regarda d'un air à la fois éberlué et terrifié.

— C'est un mensonge, bien sûr, la rassura-t-il. Ma cheville n'a rien et le lierre non plus. Mais allez lui dire n'importe quoi, tout ce qui vous passera par la tête, pourvu que vous réussissiez à la convaincre de quitter sa chambre.

— Je ne peux pas, Monsieur.

— Même pour une couronne ?

— Monsieur !

— Une guinée, alors ?

— Je…

— Cinq jolies pièces d'or sonnantes et trébuchantes, Susan. Dites votre prix et je paierai, mais, cette fois-ci, je ne me laisserai pas éconduire.

Elle ignora les pièces dans sa main et ferma les yeux.

— Je ne prendrai pas votre argent, Monsieur, car ce serait trahir ma maîtresse. Ses ordres ont été formels. Je ne devais, sous aucun prétexte, vous dire qu'elle est allée dîner à Vauxhall avec lord Barton. Au cas où vous viendriez, je devais tout faire pour que vous ne soyez plus là quand ils rentreront.

Au ton de sa voix et à l'expression de son visage, il était visible qu'elle désapprouvait totalement la décision de sa maîtresse.

Tony sentit son sourire se crisper.

— Merci, Susan. S'il en est ainsi, je n'ai aucune raison de m'attarder plus longtemps ici. J'ai besoin de prendre l'air. Une promenade dans les jardins de Vauxhall devrait me faire du bien.

— Merci, Monsieur, murmura la camériste. Prenez garde à vous. Ce Barton est le diable en personne.

Elle referma la porte.

Tony paya son droit d'entrée dans les jardins de Vauxhall en n'accordant qu'une attention distraite aux lanternes qui illuminaient les pelouses et les allées. Des jardins immenses, avec une multitude de recoins sombres et discrets. Comment allait-il pouvoir la retrouver au milieu de la foule qui, comme chaque soir, dansait et festoyait joyeusement ?

Il réfléchit un instant avant de poursuivre son chemin. Connaissant Barton, il avait dû l'emmener à un endroit où ils pourraient être vus, car il n'avait aucune raison de venir dans un lieu aussi public, si ce n'est pour parader à son bras.

Les allées principales étaient pleines de monde et la presse était particulièrement dense autour d'un équilibriste qui marchait sur un fil tendu entre deux arbres. Tony hésita, puis dirigea ses pas vers la piste de danse. Il venait d'arriver tout près de l'orchestre, lorsque son attention fut attirée par une tache écarlate.

Elle était là, au bras de Barton.

Eblouissante. Il n'y avait pas d'autre mot. Il s'était habitué à la voir en deuil ou en demi-deuil et, même si, depuis quelque temps, elle avait recommencé à s'habiller d'une façon moins austère, jamais encore il ne l'avait vue vêtue d'une couleur aussi vive.

Le rouge de sa robe faisait étinceler son teint de pêche dans la lumière des lanternes. Des petites roses rouges étaient piquées dans ses cheveux et un magnifique collier de rubis et de diamants ornait son cou et sa gorge — un collier qui aurait fait frissonner d'excitation le voleur qui sommeillait en lui, s'il n'avait pas été hypnotisé par la peau nue de ses épaules et de son décolleté.

La vision qu'elle lui avait offerte quand elle était venue chez lui était encore par trop vivace dans son esprit. Les courbes ô combien érotiques de son corps sous le satin de sa robe, sa poitrine fière pointant à travers l'étoffe de son corsage… Ce serait trop cruel si elle lui avait révélé tous ces trésors pour les offrir ensuite à un autre.

Mais pouvait-il douter de ses intentions ?

Maintenant, Barton était en train de l'entraîner dans la pénombre de l'une des allées.

Tony savait pour quelle raison un gentleman pouvait vouloir entraîner une femme dans les profondeurs des jardins de Vauxhall, car il l'avait fait lui-même. Mais les femmes en question étaient rarement des dames et les gentlemen n'avaient aucunement l'intention de faire seulement une promenade aimable et courtoise.

Les yeux noisette de Constance étaient indéchiffrables et son visage ne révélait aucune joie ni tristesse. Elle était aussi froide et lointaine que les statues de marbre qui ornaient les allées des jardins. Après toutes ses belles paroles sur sa réputation et sur le mariage, elle n'avait pas l'air de se soucier le moins du monde des rumeurs que sa conduite de ce soir pourraient faire naître.

Le couple disparut derrière un tournant de l'allée. Tony le suivit en coupant à travers les pelouses et en se dissimulant derrière les bosquets. Autour de lui, dans la pénombre, il entendait d'autres couples rire et soupirer, avec, parfois, un gémissement de plaisir.

A quelques pas devant lui, Barton s'était arrêté et murmurait à l'oreille de Constance.

Elle s'appuyait contre lui et ne faisait aucun effort pour s'écarter ou le repousser. Tout en l'écoutant, elle regarda autour d'elle pour s'assurer que personne ne les avait suivis.

Tony s'enfonça un peu plus dans la pénombre de l'arbre derrière lequel il s'était dissimulé.

Quand elle fut sûre qu'ils étaient seuls, elle se dressa sur la pointe des pieds et embrassa Barton sur la bouche. Un baiser rapide, presque furtif.

La canaille se pencha et lui dit deux ou trois mots à l'oreille.

Elle l'embrassa de nouveau, plus lentement, cette fois-ci, à pleine bouche. Un baiser qui ne ressemblait en rien à celui que Tony avait surpris entre eux dans le jardin de Barton. Cette nuit-là, elle s'était montrée gauche et raide, comme si elle ne tolérait qu'à grand-peine l'homme dans les bras duquel elle se trouvait.

Ce soir, elle l'embrassait avec toute son ardeur, son corps plaqué contre le sien, les bras enlacés autour de son cou.

Tony eut l'impression qu'une chape de plomb s'était abattue sur son cœur. A part lui, quelqu'un avait-il remarqué le couple ? Probablement pas. C'était Vauxhall, après tout, et les couples qui s'enfonçaient dans la pénombre des allées et des bosquets étaient trop occupés par eux-mêmes pour espionner les autres.

Si elle avait accepté de venir ici, Constance avait dû savoir ce qui l'attendait. Pourquoi laissait-elle Barton prendre de telles libertés avec elle, après la façon dont elle s'était conduite dans sa chambre et quand elle était venue chez lui ?

Ce soir-là, elle était venue lui demander de l'aide pour reprendre à Barton l'acte de propriété de sa maison. Et, en contrepartie, elle avait été prête à se donner à lui.

Lui avait-elle dit que les attentions de Barton lui étaient odieuses ?

Non. Du moins, il n'en avait pas le souvenir.

Tony avala la boule qui s'était formée au fond de sa gorge.

Aussi bien, il avait mal interprété ses intentions réelles. Elle avait peut-être voulu simplement récupérer cet acte pour garder son indépendance vis-à-vis de Barton. En restant propriétaire de sa maison, elle pouvait choisir d'inviter qui elle avait envie dans son lit, lui, Barton ou un autre.

Ainsi, les accusations de Stanton n'étaient peut-être

pas sans fondement. Elle serait une aventurière, sans aucune loyauté pour personne et prête à tout pour satisfaire ses caprices et assouvir ses désirs.

Une pensée qui lui serra le cœur.

Mais, malgré cela, il ne pouvait pas s'empêcher d'avoir envie d'elle. Il n'avait pas cessé d'avoir envie d'elle pendant toutes les années où elle avait été mariée. Une envie qui ne l'avait pas quitté depuis l'adolescence, depuis le jour où il avait ressenti les premiers émois de la chair. Et, comme il était stupide, il continuerait d'avoir envie d'elle, même si Barton en faisait sa maîtresse ou si elle se remariait avec Endsted ou un autre de ses prétendants. Grâce à Dieu, il ne lui avait pas dit à quel point il l'aimait et la vénérait, car, sinon, elle connaîtrait son emprise sur lui et pourrait en abuser à loisir, jusqu'à lui faire perdre le peu de dignité qu'il possédait encore.

Mais, s'il ne pouvait pas la faire sienne, il pouvait au moins essayer de l'arracher à Barton avant la chute inéluctable de cette canaille.

Les jardins et les illuminations étaient toujours aussi gais et enchanteurs. Robert n'avait jamais aimé Vauxhall, car il trouvait que la foule qui s'y pressait était trop vulgaire, mais, chaque fois que Constance y était allée, elle avait trouvé étrangement excitant de pouvoir se mêler à cette foule bigarrée où se côtoyaient courtisanes, voyous, dames et gentlemen de l'aristocratie, assister aux spectacles qui y étaient donnés et écouter les orchestres, tout en se restaurant — même si la nourriture et le vin proposés étaient hors de prix et d'une qualité souvent médiocre. Les pavillons de bois ou en toile étaient pleins de lumière et de vie et, partout, les gens dansaient, riaient et s'amusaient. Et, clou de la soirée, chaque nuit un feu d'artifice était tiré, pour la plus grande joie des spectateurs.

Elle ne serait pas là pour le voir, car elle serait de retour chez elle, dans son lit. Avec Barton. Il l'avait déjà entraînée dans la pénombre d'une allée, afin de pouvoir l'embrasser à son aise. Un préambule à ce qui allait suivre… Il valait mieux ne pas y penser. Au moins, ce baiser n'avait pas été aussi horrible que celui qu'elle avait échangé avec lui un peu plus tôt dans son salon, après avoir admis sa défaite.

Cette fois-ci, elle avait réussi à oublier dans les bras de qui elle se trouvait — grâce à l'obscurité et en imaginant que c'était un autre qui l'avait entraînée à l'écart de la foule, dans la pénombre des bosquets.

Elle avait suivi Barton sans résister car elle n'avait pas le choix.

Quand elle avait été sûre qu'ils étaient seuls, elle avait embrassé Barton et lui avait demandé de retourner danser. Mais il lui avait dit qu'elle devait faire un effort, montrer un peu plus de passion. Alors, elle avait fermé les yeux et pensé à ce qu'elle ressentirait si elle était dans les bras de Tony. Quelques minutes plus tard, Barton avait mis fin à leur étreinte et s'était déclaré satisfait de sa prestation.

Ils étaient alors retournés au pavillon de l'orchestre. Là, elle avait dit à Barton qu'elle avait envie d'un rafraîchissement et il l'avait laissée seule pour aller chercher un verre de vin au pavillon voisin. Elle soupçonnait qu'il lui faudrait beaucoup d'autres verres pour aller jusqu'au bout de la soirée, mais cela repousserait le moment fatal où elle devrait rentrer et, avec un peu de chance, le vin parviendrait peut-être à calmer les ardeurs libidineuses de Barton.

L'orchestre se remit à jouer. Une valse. Elle regarda autour d'elle avec résignation. Barton allait revenir et lui demander de danser. Elle avait eu de la chance jusqu'à présent, car elle n'avait vu aucun visage familier. Mais, si quelqu'un venait à la reconnaître, il le raconterait dans les salons. Elle ne pourrait rien faire pour l'en empêcher.

Soudain, une main lui saisit le poignet et l'entraîna sur la piste de danse. Avant qu'elle ait eu le temps de protester, elle se retrouva non pas dans les bras de Barton, mais dans les bras d'Anthony Smythe, son visage à quelques pouces seulement du sien.

— Là, ne vous avais-je pas dit que nous nous rencontrerions souvent, parfois de la façon la plus inattendue, maintenant que vous me connaissez ? Vous aimez valser avec moi, n'est-ce pas ?

Elle regarda par-dessus son épaule, en proie à une panique incontrôlable.

— Je… j'avais promis cette danse à un autre.

— Barton, je suppose. Il est en train de venir vers nous, l'air absolument furieux.

Elle essaya d'échapper à l'étreinte de Tony.

— Il ne faut surtout pas qu'il nous voie ensemble !

Tony la serra plus fort contre lui.

— Trop tard. Il nous a déjà vus.

Elle scruta la foule du regard, à la recherche de Barton, terrorisée à l'idée de ce qui allait advenir.

— Je vous en prie, essayez d'oublier les autres

hommes quand vous êtes dans mes bras. Je trouve excessivement blessant de penser que je ne suis pas capable de captiver votre attention ne serait-ce que le temps d'une danse.

Le ton de sa voix se durcit.

— Surtout si l'homme en question est Barton. J'avais espéré, après la mission que vous m'avez confiée la semaine dernière et vos belles paroles dans votre jardin quant à votre désir d'un mariage honorable, que vous auriez le bon sens de vous tenir à l'écart de cette canaille.

— Je n'ai pas pu m'en empêcher, avoua-t-elle honnêtement.

— La dernière fois non plus. Si je me souviens bien, vous aviez besoin de mon aide et vous étiez prête à sacrifier votre précieuse vertu pour l'obtenir.

Elle redressa le menton.

— Je n'ai plus besoin de vous maintenant.

— Tout est fini avec moi, alors ? Exit Tony…

— Oui, insista-t-elle. Je veux que vous me laissiez tranquille et que vous arrêtiez également de vous mêler des affaires de Barton.

— Qu'est-il arrivé pour que, tout d'un coup, vous préfériez les attentions de Barton aux miennes ?

— La situation a changé.

— Je vois.

Il voyait exactement ce qu'elle voulait qu'il voie. Il était en colère. Assez en colère pour s'en aller. Du moins, elle l'espéra, car elle ne savait pas pendant combien de temps elle serait capable de lui mentir.

— Je n'ai pas besoin de votre aide ou de votre compagnie et, à l'avenir, je vous prie de ne plus venir m'importuner.

Au lieu de la quitter, il la serra encore plus fort contre lui et se pencha vers elle, les lèvres tout près de son oreille.

— N'ayez crainte, je vais vous obéir, murmura-t-il d'une voix dure. Mais, avant de m'en aller, laissez-moi vous aider une dernière fois en vous donnant un bon conseil. Tenez-vous à l'écart de Barton. Son étoile est sur le déclin. Lorsque les foudres de la Couronne s'abattront sur lui, je serais désolé si vous veniez à être entraînée dans sa chute.

Un sentiment de révolte, de colère et de peur envahit Constance. Elle avait l'impression d'être prise dans une nasse. Elle avait consenti contre son gré aux exigences de Barton et voilà que, maintenant, Tony lui apprenait qu'il était au bord de l'abîme et qu'elle risquait d'être entraînée dans sa chute. Mais, si elle n'allait pas retrouver Barton, ce serait Tony qui serait en danger de mort...

— Et dire que j'avais cru que vous m'aviez aidée seulement pour mes beaux yeux ! Le Robin des Bois des temps modernes, le chevalier blanc toujours prêt à aider la veuve et l'orphelin...

Elle lui tapa sur l'épaule, avec une telle force qu'il fit un faux pas.

— Maintenant, monsieur Smythe, je vais vous dire ce que je pense de votre aide. Vous avez prétendu m'aider en pénétrant par effraction chez Barton, mais, en réalité, c'était pour d'autres raisons qui n'avaient aucun rapport avec moi. Quand vous vous êtes introduit chez moi, ce n'était pas après mes bijoux que vous en aviez non plus. Vous cherchiez autre chose, la même chose, peut-être, que chez Barton. Vous prétendez vouloir m'aider et être différent des autres. Mais vous êtes comme eux. D'abord vous flattez, puis vous volez et, si vous n'obtenez pas ce que vous voulez, vous essayez de faire chanter. Et, en dernier ressort, vous utilisez les menaces pour m'obliger à me plier à vos désirs.

— Des menaces ?

Il la repoussa légèrement afin de pouvoir plonger son regard dans le sien et essayer de découvrir la vérité. Un regard d'une telle intensité qu'elle dut détourner les yeux afin de ne pas se trahir.

— Il vous a de nouveau menacée ?

La main qui tenait la sienne se crispa et il l'attira de nouveau contre lui.

— Pourquoi ne me l'avez-vous pas dit tout de suite ? Quand je vous ai vus ensemble, j'ai cru… Enfin, peu importe ce que j'ai cru. J'ai été stupide.

Il jeta un coup d'œil en direction de l'orchestre.

— La danse va bientôt se terminer. Vous direz ce que vous voudrez à Barton, que je vous ai obligée à danser ou que vous avez accepté de danser avec moi pour le rendre jaloux. Ensuite, à la première occasion, vous vous perdrez dans la foule. Ne le laissez pas vous raccompagner, quelle que soit la menace qu'il a brandie au-dessus de votre tête. Je ferai en sorte qu'il ne vienne pas vous importuner. Vous n'avez pas besoin d'avoir peur de lui ou de faire quoi que ce soit que vous n'avez pas envie de faire. Je peux encore vous aider, si vous voulez bien m'y autoriser. Pourquoi n'êtes-vous pas venue me trouver ?

Elle pensa aux menaces de Barton et à ce qui pourrait arriver à Tony si elle le mêlait encore à ses affaires.

— J'ai eu tort de vous demander d'entrer par effraction chez Barton. Je ne puis pas vous le demander de nouveau. C'est trop dangereux.

Il se pencha vers elle et laissa échapper un petit rire amusé dans son oreille.

— Cambrioler est devenue une deuxième nature pour moi. J'ai besoin du danger, de l'excitation qu'il me procure. Vous ne pouvez rien faire pour me remettre dans le droit chemin, si ce n'est me donner une raison juste et légitime pour exercer mes talents criminels. Ce que vous m'avez demandé n'a été en rien un fardeau, mais l'occasion de combattre le mal et de vous rétablir dans vos droits. Je me moque comme d'une guigne des dangers qui vous tourmentent. J'abattrai Barton quoi qu'il arrive, mais je ne veux pas que vous soyez entraînée dans sa chute, car vous n'êtes en rien complice de ses ignominies. Aussi, je vous demande, comme un grand honneur, de m'autoriser à vous aider de nouveau.

Elle hésita et il la fit virevolter sur la piste, afin que Barton ne voie pas qu'ils étaient en train de parler.

— Répondez-moi, Votre Grâce. Ensuite, si vous le désirez vraiment, j'arrêterai de vous importuner. Si vous me le permettez — un hochement de tête me suffira — je viendrai chez vous cette nuit et vous me raconterez tout. Et, si vous ne voulez toujours pas de mon aide, je m'en irai.

Elle défaillit presque de soulagement à la pensée de parler de nouveau avec lui.

Elle s'abandonna dans ses bras. Un abandon qui suffit à lui faire comprendre qu'elle se mettait sous sa protection.

Il lui serra la main de nouveau.

— Très bien, alors, dit-il avec un sourire. Rentrez chez vous et laissez votre fenêtre entrouverte.

Dès que l'orchestre eut égrené les dernières notes de la valse, il la ramena au bord de la piste, à l'endroit où Barton les attendait, le visage rouge de fureur.

— Merci, Votre Grâce. Pardonnez-moi de m'être imposé, mais je n'ai pas pu résister à la tentation de vous voler cette danse.

Il avait choisi ses mots délibérément et elle vit une lueur meurtrière briller dans les yeux de Barton.

— Vous devriez prendre garde à ce que vous volez, monsieur Smythe. Vous savez, je suppose, ce qui arrive aux voleurs ?

Tony rit.

— Il me suffit de lire le *Times* pour le savoir, milord. Etre pendu haut et court. Mais, au moins, ce n'est pas pire que le châtiment réservé aux traîtres. Un tribunal, parfois, peut se montrer indulgent avec un voleur, mais faire de la fausse monnaie est considéré comme un crime de haute trahison. Pour un tel crime, on a les membres brisés à coups de barre de fer et du soufre est versé sur les plaies, avant d'être écartelé et jeté en pâture aux chiens.

Tony frissonna d'une façon théâtrale.

— Une fin qui n'est guère enviable, n'est-ce pas, Jack ?

Barton blêmit de fureur et les traits de son visage se décomposèrent.

— Un tel criminel n'aura aucun scrupule à commettre un meurtre, monsieur Smythe, répliqua-t-il avec un sourire glacial. La mort lente et douloureuse de sa victime n'ajoutera rien à la sévérité du châtiment qu'il subira s'il vient à être pris.

Constance essaya de le tirer par la manche, mais il la repoussa d'un geste agacé.

Tony pencha la tête sur le côté, l'air pensif, comme s'il réfléchissait à la question.

— Je suppose que cela ne changerait rien, effectivement, à son châtiment, mais, pour cela, il faudrait encore que la victime ne se rebiffe pas. Dans le cas qui vous concerne, j'en doute fortement. Enfin, vous pouvez toujours essayer, si cela vous chante.

Sur ces mots en forme de défi, il lui tourna le dos et s'éloigna vers la pénombre des allées.

Barton jura grossièrement et fit mine de le suivre. Puis, il marqua un temps d'arrêt et se retourna vers Constance.

— Rentrez chez vous immédiatement et attendez-moi dans votre chambre, ordonna-t-il sur un ton péremptoire.

Elle lui saisit le bras.

— Je n'en ferai rien. Je sais quelles sont vos intentions et vous m'avez promis qu'il ne lui arriverait rien si je cédais à vos exigences.

Tony se retourna et la regarda avec curiosité.

— Faites ce qu'il vous demande, Constance. Rentrez chez vous. Quoi qu'il arrive, je ne veux pas que vous soyez mêlée à cette affaire.

Elle resta immobile entre les deux hommes qui s'observaient, le visage implacable, comme deux bêtes fauves prêtes à bondir l'une sur l'autre.

— Allez, partez ! grommela Barton en pointant le

doigt vers la sortie, comme s'il envoyait un chien à la niche.

— Je vous en prie, Votre Grâce, insista Tony.

Puis il s'éloigna de nouveau, en direction de la partie la moins éclairée des jardins, et disparut peu après derrière un bosquet.

Barton le suivit.

# 13

Constance s'assit au bout de son lit, nouant et dénouant son mouchoir, les mains tremblantes. Pourquoi les avait-elle écoutés ? Elle aurait dû se jeter sur Barton et tout faire pour le retenir.

Mais Tony était parti trop vite et, avant qu'elle ait eu le temps de réagir, Barton s'était lancé à sa poursuite en se frayant un chemin à travers la foule. Quand elle avait repris ses esprits, elle avait essayé de les rattraper, mais elle avait été happée malgré elle par un groupe de fêtards et s'était retrouvée poussée vers la sortie, en ayant perdu de vue les deux hommes.

Elle les avait cherchés encore un peu, mais avait eu peur de s'aventurer toute seule dans la pénombre des allées et, finalement, avait hélé un fiacre. De retour chez elle, elle avait envoyé sa femme de chambre se coucher, avait fermé sa porte et entrouvert sa fenêtre.

« Mon Dieu, pria-t-elle à voix basse, faites que ce soit Tony qui revienne. » Elle ne pourrait pas supporter de revoir Barton et encore moins de se laisser toucher par lui, s'il venait la retrouver en ayant le sang de Tony sur les mains.

— Vous permettez, Votre Grâce ?

Elle leva la tête et vit la silhouette de Tony dans

l'encadrement de la fenêtre, attendant la permission d'entrer.

— Oh, ne soyez pas stupide ! Entrez avant que quelqu'un vous voie.

Elle courut vers lui et le tira à l'intérieur, en lui tâtant le torse et les bras avec les mains, à la recherche d'une blessure ou d'une trace de coups.

Il entra dans la chambre, aussi aisément que s'il était passé par la porte, et saisit ses mains en riant.

— Vous croyiez vraiment que je pouvais être blessé par Barton ? questionna-t-il en les portant à ses lèvres.

Elle le regarda avec incrédulité.

— J'étais terrifiée. Vous devez savoir à quoi je pensais.

— Que je me laisserais entraîner dans un coin sombre et que je me battrais avec lui ? Sans savoir qui il avait emmené avec lui ou quel piège pouvait m'attendre ? Je connais ce genre de personnage. Avec un homme comme Barton, il vaut mieux être méfiant. Alors, au risque de vous décevoir, ma chérie, j'ai couru comme un lapin jusqu'à ce que je sois sûr qu'il avait perdu ma trace. Puis, je suis venu directement ici. Et je peux vous rassurer. Je suis absolument indemne.

Il posa de nouveau ses mains sur son torse.

— Mais vous pouvez continuer de me tâter autant que vous le désirez. Je trouve cela fort agréable.

Elle arracha ses mains des siennes et lui tourna le dos.

— J'ai été stupide d'accepter. Je n'aurais jamais dû vous permettre de venir ici. J'ai mis votre vie en danger en vous demandant de m'aider et vous traitez cela comme s'il s'agissait d'une plaisanterie. Cependant, je pensais que je devais vous mettre en garde. Barton sait que quelqu'un m'a aidée à récupérer mon acte de propriété. Et hier il s'est introduit de force chez moi et l'a repris. Après ce soir, il doit savoir que c'est vous qui m'avez aidée. Il va vouloir se venger. Il a l'intention de vous tuer.

Anthony rit.

— Vous ne m'apprenez rien. Je lui souhaite bonne chance.

— Ne parlez pas ainsi. Vous ne savez pas de quoi il est capable.

Il s'esclaffa de nouveau.

— Je ne compte plus les hommes qui m'ont menacé de mort au cours des dix dernières années. Je suis toujours là et, comme vous pouvez le constater, entier et en bonne santé.

Il écarta les bras, afin de l'inviter à un nouvel examen. Puis, comme elle restait en retrait, il redevint sérieux.

— Je vous remercie de votre avertissement, même si je ne suis pas particulièrement impressionné par les menaces de Barton. Mais en quoi ces menaces ont-elles un rapport avec le fait que vous ayez accepté de l'embrasser en public ?

— Vous nous avez vus ?

— Oui. Allez-vous prétendre que vous n'y avez pris aucun plaisir ? Je me suis peut-être trompé, mais j'ai eu l'impression que vous lui rendiez son baiser avec une certaine ardeur — pour ne pas dire une ardeur certaine.

Son sourire s'était effacé et, au ton de sa voix, elle sentit qu'il exigeait une explication.

— Avais-je un autre choix ? Hier, il m'a montré

jusqu'où il était prêt à aller pour me forcer à me plier à ses désirs. Il a battu mes domestiques et torturé ma femme de chambre devant mes yeux, jusqu'à ce que je lui donne la clé de ma maison. Et il m'a menacée de vous faire subir les pires supplices, si je refusais de me soumettre. Je ne possède plus rien, même pas ma maison. Il a prise sur moi, alors que je n'ai aucun pouvoir sur lui. Je ne pouvais pas le laisser vous faire du mal. Comme il savait à quel point j'en serais blessée, il a menacé de vous tuer, après vous avoir fait longuement souffrir.

Sa voix était devenue rauque et ses mains s'étaient mises à trembler. Elle était au bord des larmes. Des larmes qui allaient se transformer en sanglots déchirants, si elle ne parvenait pas à maîtriser ses émotions.

— Pourquoi n'êtes-vous pas venue me voir ? questionna-t-il d'une voix radoucie.

— Il me faisait surveiller. Je savais que je ne pourrais pas sortir de chez moi sans être suivie. Il n'attendait que cela. Que je me rende chez vous pour…

Elle ne termina pas sa phrase et ferma les yeux.

— Si j'allais chez vous ou si vous veniez chez moi, il saurait qui m'avait aidée à lui reprendre mon acte de propriété. Il m'a dit que, lorsqu'il vous aurait trouvé, il vous punirait. Mais, si j'acceptais de me montrer conciliante, la punition serait moins dure — il épargnerait au moins votre vie. Je devais vous dire qu'il sait que vous cherchiez autre chose que mon acte de propriété. Il vous tuera si vous essayez de nouveau de contrecarrer ses projets. Si je lui obéissais, il pourrait se montrer magnanime. Mais, si je lui résistais, il prendrait plaisir à vous faire souffrir. Ce serait ma faute…

Elle le regarda fixement, en espérant qu'il comprendrait enfin pourquoi elle était aussi angoissée.

Mais, au lieu de cela, il rit.

— C'est tout ? Il n'y a rien d'autre ?

— Ce soir, pendant que nous dansions, il vous a soupçonné d'être l'homme qui m'avait aidée. Puis vous l'avez défié, confirmant ainsi ses soupçons. Comment avez-vous pu vous montrer aussi imprudent ?

— Je n'ai pas pu m'en empêcher. En le voyant rouge de fureur et prêt à exploser comme un ballon de baudruche, c'était vraiment trop tentant.

— Vous l'avez accusé de haute trahison.

— Parce que c'est la qualification que les tribunaux donneront au crime dont il s'est rendu coupable, répondit simplement Tony.

— Maintenant, il sait qu'il n'a plus rien à perdre. Il est encore plus furieux et il va nous surveiller tous les deux. Peut-être même qu'il vous a suivi jusqu'ici ce soir.

— Non, la rassura-t-il. Vous n'avez pas à vous inquiéter. Personne ne sait que je suis ici.

Elle poussa un soupir de soulagement.

— S'il ne sait pas où vous trouver, vous êtes en sécurité pour le moment. Mais il connaît votre adresse. Alors, il vous attend sûrement devant chez vous.

Tony sourit.

— Excellente déduction. Je reconnais là la vivacité de votre esprit. C'est exactement l'endroit où il se trouve. Je l'ai suivi jusque chez moi et je l'ai vu surveiller ma maison, posté derrière un arbre. Je l'ai laissé battre la semelle et prendre froid, en attendant mon retour. Naturellement, par précaution, j'ai demandé à un de mes hommes de le surveiller. S'il tente quoi que ce soit, il n'ira pas loin, croyez-moi.

Elle lui saisit la main impulsivement.

— Alors, vous pouvez fuir. Quitter Londres. Vous réfugier à la campagne ou sur le continent. Ou même, peut-être, en Amérique. Cela m'est égal. Mais jurez-moi que vous serez loin d'ici demain matin, afin que je n'aie plus besoin d'avoir peur pour vous.

Il sourit et secoua la tête.

— Qu'adviendra-t-il de vous, si je m'en vais ?

— Il ne me fera aucun mal. Il me l'a assuré.

— Il paradera avec vous en public, afin que tout le monde sache que vous êtes sa maîtresse. Pensez à ce que vous allez perdre, Constance. Vos amis. Les projets d'avenir qui vous étaient si chers, ce matin encore. Aux yeux du monde, vous serez une femme entretenue, une catin.

— L'honneur est seulement une fiction. On ne meurt pas de le perdre. Je ne suis pas une oie blanche, Tony. Je sais ce qui m'attend et, pour moi, ce n'est rien comparé à votre vie. Peu m'importe de coucher avec Barton, pourvu que vous ayez la vie sauve.

— Vous seriez prête à sacrifier votre réputation dans le seul but de préserver ma misérable peau ?

Un sourire nonchalant envahit son visage, mais il ne montra aucun signe de vouloir prendre congé.

— Je pense que cela importe beaucoup, au contraire, ajouta-t-il.

— Pas pour moi. Plus maintenant. Je suis prête à devenir sa maîtresse, s'il le faut, pour épargner votre vie. Mais vous ne devez plus vous mêler de ses affaires. Quelle que soit la chose que vous cherchez, n'essayez plus de pénétrer dans sa maison. C'est trop dangereux. Jusqu'à présent vous ne vous étiez jamais mesuré avec un homme comme Barton, un homme riche, puissant et sans scrupules qui n'hésitera pas à vous faire pendre ou même à vous tuer de sa main s'il vous surprend en train de fouiller dans son bureau.

Tony écarta ses arguments d'un geste de la main. Visiblement, il n'avait cure des menaces de Barton et n'avait aucunement l'intention de se laisser décourager.

— Vos suppliques ne serviront à rien, car je n'ai pas l'intention de quitter Londres et encore moins l'Angleterre. Parlez-moi plutôt de vous — redites-moi que vous n'éprouvez aucun sentiment tendre à son égard. J'adore vous l'entendre dire.

— Bien sûr ! Il est odieux. Je le déteste.

— Et vous avez toléré ses baisers et ses caresses dans le seul but de me protéger ?

— Oui. Je suis prête à tout pour l'empêcher de vous faire du mal, mais quoi que je dise vous n'avez pas l'air de vous rendre compte de la menace qui pèse sur votre tête.

Tony soupira et la regarda en souriant.

— Je ne peux vous dire à quel point je suis soulagé. Je craignais que votre problème soit quelque chose de grave ou de difficile à résoudre. Ou, pire encore, que vous vous soyez entichée secrètement de Barton et que vous vous serviez de moi pour avoir barre sur lui. Mais vous avez seulement essayé de me protéger…

Il rit.

— C'est vraiment tout, n'est-ce pas ? Ne vous inquiétez pas. Vous n'avez rien à faire. Je m'occuperai de tout.

Elle se mit à marcher de long en large dans la chambre, en tordant son mouchoir entre ses mains.

— Vous allez ressortir par la fenêtre et retourner fouiller son bureau, tandis que moi je devrais rester ici et attendre que l'on m'annonce votre mort ? Je ne puis que vous remercier chaleureusement de l'aide que vous m'offrez de nouveau, mais vous ne pouvez rien faire pour moi sans courir les plus grands dangers.

— Vous n'avez aucune crainte à avoir, la rassura-t-il d'une voix apaisante. Détendez-vous. Laissez-moi m'occuper de tout.

— C'était ce que me disait mon défunt mari : « Ne t'inquiète pas, Constance. Arrête de trembler sans raison. J'ai tout prévu. Tout ira bien. » Je lui ai fait confiance et regardez où j'en suis maintenant. Barton a juré de faire de moi sa maîtresse et de vous tuer. Pour moi, c'est trop tard. Mais vous pouvez encore lui échapper. Fuyez, Tony. Fuyez loin d'ici, le plus loin possible. S'il vous arrivait malheur par ma faute, j'en deviendrais folle.

Il s'approcha d'elle aussi silencieusement qu'un chat et, la prenant par les épaules, la plaqua contre le mur avant qu'elle ait eu le temps de comprendre ses intentions.

Il baissa son visage vers elle et plongea son regard dans le sien, un sourire charmeur aux lèvres.

— C'est moi qui serais devenu fou, si je vous avais laissée continuer de marcher ainsi de long en large, comme une lionne en cage.

Il glissa la main derrière elle et entreprit de dénouer l'attache de son corsage.

— Même si je trouve plutôt agréable de vous voir vous tourmenter autant à l'idée que je pourrais être blessé ou tué.

— C'est une canaille, Tony. Un homme sans foi ni loi, capable de n'importe quelle fourberie, et il sait qui vous êtes. Qu'allons-nous faire ? Je…

— Chut…, murmura Tony, avant de la bâillonner d'un baiser.

Un baiser possessif, presque brutal dans son intensité, et il l'étreignit avec force dans ses bras, afin qu'elle puisse sentir la réaction de son corps au sien. Pendant ce temps, elle sentit ses doigts défaire un à un les crochets de sa robe. Puis il s'écarta d'elle, en gardant ses mains sur ses épaules, pour l'obliger à ne pas bouger.

— Vous ne ferez rien cette nuit. Du moins pas avec Barton, en tout cas, murmura-t-il en faisant glisser ses doigts lentement le long de l'échancrure de son corsage.

— Arrêtez, marmonna-t-elle. Il ne faut pas. Nous n'avons pas le temps. Il va revenir et s'il vous trouve ici…

— Je vous ai dit… que je m'occuperai… de tout, répondit-il tout en repoussant l'étoffe du corsage et en faisant glisser sa robe le long de ses épaules. Mais, si vous voulez vraiment que je m'en aille, il vous suffit d'un mot et j'obéirai, ajouta-t-il en entreprenant de défaire les lacets de son corset.

— Il m'a dit…

— Oubliez Barton, Constance, et dites-moi ce que vous voulez.

Tout en parlant, il faisait courir le bout de ses doigts sur son dos. Malgré elle, elle ne put réprimer un frisson de désir.

Puis, ses mains s'insinuèrent sous sa chemise et lui caressèrent les hanches et les seins.

— Tout bien pesé, avez-vous vraiment envie que je m'en aille ?

Elle ferma les yeux et essaya de ne pas penser aux sensations qu'il faisait naître dans le creux de ses reins.

— Non, bien sûr, mais…

— Alors, ne dites plus rien.

Il posa un doigt sur ses lèvres.

— Ne gâchez pas cet instant avec des paroles inutiles. Vous m'avez déjà dit tout ce que vous aviez à me dire. Maintenant, laissez-moi finir de dénouer les lacets de cet infernal corset.

« Ô Vierge Marie ! »

Elle resta immobile, pendant que les doigts de Tony continuaient de s'affairer dans son dos.

Elle ne voyait aucune objection à ses caresses. Bien au contraire. Mais cela aurait été plus facile la nuit précédente, quand elle n'était pas aussi angoissée. Cette nuit, l'amour était la dernière de ses préoccupations. Mais, si elle se donnait à Tony sans résister, elle pourrait le tenir éloigné de Barton pendant le restant de la nuit. Il avait pris des risques extraordinaires pour elle et avait tout fait pour l'aider, alors qu'elle n'avait rien fait pour lui, hormis lui causer des tourments et mettre sa vie en danger. Si elle devait ne plus le revoir, elle ne pouvait pas le laisser partir sans une compensation…

Ce serait mieux pour lui s'il quittait Londres et l'Angleterre, comme elle le lui avait dit. Elle serait seule de nouveau, mais au moins il serait sain et sauf.

Sentir les bras d'un homme autour d'elle, l'entendre lui murmurer des mots doux à l'oreille, s'abandonner à ses baisers… Elle en rêvait depuis un an. Alors…

Il acheva de défaire son corset, le retira d'un mouvement rapide et rabattit jusqu'à la taille son corsage et sa chemise. La poitrine nue, elle était offerte à son regard.

Elle ferma les yeux, de peur de ce qu'elle pourrait voir au fond de ses prunelles à lui. Elle n'était pas vieille, certes, mais elle n'était plus dans la prime de l'âge. N'allait-il pas être déçu ? Elle rouvrit les yeux pour le regarder.

Il ne s'aperçut même pas de son trouble, tellement il était fasciné par ses seins. Il les prit dans les paumes de ses mains, ferma les yeux et soupira, puis, quand il la regarda de nouveau, son sourire s'élargit.

Bien. Il avait l'air satisfait. Et elle devait admettre que, malgré l'angoisse qui lui tenaillait le cœur, le contact de ses mains sur sa poitrine était des plus agréables. Elle sentit une vague de chaleur monter dans ses reins. Se soumettre à ses désirs ne serait pas une contrainte — elle mentirait si elle prétendait le contraire. Et, s'ils ne restaient pas au lit trop longtemps, il serait loin avant que Barton découvre qu'il était venu lui rendre visite.

Elle lui prit la main, avec l'intention de l'entraîner vers le lit.

Mais, au lieu de se laisser faire, il la repoussa contre le mur.

Seigneur Dieu, avait-il l'intention de la prendre debout ? A cette pensée, un délicieux frisson d'anticipation lui parcourut le dos. Si c'était le cas, ce serait encore moins long. Du moins, elle le croyait. Elle n'avait jamais fait l'amour ainsi avec Robert. Saurait-elle s'y prendre ? Parviendrait-elle à le satisfaire dans cette position, sans perdre l'équilibre ? Elle n'avait aucune expérience en la matière et…

Les lèvres de Tony interrompirent le cours de ses pensées. Tandis qu'elles ravageaient sa bouche et que sa langue s'enroulait autour de la sienne, ses mains glissèrent le long de sa taille et trouvèrent les attaches de son jupon. Il les défit et fit glisser l'étoffe légère le long de ses jambes, la laissant nue devant lui.

Il fit un pas en arrière pour l'admirer.

Elle reprit ses esprits. Il ne se montrerait peut-être pas doux et gentil, mais elle ne pensait pas qu'il serait brutal au point de lui faire mal. Quand le moment serait venu, elle devrait penser à se détendre, le laisser pénétrer en elle facilement. Ensuite, peut-être, elle pourrait lui demander de continuer sur le lit et le garder dans ses bras pendant quelques instants, avant qu'il ne s'en aille.

Pouvait-on demander ce genre de chose à un homme ? Elle n'en était pas sûre.

Il avait les yeux fixés sur sa nudité et elle se souvint trop tard qu'elle devrait rougir et être embarrassée. Elle devrait faire au moins quelque chose pour l'aider à se déshabiller, car leur situation était par trop inégale.

Elle leva les mains pour déboutonner sa veste.

Il lui saisit les poignets et plaqua ses bras contre le mur.

— Je vous ai dit que je m'occuperais de tout, Votre Grâce, dit-il d'une voix rauque, son visage tout près du sien.

Avant qu'elle ait eu le temps de lui suggérer qu'étant donné les circonstances il pourrait l'appeler Constance, ses lèvres s'emparèrent de nouveau des siennes. Elle essaya de dégager ses mains, mais il était trop fort pour elle et il la maintint plaquée contre le mur. Sa poigne sur ses mains était ferme, mais sans violence, et elle trouva un plaisir étrange à lutter avec lui, tandis que l'étoffe de laine de sa veste frottait contre sa peau nue. Et la façon dont ses mouvements semblaient enflammer…

Plus elle se tortillait dans ses bras, plus la bouche de Tony ravageait la sienne avec une férocité sauvage. Elle frissonna et s'abandonna à son étreinte, toute molle et les jambes flageolantes. Alors seulement, il fit descendre ses lèvres sur sa gorge, en traçant un sillon de feu sur sa peau. Libérant ses mains, il emprisonna son corps contre le sien, en lui caressant le bas des reins et les fesses. Puis, sa bouche descendit sur sa poitrine.

Au bord de l'extase, Constance essaya de reprendre son souffle, maintenant qu'elle pouvait respirer, mais n'y parvint qu'avec peine. Les baisers que Tony appliquaient sur ses seins étaient durs et exigeants et il lui pétrissait les hanches et les fesses, tout en la plaquant contre lui.

Oh, Seigneur Dieu…, songea-t-elle alors qu'un éclair fulgurant de plaisir lui arrachait un spasme.

Avec ses lèvres, Tony venait de s'emparer d'un téton, le suçant et le tétant avec avidité, tandis que sa main glissait entre ses jambes.

Elle dut appuyer son dos contre le mur pour ne pas défaillir. A présent, il lui faisait l'amour avec sa main, caressant son sexe et pénétrant en elle avec ses doigts ! Impulsivement, Constance mit ses mains autour de son cou et enfouit ses doigts dans ses cheveux en se cambrant pour mieux accueillir ses caresses. Elle se mit à haleter, le corps en feu. Jamais elle n'avait éprouvé de sensations aussi merveilleuses…

Puis, abandonnant ses seins, Tony descendit sur son ventre et lui insinua sa langue dans le nombril. Elle poussa un petit cri de plaisir. Il était à genoux devant elle maintenant et ses doigts allaient et venaient en elle de plus en plus vite, pendant que ses lèvres couraient sur le bas de son ventre. Instinctivement, elle se mit à se balancer au-dessus de lui, l'incitant à enfoncer ses doigts plus profondément en elle, tout en se raccrochant à ses épaules comme une naufragée à un espar flottant au gré des vagues.

Puis, soudainement, il s'arrêta. Il leva son visage vers elle, la dominant bien qu'il fût agenouillé à ses pieds. De nouveau, il sourit, un sourire triomphal cette fois-ci, et, lui empoignant les fesses, il enfouit son visage entre ses jambes.

Oh, oui…

Eperdue, elle oublia toutes ses angoisses et ferma les yeux, tandis que sa langue pénétrait en elle, s'enroulant et se déroulant autour de son bouton de plaisir. Elle le supplia d'arrêter et, presque dans le même souffle, de continuer.

— Non… Oh oui… C'est trop… Je…

Il s'esclaffa et continua de la dévorer avec plus d'ardeur encore, jusqu'à ce qu'elle se mette à trembler et à se tortiller contre lui, tandis que, vague après vague, son corps était secoué de frissons exquis.

— Votre Grâce ?

Il arrêta enfin le délicieux supplice et, la tête posée contre sa cuisse, fit pleuvoir des petits baisers sur son sexe et sur son ventre.

— Votre Grâce, il y a quelque chose qui ne va pas ?

Noyée dans un brouillard, Constance secoua la tête, essayant de comprendre ce qu'elle entendait. D'où venait cette voix ?

— Je vous ai entendue crier…

Oh, mon Dieu, Susan ! Elle avait complètement oublié sa femme de chambre.

— Votre Grâce ? La porte est fermée. Vous avez besoin d'aide ?

A bout de souffle, elle appuya sa tête contre le mur derrière elle, en se demandant si elle n'était pas en train de mourir de plaisir.

Tony lui sourit — un sourire de nouveau nonchalant et insouciant. Il lui mordilla la hanche et laissa ses doigts courir derrière sa cuisse et son genou.

— Votre Grâce ?

Un petit rire, vite étouffé, s'était mêlé à la voix de la femme de chambre. Apparemment, Susan avait deviné ce qu'elle avait été en train de faire. Rouge de honte, Constance tentait toujours de reprendre sa respiration.

— Non, Susan, parvint-elle à articuler d'une voix chevrotante. Ne vous inquiétez pas. Je vais bien. Allez vous coucher.

Elle entendit les pas de la domestique s'éloigner.

— Très bien, même, murmura Tony contre son ventre. Mais il va falloir que je m'en aille.

— Mais vous n'avez pas…

— Vous, si. Deux fois, au moins, si je ne m'abuse.

Il sourit avec fierté et se leva pour lui prendre les mains.

— Je vous ai dit que j'allais tout arranger. Maintenant, je dois partir et aller reprendre à Barton votre acte de propriété et votre clé. Je pense qu'il doit être complètement gelé et raide après avoir passé tout ce temps à m'attendre dans la rue. Alors que moi je me sens en pleine forme et reposé.

Il lui lâcha les mains, pour la soulever dans ses bras. Elle se blottit contre lui, ivre de plaisir, pendant qu'il la portait jusqu'à son lit. Il la déposa doucement et tira le drap et les couvertures sur sa nudité.

— Vous n'avez pas besoin de vous inquiéter. Il ne viendra pas vous rendre visite cette nuit. Maintenant, dormez et, si vous en avez envie, rêvez à moi, ajouta-t-il en déposant un baiser sur ses lèvres.

Dormir ? Comment pourrait-elle dormir après…

Malgré elle, elle ne put s'empêcher de rougir à la seule évocation de ce qu'il lui avait fait.

— J'ai encore du travail à faire, ajouta-t-il. C'est dommage, mais, dans la profession que j'ai choisie, le travail commence après le coucher du soleil, ce qui me laisse moins de temps à passer en votre compagnie.

— Mais vous reviendrez, murmura-t-elle. Bientôt. Et j'espère que vous pourrez rester plus longtemps avec moi…

Un large sourire éclaira son visage.

— Aussi souvent et aussi longtemps que vous le désirerez, Votre Grâce.

« C'est déjà un résultat », se dit-il avec satisfaction en descendant le long de la façade et en regagnant la rue. Elle avait abandonné l'idée qu'il devait fuir pour échapper aux menaces de Barton. En fait, il était persuadé qu'elle serait désespérée s'il s'en allait en l'abandonnant seule à Londres. Elle avait oublié également son projet de coucher avec Barton. Il n'avait aucunement l'intention de la laisser faire, même s'il était flatteur de savoir qu'elle était prête à se sacrifier pour lui sauver la vie.

Mais, après lui avoir donné une pareille preuve de son amour, il n'avait plus besoin de s'inquiéter de ses sentiments à son égard. Certes, elle pensait peut-être encore que le mariage entre eux était impossible. Le mariage, peut-être, mais elle semblait prête à se donner à lui, au moins physiquement, et, avec un peu de persévérance, il était persuadé de parvenir à lui faire comprendre que la noblesse et les apparences n'étaient pas tout dans la vie. Il avait tellement à lui offrir : son cœur, un foyer et une vie stable, sans ces ennuis financiers perpétuels auxquels elle était confrontée.

Alors qu'il approchait de son logis, il vit l'ombre qui se dissimulait derrière un arbre, bien avant d'être lui-même repéré, ce qui le fit rire intérieurement. Décidément, Barton aurait fait un bien piètre voleur !

Un sourire moqueur aux lèvres, il se glissa sans bruit derrière lui et lui tapa sur l'épaule.

— Alors, Barton, l'attente n'a pas été trop longue ?

Barton sursauta, puis se raidit et essaya sans succès de dissimuler sa confusion.

— Vous ne m'avez pas déjà oublié, j'espère ? Mon nom est Smythe. Anthony de Portnay Smythe, pour vous servir. Je crois que nous avons eu une conversation ensemble ce soir, quand j'ai épargné à Constance Townley la corvée de devoir danser une valse avec vous. J'ai été très déçu de vous perdre dans la foule des jardins de Vauxhall, car, si mes souvenirs sont bons, vous aviez l'intention de me donner une leçon.

Les yeux de Barton s'étrécirent.

— Une leçon que vous méritez, Smythe. Il est temps que quelqu'un vous apprenne ce qu'il en coûte à vouloir mettre votre vilain nez dans les affaires des autres.

Tony haussa les épaules.

— Peut-être. Mais je doute que vous soyez en mesure de me la donner, car c'est une leçon que vous devriez d'abord vous adresser à vous-même. La façon, par exemple, dont vous n'arrêtez pas de harceler la duchesse de Wellford risque de se révéler très néfaste pour votre santé.

Barton sourit. Un sourire plein de fatuité.

— Je ne suis pas de cet avis. J'étais le premier, Smythe. Quand nous étions seuls ensemble, elle ne m'a pas du tout donné l'impression d'être harcelée et je n'ai aucune envie de renoncer à elle. Je vous assure, Smythe, que vous n'avez aucune chance avec elle.

Tony ignora la vague de fureur qui était montée en lui à l'évocation du baiser que Barton avait réussi à arracher à Constance sous la contrainte.

— Aucune chance ? répliqua-t-il sur un ton sarcastique. Vous parlez d'elle comme si elle était déjà votre maîtresse, docile et consentante. Si elle l'était, nous n'aurions même pas besoin d'aborder le sujet. Mais, en parlant avec elle, j'ai cru comprendre que vos attentions n'étaient pas les bienvenues et que, si elle vous avait accordé des marques d'affection, c'était seulement parce que vous aviez exercé sur elle le plus odieux des chantages. Aussi, je vous conseille d'y mettre immédiatement un terme et de la laisser tranquille dorénavant.

Ce fut au tour de Barton de prendre un air sarcastique.

— Vous croyez qu'elle vous préfère, vous, un voleur de basse extraction, promis, un jour ou l'autre, à la prison et à la corde ?

Tony s'abstint de relever l'insulte.

— Le fait qu'elle pourrait avoir ou ne pas avoir une inclination à mon égard n'est pas le problème. Nous parlons de ce qu'elle ne veut pas. Et, d'après ce qu'elle m'a dit, elle n'a aucune envie de devenir votre maîtresse. Votre naissance ne change rien au fait que vous êtes un gibier de potence, lord Barton. Eu égard à votre haute et ancienne noblesse, je devrais peut-être vous offrir de régler notre différend sur le pré…

Tony rit en lui-même d'une idée aussi incongrue.

— Mais, hélas, je ne suis qu'un vulgaire roturier. Je n'ai jamais eu le loisir de m'entraîner au maniement d'une épée et je suis un piètre tireur. Je ne vais donc pas vous donner l'occasion de me transpercer le corps à l'aube, en présence de nos témoins, pas plus que je ne vous ai laissé me poignarder dans le dos au coin d'une rue cette nuit. Aussi, c'est à poings nus que je vous défie. Si vous pensez être plus digne que moi de l'affection de Constance Townley, venez. Prouvez-le.

Il se mit en garde, prêt à combattre.

Ayant fréquenté les salles de boxe, au moins en spectateur, Barton protégea son noble visage avec ses poings.

Tony sourit et lui décocha un violent coup de poing à l'estomac, assez fort pour qu'il se plie en deux, le souffle coupé, et tombe à genoux, sous le regard narquois de son adversaire.

— Voilà pourquoi, si vous avez envie de vous battre, il vaut mieux aller prendre des leçons dans la rue, commenta Tony d'une voix moqueuse. Vous vous apercevriez très vite que tout ce qu'on vous a appris dans les salles où l'on enseigne le « noble art » n'est pas d'une grande utilité contre un pendard sans foi ni loi. Vous êtes peut-être capable d'en imposer à un vieux majordome et à une femme de chambre, mais moi je vous trouve plutôt ridicule.

Il se pencha, saisit Barton par le revers de sa veste et fouilla rapidement dans ses poches, jusqu'à ce qu'il eut mis la main sur l'acte de propriété de Constance.

— C'est bien ce que je pensais. Vous le portiez sur vous afin de m'empêcher de vous le voler de nouveau. Comme vous voyez, c'est raté.

Il continua sa fouille, exhumant d'autres papiers et un trousseau de clés. Il feuilleta les papiers.

— Voyons ce qu'il y a d'autre. Ah, voici des reconnaissances de dettes et l'une d'entre elles a été signée par le neveu de Constance. Décidément, cet idiot est incurable.

Il considéra Barton avec un mépris non déguisé.

— Aucun joueur honnête n'est jamais aussi chanceux, Jack. Je suppose donc que vous avez triché et je vais les garder pour les remettre à leurs propriétaires. Ce sera un peu Noël avant l'heure pour eux.

Après les avoir mis dans sa poche, il examina le trousseau de clés et enleva celle qu'il savait correspondre à la porte d'entrée de la maison de Constance, pour l'avoir plusieurs fois observée.

— Je vais garder cette clé également et la rendre à sa propriétaire légitime, ajouta-t-il en décochant un regard noir à Barton. Ne vous a-t-on jamais appris qu'un vrai gentleman ne doit jamais accepter quelque chose qu'on ne lui a pas donné librement ?

Il ébaucha un geste pour lui rendre le reste du trousseau, puis hésita.

— Pendant que nous y sommes, je ne sais pas si je peux vous demander où se trouve la clé de votre coffre ? Je ne la vois pas sur ce trousseau. D'après ce que je sais, les clés des coffres Brahma sont plates avec des indentations de chaque côté.

Toujours sur les genoux, paralysé par la douleur, Barton le regarda avec une lueur meurtrière dans les yeux.

Tony sourit.

— Non, vous n'êtes pas disposé à me le dire. Peu importe. Je n'en ai pas vraiment besoin. Je me débrouillerai très bien tout seul pour l'ouvrir. J'adore les défis et, si j'avais la clé, cela gâcherait mon plaisir. Mais n'imaginez pas un seul instant que vous pourrez un jour imprimer vos propres billets. Le chancelier de l'Echiquier vous a à l'œil et m'a chargé de contrecarrer discrètement votre projet, afin d'éviter un scandale. Mais, si je venais à échouer, il emploierait des moyens plus radicaux pour vous mettre hors d'état de nuire et, lord ou pas lord, vous finiriez au bout d'une corde. Etant, en quelque sorte, un collègue, je vous conseille d'accepter la défaite, de rendre les planches et de prendre la poudre d'escampette tant que vous en avez l'opportunité. Cela ne durera pas, je vous préviens.

Il jeta le reste du trousseau dans la fange du ruisseau.

— Vous avez compris, Jack ?

Barton avait repris son souffle et tentait de se remettre debout, en s'aidant avec une main.

Au lieu de répondre, il cracha par terre, aux pieds de Tony.

Tony le déséquilibra, d'un coup de pied bien ajusté, le fit rouler sur le dos et posa son pied sur sa gorge.

— Je t'ai posé une question, crapule, dit-il abandonnant le vouvoiement. C'est surtout ta réponse au sujet de la duchesse de Wellford qui m'intéresse. Dorénavant, tu vas la laisser tranquille. Nous sommes d'accord sur ce point ?

Il augmenta la pression de sa chaussure sur sa gorge.

Grimaçant, Barton hocha la tête péniblement.

— Bien, acquiesça Tony en retirant son pied pour le laisser s'asseoir. Tu es sans doute en train de réfléchir à ce que tu me feras quand tu auras repris ta respiration. Si tu as l'intention de me provoquer en duel, ce sera peine perdue, car je te rirai au visage. Je suis fier d'être un poltron vivant dans une famille de héros morts et je n'ai pas besoin d'un duel pour prouver ma valeur. Si tu m'apostrophes en public, je clamerai haut et fort ce que je pense d'un homme qui emploie des arguments de maître chanteur pour essayer d'obtenir les faveurs d'une dame. Et si tu penses, comme tu l'as pensé ce soir, pouvoir m'attirer dans un guet-apens, seul ou avec des comparses, ou m'envoyer tes domestiques pour m'infliger une bastonnade, je te conseille d'y réfléchir à deux fois. D'autres ont essayé avant toi et ont échoué. Comparé à eux, tu es un novice. Tu n'as donc aucune chance. Néanmoins, si jamais tu y parvenais, sache que, lorsque je ne me frotte pas aux canailles dans ton genre, je suis un homme affable, avec de nombreux amis dans les bas quartiers et également en haut lieu. Des amis qui ne seraient pas contents s'il m'arrivait quoi que ce soit. Je les ai prévenus de tes mauvaises intentions à mon égard et, crois-moi, le sort qu'ils te réserveraient n'aurait rien d'enviable.

Il sourit et le considéra avec un mépris non déguisé.

— De même, n'essaie pas de te venger sur la duchesse de Wellford. Si tu cherches encore à lui faire des misères, c'est à moi que tu auras affaire. Les Corses ont un mot pour le genre de châtiment auquel tu t'exposerais. Vendetta. Vengeance… J'ai vécu assez longtemps en marge des lois pour savoir manier un couteau, d'une manière que tu ne peux même pas imaginer. Considère cela comme mon dernier avertissement. De toute façon, j'ai l'intention de te mettre hors d'état de nuire et de reprendre les planches que tu as acquises frauduleusement. Je te suggère d'abandonner tes projets et de t'enfuir le plus loin possible. Je ne te courrai pas après et la Couronne est disposée à te laisser tranquille si tu quittes le Royaume. Mais, si j'apprends que tu as cherché de nouveau à faire des ennuis à Constance ou à tourmenter ses domestiques, ma vengeance sera rapide et rien ni personne ne pourra te protéger. Tu m'as compris, Jack ?

Barton lui jeta un regard meurtrier.

Tony lui donna un coup de pied dans les côtes.

— Oui ou non, Jack ? Réponds !

— Oui.

Tony sourit.

— Bien. Je vois que tu as compris. Bonne nuit, milord.

# 14

Constance s'étira avec volupté entre ses draps — jamais elle n'avait trouvé aussi agréable la fraîcheur du lin sur son corps nu. Elle sentit un frisson de désir monter dans ses reins, tandis qu'un flot d'images érotiques se bousculaient dans sa mémoire. Malgré elle, elle sourit.

Il lui avait dit de ne pas s'inquiéter, puis il l'avait déshabillée et l'avait fait jouir comme jamais elle n'avait joui.

Ensuite, il l'avait portée dans son lit et avait pris congé. Elle avait rêvé de lui toute la nuit, imaginant qu'elle dormait blottie dans ses bras, et avait été un peu déçue, à son réveil, de trouver vide la place à côté d'elle.

On frappa. Un petit coup discret.

La porte de sa chambre était restée fermée à clé et sa femme de chambre ne pouvait pas entrer. Elle s'enveloppa dans son drap, se leva et alla tourner la clé, pieds nus, puis saisit les vêtements qui étaient tombés par terre et les posa sur une chaise, afin de donner l'impression qu'elle avait trouvé toute seule le chemin de son lit.

— Tu peux entrer, Susan.

La femme de chambre entra en souriant et fit de son mieux pour faire semblant de ne trouver rien d'inhabituel dans la conduite de sa maîtresse.

— Votre petit déjeuner, Madame.

Une grande enveloppe était posée à côté de la tasse de chocolat chaud.

Constance regarda sa camériste d'un air inquisiteur.

— Elle a été apportée ce matin, Madame, en même temps que le journal.

Elle jeta un coup d'œil au sceau. Un simple « S » majuscule, qui suffit à lui faire deviner immédiatement quelle était la provenance de la missive. Elle brisa la cire avec son coupe-papier et ouvrit l'enveloppe. Son acte de propriété et l'inventaire glissèrent sur le plateau.

Déjà ?

Elle poussa un soupir de soulagement. Il y avait un billet également. Elle le posa sur son cœur avant de le déplier et de le lire.

« Je suis aussi sain et sauf qu'on peut l'être. Si vous êtes prête à accueillir la visite d'un homme qui sera toujours votre humble et dévoué serviteur, envoyez votre femme de chambre se coucher tôt et laissez votre fenêtre entrouverte. J'en profiterai, en même temps, pour vous rapporter la clé de votre maison. »

Il n'y avait pas de signature.

Elle se laissa aller sur son oreiller et ferma les yeux, le billet sur ses lèvres. Il avait la clé de sa maison, mais, malgré cela, il lui demandait la permission d'entrer. Si elle ne l'avait pas aimé déjà, cela aurait suffi pour conquérir son cœur. Et il désirait toujours lui rendre visite en passant par la fenêtre. Une façon d'entrer à la fois discrète et terriblement romantique — pour ne pas dire excitante. Il allait revenir cette nuit…

Susan toussa discrètement pour lui rappeler sa présence.

Elle rouvrit les yeux et lui sourit.

La femme de chambre lui rendit son sourire.

— Avez-vous décidé d'écouter votre cœur finalement, Votre Grâce ?

— Il bat si fort quand je pense à lui que je ne vois guère comment je pourrais faire autrement, répondit-elle en la laissant l'aider à enfiler sa robe de chambre. Je pense que c'est sans espoir, Susan. Ce n'est pas raisonnable, je le sais. Si j'avais un peu de sens commun, c'est à lord Endsted que je devrais accorder ma préférence. Mais mon esprit refuse d'obéir à la raison. Quand je pense à Tony, le soleil devient radieux, l'air est plus doux et je me sens pousser des ailes, comme un oiseau prêt à s'envoler.

Susan hocha la tête.

— Vous êtes amoureuse.

Un nuage assombrit le visage de Constance.

— Je ne l'ai jamais été auparavant. Je n'imaginais même pas que je pourrais l'être un jour. Et je ne sais pas, au bout du compte, comment cela se finira. Malgré moi, je ne peux pas m'empêcher d'éprouver une certaine appréhension.

— Vous ne devez avoir aucun regret, affirma Susan avec conviction. L'amour est ce qu'il y a de plus beau au monde, même s'il est passager.

Ce soir-là, le couvert n'était même pas encore desservi lorsqu'elle appela sa femme de chambre pour l'aider à se coucher. C'était ridicule, se dit-elle intérieurement, car Tony n'allait sûrement pas lui rendre visite aussi tôt. Mais il ne lui avait donné aucune indication sur l'heure à laquelle il viendrait. Et, quand il arriverait, elle ne voulait pas perdre en préparatifs un seul des précieux instants qu'il lui accorderait. Susan avait préparé sa plus belle chemise de nuit. Elle l'aida à se déshabiller et à l'enfiler, puis se retira.

Dès que la porte se fut refermée sur elle, Constance enleva sa chemise et se glissa, toute nue, entre ses draps.

Il était presque minuit quand, enfin, la silhouette de Tony s'encadra dans la fenêtre, éclairée par la lumière argentée de la lune. Elle se dressa sur ses coudes et le regarda, admirant la souplesse de chacun de ses mouvements. L'aisance avec laquelle il grimpait le long de la façade de la maison et repartait par le même chemin, au lieu de passer par la porte, avait quelque chose d'étrange, de presque surnaturel. Une étrangeté à laquelle elle avait fini par s'habituer… Elle avait l'impression d'être une héroïne de roman. N'était-ce pas ainsi que, presque toujours, le beau chevalier s'introduisait dans la chambre de l'élue de son cœur ?

— Bonsoir.

Un sourire éclaira son visage quand il vit qu'elle était déjà couchée.

— Je ne vous dérange pas, au moins ?

— Pas du tout.

Elle s'étira en entrouvrant le drap délibérément, afin de lui laisser voir qu'elle était nue sous la fine étoffe de lin.

Il retint sa respiration.

— Toujours aussi provocante…, murmura-t-il

en enlevant sa veste et en la jetant sur une chaise. Délicieusement provocante. Vous avez reçu votre acte de propriété ?

— Oui. Merci.

Il dénoua sa cravate, déboutonna sa chemise et les envoya rejoindre la veste.

— Avez vous envoyé votre femme de chambre se coucher, afin que nous ne soyons pas interrompus ?

— Oui, acquiesça-t-elle dans un souffle.

Contrairement à son défunt mari, il était mince et svelte, avec un ventre plat et des épaules larges. Pendant qu'il continuait de se déshabiller, elle regarda, comme hypnotisée, les muscles de ses bras et de son torse se tendre sous la peau.

Il s'assit au bout du lit pour retirer ses bottes.

— J'espère que sa chambre est à l'autre bout de la maison, dit-il en lui jetant un coup d'œil par-dessus son épaule. La nuit dernière, vous vous êtes montrée plutôt… expansive. C'est flatteur pour un homme quand une femme réagit avec un pareil enthousiasme.

Elle rougit.

— Vos caresses étaient très… Je ne pense pas… Je…

Il se retourna vers elle et la regarda avec un sourire plein de tendresse et d'affection.

— Je ne vous en fais aucun reproche. Au contraire.

Il soupira et la contempla avec des yeux pleins d'admiration.

— Vous êtes tellement belle, tellement adorable. Surtout comme vous êtes maintenant, toute nue dans votre lit.

Il se leva, déboutonna son pantalon et le laissa tomber sur le parquet. Son membre était déjà dressé contre son ventre, vibrant de désir. Ses cuisses et ses mollets étaient fermes également et elle mourait d'envie de le toucher et de le caresser, de sentir ses muscles frémir sous ses doigts.

Il s'allongea sur le lit à côté d'elle, avec seulement le drap entre leurs corps nus.

Il la prit dans ses bras et elle se blottit avec délice contre lui. Les poils de son torse frottaient contre ses seins, mettant tous ses sens en émoi.

Impulsivement, elle l'embrassa.

Il lui rendit son baiser — un baiser possessif, presque brutal. Il avait envie d'elle. Une envie intense qu'elle lisait dans ses prunelles chaque fois qu'il la regardait, comme s'il brûlait de l'emporter avec lui et de la garder pour lui tout seul. Avidement, il la caressait, pétrissant ses épaules, ses hanches et toutes les parties de son corps qu'il pouvait atteindre.

Elle repoussa le drap et l'écarta, afin de mieux sentir sa peau rude et virile contre la sienne. Mais, au lieu de descendre le drap un peu plus, il le remonta jusqu'à sa taille, tout en agrippant ses fesses et ses cuisses. Au contact de son membre dur et raide contre son sexe à travers l'étoffe, elle ne put réprimer un frisson de désir.

Enlaçant ses jambes autour de lui, elle se cambra et se frotta contre lui, tandis qu'il moulait ses seins avec les paumes de ses mains, en faisant rouler ses tétons entre ses doigts. Puis il prit l'une de ses mains, la porta à ses lèvres et la couvrit de baisers, en suçant les doigts l'un après l'autre.

— Si vous voulez être assez complaisante pour…

Il ne termina pas sa phrase, mais, joignant le geste à la parole, il guida sa main le long de son torse et de son ventre, jusqu'à ce qu'elle rencontre son membre viril sous le drap.

Elle comprit ce qu'il lui demandait et s'exécuta sans se faire prier. Son membre était dur et tendu. Dès qu'elle le fit coulisser entre ses doigts humides, Tony ne put retenir un gémissement de plaisir.

— Oui… Oh oui…, murmura-t-il d'une voix rauque. Caresse-moi…

Elle commença un mouvement de va-et-vient, en enveloppant le membre avec ses doigts et il se mit à trembler de plaisir et à se cambrer pour l'inciter à aller plus vite. Tout en continuant, elle l'embrassa sur la bouche et sur le torse et lui mordilla les tétons, en savourant avec délice le goût salé et un peu âcre de sa peau, tandis que son membre vibrait dans sa main, de plus en plus gros et dur. Avec son autre main, elle lui caressait le dos, les hanches et le ventre, en faisant rouler les muscles de ses abdominaux. Il était sur le point de jouir et son propre corps frémissait de désir et de frustration.

— Oh, viens, viens…, murmura-t-elle quand elle sut qu'il ne pouvait plus attendre très longtemps. Viens…

Elle tira sur le drap pour qu'il puisse la pénétrer, mais il le retint fermement.

Pourquoi ne voulait-il pas ? Avait-il l'intention de jouir seul de son côté, comme il l'avait fait jouir la nuit précédente ? Pourtant, elle avait vu dans ses yeux qu'il avait envie d'elle. Une envie puissante, presque douloureuse, qui ne pouvait sûrement pas se satisfaire d'une simple caresse. Voulait-il se réserver pour la femme à laquelle il avait donné son cœur ? Etait-ce son souvenir qui l'empêchait d'assouvir ses désirs avec elle ?

Ses caresses se ralentirent.

— Tony ?

— Continue, ma chérie, murmura-t-il d'une voix rauque entre deux gémissements de plaisir. Juste encore un peu.

— Je veux juste te demander…

— Après, s'il te plaît. Tout ce que tu voudras.

— Mais j'ai besoin de savoir…

— Constance, je vais mourir, supplia-t-il. Finis ce que tu as commencé.

Sa main s'arrêta d'aller et venir.

— Y a-t-il une raison pour laquelle tu ne peux pas me rejoindre sous le drap et prendre ton plaisir avec moi ?

— Je croyais que ce serait assez clair, répondit-il, les dents serrées. Je ne veux pas que, par ma faute, tu attendes un enfant.

Elle retira brusquement sa main et lui tourna le dos en roulant sur le côté.

— Va-t'en !

Après un bref moment de silence, il posa la main doucement sur son épaule.

— Je suis désolé de m'être montré aussi égoïste, dit-il d'une voix mal assurée. Tu as autant de désirs que moi et j'aurais dû penser à les satisfaire avant de penser aux miens. Mais, pendant toute la journée, je n'ai pas cessé de penser à ce moment et…

Elle frissonna et serra le drap autour de son corps.

— Je n'ai pas besoin de toi. Je peux me débrouiller toute seule pour assouvir mes désirs.

— Qu'y a-t-il, Constance ? murmura-t-il. Pourquoi es-tu aussi furieuse, tout d'un coup ?

Quand elle essaya de parler, elle eut l'impression que sa gorge était pleine de larmes.

— Tu sais ce qu'il y a. Comment as-tu pu me dire cela ? J'avais confiance en toi. Comment as-tu pu avoir le cœur de me blesser de cette façon ? Prendre un prétexte pareil pour éviter de me faire l'amour, alors que tu dois savoir comme tout le monde qu'en dix ans de mariage je n'ai pas été capable de donner un héritier à mon mari. Risquer de faire un enfant n'est pas un problème pour moi. Mais peut-être que je te dégoûte ? A moins que ce soit l'acte lui-même qui te dégoûte. Ou, sinon, il y a une autre femme. D'une façon ou d'une autre, tu pourrais au moins me dire la vérité. Crois-tu que je suis stupide ?

— Constance.

Il l'attira contre lui, afin de lui faire sentir que son désir pour elle était toujours aussi fort. Puis il posa sa tête contre son épaule, afin de pouvoir lui murmurer à l'oreille.

— Loin de moi l'idée de penser que tu es stupide. Mais je crois que l'on t'a répété depuis tellement longtemps que tu n'étais pas capable d'avoir un enfant que tu as fini par le croire. Maintenant, réponds-moi honnêtement. As-tu jamais couché avec un homme, mis à part ton mari ?

— Non, bien sûr. Comment peux-tu me poser une question pareille ?

— Quel âge avait-il quand vous vous êtes mariés ?

— Il allait avoir quarante ans.

— Alors que toi tu étais encore presque une adolescente. Je ne me trompe pas, n'est-ce pas ?

— Non… Où veux-tu en venir ?

— A-t-il eu des maîtresses ?

C'était un sujet dont elle n'avait jamais eu envie de parler. Mais, parfois, elle avait vu des traces de rouge à lèvres sur sa cravate, alors qu'elle n'en mettait jamais, et avait senti des effluves de parfum bon marché sur ses chemises.

— Constance ?

— Oui, il y a eu d'autres femmes.

— Mais aucune rumeur concernant l'existence d'un bâtard ?

— Non.

Les soupçons qu'elle n'avait jamais osé formuler quand Robert était en vie se mêlèrent aux questions qui commençaient à se bousculer dans sa tête.

— As-tu jamais été obligée de renvoyer une bonne parce qu'elle s'était mal conduite ? Je ne veux pas parler d'un vol de petites cuillères ou d'un chapardage dans le garde-manger naturellement.

— Non.

— Ainsi, ton mari n'a pas eu d'enfants avec toi pendant toutes les années où vous avez été mariés et ses liaisons avant et pendant son mariage ont été également improductives. Alors que toi tu as couché seulement avec lui.

Il posa une main négligemment sur sa hanche.

— Je ne sais pas si je te l'ai déjà dit auparavant, Constance, mais je n'ai jamais été attiré par le jeu. Cependant, je suis prêt à parier que, si nous étions assez imprudents pour baisser ce drap, tu pourrais découvrir bientôt, à ton grand regret, que le problème ne venait pas de toi.

A son grand regret ? Comment pouvait-il croire qu'elle le regretterait ? Une bouffée d'espoir l'envahit. Tony était jeune, fort et viril. Il avait envie d'elle, autant qu'elle avait envie de lui. S'il y avait une chance, même une chance minime, qu'elle puisse un jour tenir un bébé dans ses bras…

Elle lui arracha le drap des mains et se retourna vers lui, en enlaçant ses jambes autour de lui, afin que son sexe soit contre le sien.

Puis elle l'embrassa, en frottant son corps contre lui, afin de l'inciter à faire ce dont, l'un et l'autre, ils avaient le plus envie.

— Tu ne dois plus être en état de penser raisonnablement, Constance, marmonna-t-il. Seigneur Dieu, moi aussi je suis en train de perdre la tête. Rends-moi ce drap avant que je fasse quelque chose que nous pourrions regretter plus tard.

Mais il ne fit rien pour la repousser.

— Prends-moi, Tony, supplia-t-elle à voix basse. Peu m'importent les conséquences. J'ai trop envie de toi. Prends-moi maintenant.

Et, joignant le geste à la parole, elle glissa sa main entre eux pour guider son membre.

Il inspira profondément et retint sa main.

— Je dois être fou pour vouloir encore t'arrêter, mais donne-moi encore un instant, s'il te plaît.

Il s'interrompit pendant une seconde ou deux, le temps de se souvenir de ce qu'il voulait lui dire.

— Tu n'as peut-être pas peur des conséquences en ce moment, mais moi je ne veux pas risquer de concevoir un bâtard. Si tu viens à attendre un enfant de moi, je veux que tu me le dises et que tu acceptes la demande en mariage que je ne manquerai pas de te faire le moment venu.

— C'est promis, murmura-t-elle. Viens, maintenant.

Il se retint encore, au prix d'un terrible effort de volonté.

— Il n'y aura plus de réticences du fait de ma naissance roturière ou de mes activités en marge de la loi. Tu m'épouseras sans poser de questions sur ma famille ou mon passé et tu accepteras de venir vivre avec moi.

— Oui, Tony, acquiesça-t-elle d'une voix haletante. Mais viens maintenant, je t'en supplie, avant qu'il ne soit trop tard.

Alors, sans plus attendre, il roula sur elle, la pénétra et, presque immédiatement, son corps fut parcouru de spasmes. Son souffle saccadé s'était apaisé et il retomba sur elle.

Elle le serra contre elle et sourit dans le creux de son épaule en sentant son membre vibrer et sa semence se répandre en elle. Ce serait tellement merveilleux si elle pouvait être encore capable de donner la vie…

Il se redressa sur les coudes pour la regarder dans les yeux.

— Tu dois être folle de me sourire ainsi. C'était vraiment pitoyable ! J'avais espéré tellement plus pour notre première union. J'aurais voulu que tu sois pleinement satisfaite. Mais, là, je n'ai vraiment pas réussi à me maîtriser…

— C'était bien, le rassura-t-elle. Je suis satisfaite d'avoir réussi à te persuader à temps.

— A temps pour quoi, ma chérie ?

— Tu as failli perdre ta semence avant de me pénétrer. J'aurais été très déçue si tu étais reparti sans m'avoir donné ce que toutes les femmes attendent de l'homme qu'elles aiment.

Il la regarda fixement et un sourire amusé erra sur ses lèvres.

— Si tu crois que je vais en rester là, ma chérie, tu as encore beaucoup à apprendre, malgré tes dix années de mariage.

Elle retint son souffle et, sentant le membre de Tony en elle redevenir dur et gonflé, elle contracta son vagin.

Il poussa un gémissement de plaisir.

— Oh oui, mon amour, recommence. Encore. C'est trop bon… Jamais je n'aurais cru éprouver un jour une sensation aussi ineffable. J'espère que tu n'as pas pensé que je me contenterais d'aussi peu quand tu consentirais à m'ouvrir ton lit. Je m'en sentirais insulté.

Il avait raison. Elle avait encore beaucoup de choses à apprendre, songea-t-elle tandis qu'il allait et venait de nouveau en elle. A cette pensée, ses sens s'embrasèrent et elle répondit avec ardeur à chacun de ses coups de boutoir.

Soudain, il s'arrêta.

— Essayons quelque chose de nouveau.

Elle ouvrit la bouche pour protester, pour dire que c'était déjà très bien pour elle, mais, avant qu'elle ait eu le temps de dire un mot, il roula sur le côté et elle se retrouva à califourchon sur lui.

Elle se figea, confuse et embarrassée, en se demandant ce qu'il voulait qu'elle fasse. Puis, elle comprit. Se redressant sur les coudes, elle le regarda dans les yeux et commença à aller et venir, lentement d'abord, puis de plus en plus vite.

— Oui, ma chérie, vas-y, continue, l'encouragea-t-il en moulant ses seins dans les paumes de ses mains. C'est bon… Oui, c'est trop bon…

Rendue plus hardie par ses encouragements, elle se redressa en glissant ses jambes sous elle, tandis qu'il lui prenait la taille et la laissait faire à sa guise, en lui murmurant des mots tendres et en l'incitant à se faire jouir. Puis, quand elle fut parvenue au paroxysme du plaisir, il empoigna ses fesses et se cambra, allant et venant en elle avec une ardeur renouvelée.

— Oh oui, Constance… Oui… Mon amour…

Un long frisson parcourut son corps et, après un dernier coup de boutoir, il retomba en arrière et l'attira sur elle.

Leurs corps étaient en sueur et la fraîcheur de la nuit la fit frissonner. Il tira le drap et les couvertures sur eux et l'enlaça dans ses bras.

— Tu avais raison, murmura-t-elle. C'était encore mieux.

— Et ce n'était que le début, promit-il. Si tu veux bien me laisser quelques minutes pour me remettre, nous pourrons recommencer.

— Quelques minutes seulement ? questionna-t-elle avec surprise.

— Ou plus longtemps, si tu le désires.

Il resta silencieux pendant une seconde ou deux.

— J'ai l'intention de passer le reste de la nuit à t'aimer. Mais, naturellement, je m'en irai avant l'aube. Personne ne me verra.

Il s'interrompit de nouveau, comme s'il se demandait

si, après ce qui venait d'arriver, elle aurait encore la force de lui dire de s'en aller.

Elle se blottit contre lui et enfouit son visage dans le creux son épaule.

— Reste aussi longtemps que tu en as envie, murmura-t-elle en fermant les yeux.

Puis elle se souvint de ses angoisses de la nuit précédente.

— Aussi longtemps qu'il n'y a aucun danger pour toi, naturellement. Barton n'est plus à ta recherche, n'est-ce pas ?

— Nous sommes tous les deux débarrassés de Barton. Pour un certain temps, du moins. Il n'est plus à l'affût devant chez moi et j'espère qu'il aura le bon sens de te laisser tranquille après la correction que je lui ai donnée.

Il déposa un baiser dans ses cheveux et la serra un peu plus fort contre lui.

— Je pense que nous avons plusieurs jours devant nous avant qu'il se sente assez brave pour tenter de nouveau quelque chose. D'ici là, j'ai l'intention de passer le plus de temps possible dans tes bras… et dans ton lit.

# 15

Une semaine plus tard, Tony était déjà levé, occupé à s'exercer avec ses crochets sur la serrure Brahma de son coffre, lorsque Patrick lui apporta son petit déjeuner. Les pistons de la serrure du coffre de Barton seraient réglés différemment, néanmoins s'il parvenait à crocheter la serrure de son propre coffre, cela lui donnerait confiance en soi et il aurait également une idée du temps qu'il lui faudrait pour parvenir à son but.

Mais, pour le moment, ce temps était impossible à déterminer. Il avait travaillé pendant plusieurs jours sans succès sur sa serrure, alors qu'il connaissait le dessin de la clé et qu'il pouvait travailler en toute tranquillité, sans risquer d'être surpris.

Stanton commençait à s'impatienter. Il lui avait envoyé un message pour lui rappeler, en des termes plutôt secs, l'urgence de la situation. Comme si Tony ne le savait pas lui-même. S'il tardait trop, le cabinet serait forcé d'agir et l'histoire se retrouverait en première page du *Times*, avec toutes les conséquences que cela impliquerait. Il imaginait déjà le titre :

*SCANDALE A LA CHAMBRE DES LORDS*

Les adversaires politiques du gouvernement en feraient des gorges chaudes.

Patrick s'éclaircit la gorge.

— Votre thé, Monsieur.

— Pose le plateau sur le guéridon, Patrick.

Le valet de chambre obéit, tout en regardant son maître travailler, par-dessus son épaule.

— Tu peux disposer.

— Je n'en ai aucunement l'intention, Monsieur. Ce que vous faites est beaucoup trop intéressant.

— Est-ce là ta façon de me remercier pour t'avoir sauvé de la pendaison il y a quelques années ? Des insolences perpétuelles. J'aurais eu mieux fait de mettre une annonce dans le journal au lieu d'aller chercher un gibier de potence à Newgate.

— Qu'auriez-vous appris d'un valet de chambre recruté de cette façon ? A repasser votre linge ou à cirer vous-même vos bottes, peut-être... Avez-vous essayé de graisser la serrure ?

Tony soupira.

— Oui, mais cela n'a servi à rien, si ce n'est à faire glisser encore plus mon crochet.

— Vous pourriez forer la serrure, suggéra Patrick.

— Stanton m'a demandé d'agir discrètement. En outre, il me faudrait sans doute des heures pour réussir à percer un acier aussi épais — avec le bruit que tu imagines. De quoi alerter Barton et tous ses domestiques.

— Vous étiez chez Barton la nuit dernière ? questionna Patrick. Avez-vous travaillé toute la nuit ? Je n'ai pas dormi de la nuit et, quand je vous ai entendu rentrer, le jour commençait à se lever.

Tony grimaça.

Il était allé chez Barton et avait observé la fenêtre de son bureau pendant un moment, mais, comme il y avait de la lumière et des mouvements dans la pièce, il avait fini par renoncer.

— Je crains que nous soyons lui et moi dans une impasse. Je lui ai fait suffisamment peur pour l'empêcher d'aller importuner Constance. Mais maintenant il ne quitte plus sa maison par crainte de me donner une opportunité de m'y introduire. C'est plutôt ennuyeux, car je ne vois pas comment je pourrai réussir à terminer ma mission, même si je parviens à ouvrir cette satanée serrure.

— Si vous n'étiez pas chez Barton, où avez-vous passé la nuit ?

Tony s'éclaircit la gorge.

— Chez la duchesse de Wellford.

Patrick s'esclaffa.

— Apparemment, vous avez eu plus de réussite avec la serrure de la porte de sa chambre qu'avec celle du coffre de Barton.

Un sourire éclaira le visage de Tony. La veille au soir, il avait eu l'intention de rendre une brève visite à Constance, puis de retourner à son travail. Mais, après avoir passé plusieurs heures dans son lit, il avait été complètement épuisé et l'avait suppliée d'arrêter ses caresses, car il ne se sentait plus aucune force pour continuer leurs ébats — sans parler de se lever.

Elle avait souri et avait sonné sa femme de chambre pour lui demander de leur apporter une bouteille de champagne.

Il lui avait dit que l'alcool ne restaurerait pas ses forces — au contraire, mais elle n'en avait eu cure. Après avoir bu une coupe avec lui, elle avait fait pleuvoir une pluie de petits baisers sur son torse. Il avait eu l'impression que ses lèvres laissaient un sillon de bulles sur sa peau : une sensation étrangement excitante.

Puis elle avait disparu sous le drap. Et, brusquement, il avait recouvré toute sa vigueur et avait complètement oublié Barton, Stanton et la mission qui lui avait été confiée.

Il y eut un tintement de porcelaine derrière lui. Il jeta un coup d'œil par-dessus son épaule. Assis à demi sur l'accoudoir d'un fauteuil, Patrick sirotait tranquillement le thé de son maître, tout en dégustant l'un des petits pains au lait qu'il avait apportés.

Tony lui décocha un regard noir.

Patrick haussa les épaules.

— Le thé était en train de refroidir et vous auriez risqué de vous mettre du beurre sur les mains. J'irai vous en chercher d'autres quand vous aurez ouvert la serrure. En attendant, dites-moi, votre duchesse a-t-elle une femme de chambre ?

— Ne sois pas stupide ! Bien sûr qu'elle en a une. Et maintenant, arrête de manger mon petit déjeuner.

— Parlez-moi d'elle.

Au souvenir de la nuit qu'il venait de passer avec Constance, Tony ne put s'empêcher de sourire.

— Cela fait des années que je t'en parle. Que veux-tu savoir de plus ?

— Ce n'était pas de la duchesse dont je parlais, mais de sa femme de chambre.

Ce fut au tour de Tony de hausser les épaules.

— C'est une femme de chambre ordinaire. Elle se

fait plutôt discrète, quand je suis avec Constance. En général, elle est déjà couchée quand j'arrive.

— Je ne l'ai vue qu'une seule fois, mais la duchesse de Wellford m'a donné l'impression d'être une maîtresse généreuse et compréhensive. J'ai hâte de la revoir. Ainsi que sa femme de chambre. A propos, comment s'appelle-t-elle ?

— Susan.

— Je suppose que c'est une vieille fille, laide et revêche ?

— Elle m'a semblé au contraire aimable et plutôt jolie. Une blonde plantureuse, avec des grands yeux bleus. Vingt ans tout au plus.

Patrick prit un deuxième petit pain beurré et le leva avec sa tasse de thé.

— A la santé de la belle Susan ! Maintenant que tout est réglé et que la duchesse sait qui vous êtes, je peux espérer avoir un avenir radieux dans les communs, en compagnie d'une charmante blonde qui, je n'en doute pas, ne sera pas insensible à mon charme.

Tony grimaça et se remit au travail sur la serrure.

— A vrai dire, je n'ai pas…

— Vous ne lui avez pas encore dit qui vous êtes ? ??

— Nous avons été très occupés, tu sais.

Patrick se versa une deuxième tasse de thé.

— Au cours de la semaine dernière, vous avez passé plus de temps en sa compagnie que pendant les trente années précédentes.

— Mais j'aurais été fou d'occuper ce temps à bavarder, Patrick. Apparemment, le défunt duc n'était pas très ardent quand il s'agissait de remplir son devoir marital.

La duchesse a beaucoup de temps à rattraper et je me suis plié volontiers à ses désirs, même si je commence à être épuisé. Lorsqu'elle sera un peu lassée des nouveautés que je lui fais connaître, nous aurons tout notre temps pour parler du passé. Mais jusque-là… sacrebleu !

Il y eut un dernier déclic et la porte du coffre s'ouvrit.

— J'ai réussi.

Il regarda successivement la serrure, puis Patrick et, de nouveau, la serrure.

— J'ai crocheté une Brahma.

Patrick se pencha pour regarder le coffre et tapa sur l'épaule de son maître.

— Bravo, Monsieur. Avez-vous l'intention de répondre au défi lancé par la compagnie Brahma ? Vous pourriez gagner les deux cents guinées… C'est une somme non négligeable.

Tony se redressa et s'assit sur un coin de son bureau.

— Si j'allais leur dire que j'ai réussi à crocheter l'une de leurs serrures, ils me demanderaient comment je m'y suis pris et les changeraient pour les rendre de nouveau impossibles à forcer.

Il posa la main sur la porte ouverte, comme pour s'assurer que ce n'était pas une illusion.

— En outre, ils se demanderont pourquoi un gentleman qui n'est pas un serrurier professionnel ou même amateur s'est donné autant de peine pour relever leur défi.

Il rit intérieurement.

— Je suis l'homme qui a damé le pion aux spécialistes de la compagnie Brahma. Mais je ne peux le dire à personne, car sinon je ne pourrai jamais me servir de ce que j'ai appris.

Patrick hocha la tête.

— Je suppose que vous avez l'intention de vous en servir dès ce soir. Contre Barton.

Tony regarda fixement le coffre qu'il venait de réussir à ouvrir.

— Je l'espère. Du moins, j'ai l'intention d'essayer… dans la mesure où il consentira à quitter sa maison.

Tony s'adossa au tronc de l'arbre qui, depuis plusieurs soirs, était devenu sa demeure nocturne. Il y avait passé une bonne partie des trois dernières nuits, perché sur une branche, comme un oiseau, les yeux fixés sur la fenêtre du bureau de Barton. Barton ne le quittait pas avant minuit et était alors remplacé par un domestique qui dormait dans un fauteuil à côté de la table de travail. De guerre lasse, vers 2 heures ou 3 heures du matin, il quittait son observatoire pour aller rejoindre Constance et la laisser apaiser ses frustrations, pour recommencer le lendemain.

Barton devait savoir qu'il surveillait sa maison. Il montait la garde d'une façon évidente, en se plaçant devant la fenêtre et en laissant délibérément une bougie allumée.

Il fallait qu'il trouve un moyen pour obliger Barton à quitter sa tanière, sinon ce petit jeu pourrait durer éternellement.

C'était vraiment trop frustrant. Etre si près du but et ne pas pouvoir achever sa mission en mettant en pratique les connaissances qu'il avait acquises sur le fonctionnement des serrures Brahma…

Il leva les yeux vers la fenêtre du bureau.

La pièce était vide.

Il se frotta les yeux et regarda de nouveau.

Il n'avait pas été victime d'une hallucination. Une bougie était toujours allumée, mais la pièce était vide. Il changea de position, afin de regarder la fenêtre sous un autre angle. Malgré tous ses efforts, il ne décela aucun signe de vie à l'intérieur de la pièce.

Son cœur se mit à battre plus vite.

La porte d'entrée de l'hôtel particulier s'ouvrit et Barton apparut sur le seuil. Il fit une pause, se tourna vers l'arbre dans lequel était perché Tony et fit un grand geste théâtral de la main, comme s'il l'invitait à entrer chez lui. Puis une voiture attelée sortit de la ruelle qui conduisait aux communs et s'arrêta devant le perron.

Tony resta parfaitement immobile, à califourchon sur sa branche, tandis que Barton montait en voiture, sans un regard derrière lui.

Cette canaille avait su qu'il était là et à quel endroit il se cachait. Et il s'en allait ouvertement en le mettant au défi d'entrer chez lui.

C'était un piège, naturellement. Mais un piège irrésistible. Barton le savait et cherchait à le provoquer.

Tony réfléchit. Le bon sens lui conseillait de s'en aller, de ne pas tenter le diable. Mais, au fond de lui-même, il avait envie de relever le gant. D'autant plus qu'il en avait assez de rester perché dans son arbre à attendre que Barton veuille bien lui laisser la voie libre. Alors, c'était maintenant ou jamais…

Il se laissa tomber à terre avec souplesse et se dirigea

à pas de loup vers le tuyau de descente qui lui avait servi à s'introduire dans la maison les fois précédentes. Il le secoua et regarda par terre, à la recherche de boulons ou d'écrous. Apparemment, il était toujours fixé aussi solidement au mur. Il entreprit son ascension, en progressant avec prudence, et parvint sans peine au premier étage. Encore huit ou dix pieds et il atteindrait l'étage où était situé le bureau. Brusquement, il se sentit glisser, si rapidement qu'il faillit lâcher prise.

La canaille avait graissé le métal. Tony sourit, les mâchoires serrées. S'il ne s'était pas méfié, il serait tombé et se serait brisé les os, comme Barton l'avait sans doute espéré.

Il examina la façade en pierre et en brique de la maison. L'escalader serait plus compliqué, mais pas impossible. Accroché au tuyau par les jambes, il tira un mouchoir de sa poche et essuya la graisse de ses mains. Puis il chercha une prise avec le bout de son pied, s'écarta du tuyau, et reprit son ascension en profitant de la moindre aspérité — un exercice périlleux, mais qui lui était familier, car il l'avait souvent pratiqué pour rentrer chez lui.

Barton n'avait sûrement pas pensé qu'il pourrait s'introduire chez lui de cette façon, mais, néanmoins, il avança avec prudence en s'assurant soigneusement de la solidité de ses prises dans les interstices entre les briques ou les pierres. Parvenu à la corniche sous la fenêtre du bureau, il tendit la main et sentit quelque chose lui piquer les doigts — des tessons de bouteille !

Il jura intérieurement.

« Bien essayé, Barton. Mais, cette fois-ci encore, c'est raté. »

Il balaya la corniche avec la manche de sa veste, et examina la fenêtre, à la recherche d'autres pièges éventuels.

Elle n'était pas fermée et, apparemment, la voie était libre. Le prochain piège l'attendait peut-être à l'intérieur... Il enjamba l'appui, entra et fit le tour de la pièce afin de s'assurer qu'aucun domestique n'était caché derrière un meuble ou un rideau.

Personne. Il était seul.

La clé avait été laissée à l'intérieur de la porte, comme s'il était invité à la fermer pour pouvoir travailler en toute tranquillité.

Il tourna la clé, et, après réflexion, bloqua la poignée avec le dossier d'une chaise, pour plus de sûreté. Puis il sortit ses crochets de sa poche et se mit au travail.

Depuis le début, il sentait un petit picotement lancinant à la base du cou. Il essaya de l'ignorer. En vain. Il y avait quelque chose qui clochait. Les pièges ne l'avaient pas surpris. Il s'y était attendu, mais il devrait y en avoir d'autres. Outre le fait que Barton croyait la serrure de son coffre incrochetable. L'homme était rusé et obstiné. Il ne pouvait pas lui avoir abandonné la place aussi facilement.

Une pensée qui n'arrêtait pas de le tourmenter.

Un premier déclic, un deuxième déclic... son crochet faisait merveille. Jamais il n'avait été aussi vite.

Barton aurait-il emporté les planches avec lui ? Elles n'étaient pas d'une taille démesurée, mais, néanmoins, elles étaient trop grandes pour être glissées dans la poche d'une veste. Les avait-il cachées ailleurs dans la maison ? Non, son coffre-fort était encore l'endroit le plus sûr. Il le savait. Alors, pourquoi ne pas avoir laissé un domestique pour le garder ?

Soudain, une autre pensée lui traversa l'esprit.

Et si, pour Barton, il y avait quelque chose de plus précieux encore que ces planches ? Quelque chose dont il avait envie. Une envie folle, irrationnelle…

Constance.

Il avait laissé Constance seule, sans protection.

Il en était là de ses pensées lorsqu'il sentit son crochet manœuvrer le dernier piston. Un déclic. La porte du coffre s'ouvrit.

Il regarda à l'intérieur.

Les planches ne s'y trouvaient pas.

# 16

Constance lisait dans son salon en attendant qu'il soit assez tard pour aller se coucher. Maintenant que Tony en faisait partie, sa vie était réglée comme du papier à musique. Après le déjeuner, elle faisait une petite sieste et le soir elle dînait seule. Puis, elle envoyait ses domestiques se coucher et passait le reste de la soirée à lire devant sa cheminée. Et, quand minuit sonnait, elle montait dans sa chambre.

Peu après, son amant arrivait, par la fenêtre, comme d'habitude, et ils faisaient l'amour jusqu'à l'aube.

Ce soir, elle avait choisi Byron pour lui tenir compagnie en attendant l'heure du coucher. Elle sourit et ferma les yeux. Quand elle avait demandé à Tony de lui lire des poèmes de Byron, il l'avait regardée dans les yeux et les avait récités de mémoire, en y mettant tellement d'intensité et d'émotion qu'elle en avait eu les larmes aux yeux.

Si elle n'y prenait pas garde, elle finirait par être complètement fascinée par son amant. Lorsque le moment serait venu de redescendre sur terre, elle devrait se faire à l'idée que la conduite de Tony était due à l'égarement du moment. La passion pouvait inciter un homme à réciter des poèmes à sa maîtresse, mais jamais à sa femme.

Néanmoins, c'était adorable.

— Tellement adorable, murmura-t-elle.

— Oui, vous êtes adorable.

Elle rouvrit les yeux. Jack Barton la regardait, debout sur le seuil de la porte.

Elle se leva d'un bond et recula, jusqu'à ce que ses épaules rencontrent le mur derrière elle.

— Co… comment êtes-vous entré chez moi ?

Il sourit, comme à chacune de leurs rencontres.

— Vous m'avez donné votre clé, lui rappela-t-il d'une voix suave.

— Seulement parce que vous m'y avez obligée. Et Tony vous l'a reprise.

— Tony ?

Barton laissa échapper un éclat de rire méprisant.

— Ce n'est pas un voleur très expérimenté s'il ne sait pas qu'une clé peut être copiée. Il en a pris une et j'ai gardé le double, en me disant, à juste titre, qu'elle pourrait me servir un jour ou l'autre.

— Allez-vous-en, sinon, j'appelle mes domestiques !

— Je ne vous le conseille pas.

Il tira un pistolet de sa poche et le pointa dans sa direction.

— Vous n'oserez pas tirer, le défia-t-elle en approchant la main du cordon de sonnette.

— Pas sur vous, acquiesça-t-il. Mais j'abattrai le premier qui franchira cette porte, si vous appelez à l'aide. Si vous vous souvenez de ma dernière visite, vous savez de quoi je suis capable.

Elle laissa retomber son bras.

Il hocha la tête.

— Très bien. Nous serons beaucoup mieux seuls tous les deux. Et, comme vous avez envoyé vos domestiques se coucher, nous ne serons pas dérangés.

— Nous ne serons pas seuls très longtemps, répliqua-t-elle en redressant la tête bravement. J'attends quelqu'un.

— Anthony Smythe ?

Barton secoua la tête et prit un air faussement désolé.

— Si c'est lui que vous attendez, je crains que vous ne soyez déçue. Je serais surpris s'il venait de nouveau se mettre en travers de mon chemin. Je n'ai pas eu beaucoup de peine, finalement, à damer le pion à votre chevalier servant. Je regrette seulement de ne pas avoir été là pour assister à sa déconfiture. Mais il fallait que je m'éloigne pour l'inciter à s'introduire chez moi.

Constance sentit un frisson glacé lui parcourir le dos.

— Que voulez-vous dire ?

— Le connaissant, il a sûrement mordu à l'hameçon. Dès que je suis monté en voiture, il est descendu de son perchoir et s'est précipité dans mon bureau. S'il a réussi à échapper aux pièges que je lui ai tendus sans se briser les os — ce dont je doute —, il ne tardera pas à avoir une très mauvaise surprise. Le coffre-fort qu'il a déjà essayé de forcer plusieurs fois au cours des dernières semaines est vide — pour autant que je le sache, du moins. Pour ma part, je ne l'ai jamais ouvert. D'abord, parce que je n'avais aucune raison de le faire et ensuite parce que je n'en ai jamais eu la clé. Il a été installé par le précédent propriétaire de ma maison et, d'après ce que je sais, ce brave homme est mort sans avoir dit à personne où il l'avait cachée. Comme votre cher monsieur Smythe n'a pas trouvé les choses qu'il cherchait lors de ses précédentes visites, je ne vois guère pourquoi il aurait plus de succès ce soir. Et je crains, ma chère, qu'en se sentant si près du but il ne vous ait complètement oubliée. L'excitation du chasseur… Vous comprenez ?

Constance essaya de ne pas penser à Tony accroché à une corniche ou gisant sans connaissance sur le trottoir, au pied de la façade de l'hôtel particulier de Barton. Il l'avait déjà escaladée plusieurs fois. Si elle ne voulait pas perdre la tête, il fallait qu'elle se persuade qu'il était vivant et qu'il allait apparaître d'un moment à l'autre, le sourire aux lèvres, comme d'habitude.

— Il n'est pas du genre à se laisser berner aussi facilement. Dès qu'il se rendra compte que vous lui avez tendu un piège, il viendra à mon secours.

Barton sourit. Un sourire diabolique.

— J'y compte bien. A un moment ou à un autre, le brave chevalier servant prendra conscience de la vulnérabilité de sa belle. Il entre dans votre chambre en passant par la fenêtre, n'est-ce pas ? C'est tellement romantique…

Elle le regarda fixement, en s'efforçant de garder un visage totalement impassible.

— Oh allons, il ne doit pas y avoir de secrets entre nous. J'ai vu le lierre sur la façade arrière de votre maison. Comment un grimpeur agile et expérimenté pourrait-il résister à emprunter un chemin aussi facile ? Quand il comprendra que je suis allé vous rejoindre pendant qu'il courait après un leurre, il reviendra ici à toutes jambes et, naturellement, pensant me trouver dans votre chambre, il croira pouvoir me surprendre. Je l'attendrai…

Il brandit son pistolet.

— Dès qu'il apparaîtra dans l'encadrement de la fenêtre, je ferai feu. Si la balle ne le tue pas, ce sera la chute, ou une combinaison des deux.

— Ce sera un meurtre et je le dirai à tous ceux qui voudront l'entendre.

— Je doute que quiconque accepte de vous écouter, Constance. D'ailleurs, vous seriez bien avisée de réfléchir à deux fois avant de porter une pareille accusation contre moi. Tout le monde saura pour quelle raison je me trouvais dans votre chambre. Si je peux vous donner un conseil, il vaudrait mieux laisser croire au monde que ce cher Tony venait voler vos bijoux. Imaginez le scandale… la duchesse de Wellford et ses deux amants… l'amant jaloux tue son rival, un vulgaire monte-en-l'air, un gibier de potence…

Constance laissa échapper son livre de poèmes.

— Par ailleurs, si je reste libre, je pourrai vous être utile. Je pense que vous aurez besoin de ma protection pendant un certain temps. Si je suis en prison pour meurtre, ou pire, pour assassinat, vous n'y gagnerez rien, si ce n'est une vengeance au goût amer. Votre réputation sera à jamais ruinée. Connaissant votre idiot de neveu, il ne vous donnera plus un penny et considérera que vous ne faites plus partie de sa famille. En revanche, si vous confirmez ma déclaration, je prendrai soin de vous, comme je vous l'ai toujours promis. Il nous faudra peut-être quitter l'Angleterre, au moins pendant un certain temps, mes affaires n'allant pas aussi bien que je l'avais espéré. Que diriez-vous d'une lune de miel en Italie ? Venise, Florence… rien que tous les deux. Ne serait-ce pas merveilleux ?

Constance sentit quelque chose se briser en elle. C'était un cauchemar. Elle allait se réveiller… Non, elle devait réagir. Ne compter que sur ses propres forces. Elle ne pouvait pas attendre sans rien faire que Tony vienne à son secours. Peut-être même, d'ailleurs, qu'il ne viendrait jamais. Il était peut-être mort, comme Barton l'espérait. Ou, pire encore, en chemin pour venir la rejoindre en passant par la fenêtre de sa chambre. Jamais elle n'aurait le cœur de le laisser abattre devant ses yeux pour, ensuite, le faire passer pour un vulgaire voleur.

Elle ne le permettrait pas. Si quelqu'un devait mourir ce soir, ce ne serait pas Tony.

Barton fit un geste avec son pistolet.

— Maintenant, nous allons monter dans votre chambre et attendre.

— Je suppose que je n'ai pas le choix ? murmura-t-elle d'une voix blanche.

— Non, acquiesça-t-il.

— Si je me donne à vous docilement, accepterez-vous d'épargner Anthony Smythe ?

Barton rit.

— L'offre que je vous avais faite n'est plus valable, ma chère Constance. Maintenant, c'est une affaire entre gentlemen. Cela ne vous concerne plus. L'un de nous deux est de trop et je préfère que ce soit lui.

— Un gentleman ne s'abaisse pas à tuer un homme par surprise, sans lui laisser l'opportunité de se défendre à armes égales.

Il sourit.

— Je vois. Vous essayez de gagner du temps, de retarder le plus possible le moment fatal. Vous n'avez pas besoin d'être inquiète, vous savez. J'ai l'intention d'être un amant gentil et courtois. Les bonnes choses doivent être savourées, pas dévorées.

Il recommençait à la considérer comme un objet. Pas pour très longtemps. Elle l'espérait, du moins. D'une minute à l'autre, Tony allait arriver et mettre un terme à son odieux chantage.

Ou bien il n'arriverait pas et il lui faudrait se défendre toute seule.

Barton tendit le bras à travers la table pour lui caresser la main.

— Et vous êtes vraiment un joyau de la plus belle eau. Votre peau est douce, vos yeux étincellent…

Elle avait également les dents blanches et un bel arrière-train. Bientôt, il allait la comparer à une pouliche et vanter la finesse de ses jambes et sa capacité à sauter les obstacles au galop. Tony ne perdait jamais autant de temps à s'extasier sur sa beauté. Pourtant, elle ne doutait pas qu'il la trouvait belle.

Elle sentit une vague de colère monter en elle, assez puissante pour lui faire oublier sa peur.

— Je prendrai le plus grand plaisir à vous faire l'amour…

Et elle, que retirerait-elle d'une telle expérience ? Tony ne s'était jamais montré loquace sur le plaisir qu'il prendrait avec elle. Il avait même semblé beaucoup plus attentif à lui donner du plaisir qu'à en prendre, même si, sans nul doute, il avait joui autant qu'elle. Cet homme était obsédé par l'idée de coucher avec elle. Une obsession maladive.

— Venez, laissez-moi vous montrer.

Il se leva et lui offrit sa main, en lui indiquant la porte avec le canon de son pistolet.

Elle regarda la main qu'il lui tendait. Tony était peut-être déjà mort maintenant. Si c'était le cas, personne ne viendrait à son secours à la dernière minute. Mais, s'il était mort, peu lui importait ce qui pouvait lui arriver désormais. Elle n'aurait plus personne à qui se raccrocher, alors un amant ou un autre… Elle n'avait donc aucune raison d'avoir peur.

Elle leva les yeux vers Barton. Jusqu'à présent, il l'avait terrifiée, mais maintenant elle le trouvait pathétique. Comment un lord qui, depuis sa plus tendre enfance, avait eu tout ce qu'il voulait, pouvait-il être descendu aussi bas ? La mettre dans son lit était devenu une idée fixe. Par n'importe quel moyen. Elle connaissait sa faiblesse et pouvait l'exploiter à son avantage.

— Très bien.

Elle prit sa main et il l'escorta vers l'escalier, un pas en arrière et le pistolet dans sa poche.

Quand ils parvinrent sur le palier, elle se retourna à demi vers lui.

— Et vous avez l'intention d'être gentil ?

— Bien sûr.

Elle laissa échapper un soupir de déception, tout en se remettant à gravir les marches.

Derrière elle, Barton eut une légère hésitation.

Elle s'arrêta de nouveau.

— Robert était toujours plein de prévenance quand nous faisions l'amour. Je m'étais dit que c'était à cause de son âge. Mais Tony aussi s'est comporté avec moi comme si j'étais de verre.

Elle se retourna et regarda Barton droit dans les yeux.

— Un jour, il se trouvera peut-être un homme qui n'aura pas peur de me donner ce dont j'ai envie.

Une lueur se mit à briller dans les prunelles de Barton.

— Vous ne voulez pas que je sois gentil avec vous ?

— Laissez-moi être franche, Jack. Vous êtes une brute sanguinaire et je vous déteste. Mais j'en ai assez des gentlemen qui font l'amour comme des bourgeois blasés et repus. Vous avez l'intention de me forcer et je ne peux pas vous en empêcher. Mais, au moins, abstenez-vous de me barber avec votre gentillesse.

Elle se pencha vers lui et l'embrassa avec violence, en lui mordant la lèvre.

Lorsqu'elle arracha ses lèvres des siennes, elle l'entendit retenir son souffle et vit ses yeux devenir sombres, presque noirs. Il la poussa pour lui faire monter plus vite les dernières marches et, la plaquant contre le mur, lui rendit son baiser avec la brutalité d'un soudard.

Elle gémit d'une façon très convaincante et enfouit une main dans ses cheveux, tout en lui caressant le dos avec l'autre.

Il se recula et la considéra avec un sourire étonné. Puis une lueur soupçonneuse se mit à briller dans ses yeux.

— Si vous cherchez à me jouer un tour à votre façon, je vous le ferai payer.

Mais elle pouvait voir dans ses yeux qu'il avait envie de la croire.

— Quoi que je fasse, vous avez l'intention de me le faire payer, Jack. Je ne vois guère de quoi vous pourriez encore me menacer.

Elle l'entraîna jusqu'à sa chambre, le tira à l'intérieur et referma la porte derrière eux.

Il fut sur elle immédiatement, la plaquant contre le mur et ravageant sa bouche. Elle sentit ses mains agripper ses épaules, puis déboutonner fébrilement son corsage.

Ni l'une ni l'autre ne la menaçaient plus avec le pistolet.

Elle fit semblant de lui prendre la taille, puis plongea sa main dans la poche de sa veste, prit le pistolet et enfonça le canon dans ses côtes.

Il fallut un moment à Barton pour reconnaître le contact froid et dur du métal.

— Constance ! s'exclama-t-il en arrêtant immédiatement de l'embrasser et de la tripoter.

— Ecartez-vous de moi, Jack et, surtout, ne faites pas de mouvement brusque. Je n'ai pas une très grande pratique des armes, mais, si je venais à tirer, il me serait difficile de vous manquer.

— Oui, Jack. Ecarte-toi. Car, au cas où elle hésiterait à tirer, moi je ne te raterais pas, tu peux en être sûr.

La voix de Tony la surprit tellement qu'elle faillit lâcher son pistolet.

En voyant son mouvement d'hésitation, Barton essaya de s'emparer de l'arme, mais, avant qu'il ait pu y parvenir, Tony le saisit par le col de sa veste et le tira brutalement en arrière. Si brutalement qu'il trébucha, s'affala de tout son long sur le parquet et alla heurter un pied du lit avec sa tête — suffisamment fort pour être momentanément étourdi.

— Si vous voulez bien me donner ce pistolet, Constance ?

Elle le prit par le canon et le lui tendit avec précaution.

— Je n'ai pas non plus une grande pratique des armes à feu, avoua-t-il en le pointant vers Barton, mais cela m'ennuierait de vous voir le tuer, même s'il le mérite cent fois. Si l'un de nous doit tirer, il vaut mieux que ce soit moi.

— Grâce à Dieu, vous êtes sain et sauf, murmura-t-elle en s'adossant au mur, la respiration haletante, mais soulagée.

Il tendit la main vers le cordon et sonna pour appeler les domestiques.

— Pardonnez-moi, ma chérie, s'excusa-t-il tout en continuant de pointer le pistolet sur Barton, mais je ne peux pas garder plus longtemps ma présence ici secrète. Je vais avoir besoin d'aide pour évacuer cette ordure de votre chambre.

Il soupira et secoua la tête.

— Je dois vous demander également de me pardonner mon retard. Vous ne devinerez jamais la nuit que j'ai eue. D'abord un tuyau de descente graissé. Puis une poignée de verre brisé sur la corniche. Et, quand j'ai réussi à ouvrir ce satané coffre-fort, il était vide.

Il menaça Barton avec son doigt, à l'instar d'un maître d'école.

— Tu pensais avoir été plus malin que moi, n'est-ce pas, Jack ? Si tu t'étais montré un peu plus chic avec tes domestiques, ils auraient pris la peine de nettoyer la cheminée de ton bureau et de faire disparaître un morceau de papier qui m'a permis de découvrir l'endroit où tu avais caché les planches.

Il sortit un bout de papier brûlé de sa poche et le montra à Barton.

— Tu as brûlé un livre, n'est-ce pas ? Deux même. Des livres de grand format. Les volumes I et II d'*Une Histoire illustrée du royaume d'Angleterre*. Or, personne ne brûle jamais un livre sans une bonne raison…

Il se tourna de nouveau vers Constance.

— C'est l'idée de génie qu'a eue notre ami Jack. Il a arraché les pages et les a brûlées, puis il a mis les planches à l'intérieur des reliures et a reposé les reliures ainsi garnies dans la bibliothèque. J'ai passé je ne sais combien d'heures à essayer de crocheter ce maudit coffre-fort, alors que les planches étaient à portée de ma main, presque sous mon nez.

On frappa à la porte. Constance se précipita pour ouvrir à ses domestiques. Susan entra la première, en robe de chambre et en chemise de nuit, accompagnée par…

Constance regarda sa camériste avec une stupéfaction non déguisée.

Patrick, le valet de chambre de Tony, était entré derrière Susan, en manches de chemise et les cheveux en bataille.

Même Tony eut l'air surpris.

Patrick haussa les épaules.

— J'ai reconnu immédiatement votre coup de sonnette, Monsieur. Vous tirez sur le cordon, comme si vous vouliez l'arracher au mur. Tout à fait caractéristique de votre tempérament.

— Et c'est par une heureuse coïncidence que tu te trouves ici, je suppose ? s'enquit Tony.

— Comme, depuis quelque temps, vous passiez toutes vos soirées hors de chez vous, je n'avais pas grand-chose à faire pour m'occuper. J'ai donc cherché à agrémenter ma solitude et je me suis dit que je connaissais une personne qui devait s'ennuyer aussi ferme que moi et qui, peut-être, apprécierait ma compagnie.

Susan laissa échapper un petit rire étouffé.

Tony chercha en vain une réponse appropriée et, finalement, y renonça.

— Bon, ce soir, au moins, j'ai de l'occupation pour toi, dit-il en pointant son pistolet vers Barton. Tu vas me débarrasser de cette ordure. De cette chambre d'abord. Puis du Royaume, si possible. J'ai entendu dire qu'il y avait des bateaux qui cherchaient à compléter leur équipage et qui ne se montraient pas trop regardants sur la façon dont les hommes qu'ils embarquaient avaient été recrutés. Sers-toi de ton imagination.

Patrick regarda Barton, puis la servante à côté de lui.

— C'est l'homme qui t'a fait du mal, n'est-ce pas, ma colombe ?

Susan fit des yeux ronds et hocha la tête.

Patrick sourit. Un sourire lourd de menace. Tout d'un coup, il n'avait plus l'air d'un domestique humble et modeste, mais de ce qu'il était vraiment, un homme de la rue, un ancien pickpocket qui s'était battu pendant toute son enfance et son adolescence pour survivre dans un monde sans pitié. Il souleva Barton à la seule force de ses poignets et lui donna un coup de tête au visage, un seul, mais avec une telle violence qu'il perdit de nouveau connaissance.

— Pas de problème, Monsieur. Je m'en charge, dit-il en traînant le corps inerte vers la porte.

— Je déjeunerai tard demain matin, Patrick, déclara Tony alors que son valet de chambre était déjà dans le couloir. Tu n'auras donc pas besoin de te lever tôt.

— Très bien, Monsieur.

Susan lui emboîta le pas et referma la porte derrière elle.

Tony écouta leurs pas s'éloigner, avant de se retourner vers Constance et de la prendre par la taille. Il l'attira contre lui, l'embrassa sur la bouche, puis la souleva dans ses bras et la porta sur le lit.

Il était vivant. Jeune, fort et en pleine santé. Et elle aimait le contact de ses mains sur elle, même si son esprit avait encore du mal à réaliser ce qui venait de se passer. Elle se redressa sur les coudes, en essayant de reprendre un peu de dignité.

— Que diable cherches-tu à faire, Tony ?

Il se tenait debout au-dessus d'elle, une expression curieuse sur le visage, un mélange de convoitise et de jubilation.

— Je me réjouis de mon triomphe. Tu es saine et sauve et Barton est définitivement hors d'état de nuire. Un triomphe que je ne dois à personne, Constance. J'ai réussi à crocheter la serrure Brahma, la serrure réputée incrochetable. Qu'en dis-tu ?

— Tu veux que je te remercie ? dit-elle d'une voix hésitante.

— En l'occurrence, les actes valent mieux que tous les mots, Constance.

Sans plus attendre, il la rejoignit sur le lit et retroussa ses jupes.

— Tu n'as pas l'intention de…

Elle tenta de rabattre ses jupes, mais il lui prit une main et la posa sur le devant de son pantalon afin de lui faire sentir à quel point il était prêt.

— Oh si, j'en ai fermement l'intention.

Puis il commença à déboutonner sa braguette.

Elle venait à peine de menacer de tuer un homme, après avoir feint de le séduire et, maintenant, elle s'apprêtait à faire l'amour avec un autre. Si elle se regardait dans une glace, reconnaîtrait-elle la femme qu'elle y verrait ?

— Ne sois pas ridicule. Je ne peux pas. Je suis encore habillée. La porte n'est même pas fermée. Je…

Il la repoussa en arrière sur le lit, en l'embrassant d'une façon qui ne laissait aucun doute sur l'intensité et la violence de ses désirs.

— Enlève au moins tes bottes, lui suggéra-t-elle d'une voix haletante.

Une suggestion dans laquelle elle reconnut la Constance qu'elle avait été, essayant de reprendre sa maîtrise de soi.

Il ne l'avait même pas écoutée.

Et la femme qu'elle était devenue n'en avait cure. Il la pénétra brutalement, sans le moindre préambule. Sous le choc, elle se cambra et un torrent de lave se mit à couler dans ses veines. A chaque coup de boutoir, il lui murmurait à l'oreille toutes les choses qu'il voulait faire avec elle, toutes plus scandaleuses les unes que les autres.

Et elle avait envie qu'il lui fasse tout ce qu'il promettait. Elle jouissait d'entendre sa voix lui murmurer à l'oreille, de sentir son haleine sur son cou et son membre viril dur et possessif aller et venir en elle.

— Plus vite, plus vite… Oh oui, mon amour… C'est trop bon… Oui…

Son corps se cambrait, ses jambes enlaçaient les siennes et des petits cris inarticulés s'échappaient de ses lèvres.

Alors Tony cria à son tour — une sorte de rugissement — et son membre vibra en elle, la remplissant de sa semence.

Puis, ils retombèrent l'un sur l'autre, tremblants et en sueur, au milieu des draps chiffonnés et en désordre.

Pendant un long moment, ils restèrent ainsi, hors d'haleine et ivres de plaisir. Lorsqu'il eut repris son souffle, il roula sur le côté, afin de pouvoir la regarder dans les yeux et, avec sa main, se remit à la caresser, lui arrachant de nouveau des gémissements.

Quelque part, tout au fond d'elle-même, la voix de sa raison lui criait que c'était de la folie, qu'elle ne devrait pas s'abandonner ainsi. Que lui avait-elle promis, au juste ? Et que pouvait-il lui faire faire quand il la mettait dans cet état ? Il connaissait son corps intimement et savait en jouer avec un art dont elle n'avait même pas eu idée avant de le connaître. Elle était incapable de lui résister, parce que tout ce qu'il lui faisait était trop délicieux. De nouveau, elle se sentit partir, voguer sur un nuage, tandis que son corps vibrait et tremblait sous la caresse de ses doigts.

Elle le regarda dans les yeux. Ils n'étaient pas vides, contrairement aux yeux de Barton, mais pleins de zones d'ombre. Il avait réussi à plonger jusqu'au fond de son âme et savait tout d'elle, ou presque. Mais lui, qui était-il ?

Elle s'assit et regarda autour d'elle, l'esprit confus et embrouillé. Elle était couchée encore tout habillée dans son lit avec un inconnu dont les bottes avaient maculé les draps de boue. Et il l'avait prise avec une telle ardeur, une telle violence qu'elle se sentait toute endolorie.

Mais elle n'avait pas résisté. Au contraire. Elle l'avait incité à aller plus vite, plus fort…

Maintenant, il la déshabillait avec des gestes d'une douceur exquise, déboutonnant sa robe et délaçant son corset, tout en s'arrêtant, de temps à autre, pour faire pleuvoir des petits baisers sur ses seins, sur son ventre et sur tous les endroits où il savait qu'elle était sensible. Maintenant, elle était toute nue… Il prit encore la peine de défaire sa coiffure et d'en retirer les peignes et les épingles, en enfouissant avec un plaisir évident ses doigts dans ses cheveux.

Il connaissait tout d'elle. Sa vie, sa situation financière et son corps, jusqu'aux détails les plus intimes. Avec lui, elle n'avait aucune honte, aucune retenue.

Pourquoi s'était-elle donnée à lui aussi complètement, alors qu'elle avait toujours gardé une certaine pudeur avec son mari ? Qu'était devenue la prude et chaste duchesse de Wellford qui s'offusquait dès qu'on prononçait un mot un peu leste devant elle ?

Et lui, qui était-il ? Que savait-elle de lui, sinon qu'il était un voleur et qu'il lui avait dit qu'elle pouvait avoir confiance en lui ?

Et qu'il aimait une autre femme. Passionnément.

Il était encore tout habillé et elle était nue à côté de lui, les cheveux défaits tombant en cascade sur ses épaules. Il souriait. Un sourire à la fois tendre et énigmatique.

Brusquement, elle se sentit terriblement vulnérable.

Elle ramena le drap sur elle, avant qu'il ne l'attire de nouveau dans ses bras. Elle n'aurait pas eu la force de résister, s'il avait voulu lui faire de nouveau l'amour.

Il la regarda avec curiosité, attendant qu'elle parle.

— Est-ce vraiment fini avec Barton ?

— Il serait fou de rester dans le pays, même si Patrick, finalement, renonce à le faire embarquer de force sur un bateau. Je transmettrai les planches à Stanton dans la matinée, pour être détruites. Si Barton réapparaît, St John le fera immédiatement arrêter et juger. Vous n'aurez plus jamais besoin de vous inquiéter à son sujet.

Il lui aurait parlé chinois, cela aurait été la même chose.

— Tu m'as déjà parlé de ces planches auparavant. De quoi s'agit-il ? Et en quoi St John Radwell est-il impliqué dans cette histoire ?

Tony s'écarta et la regarda d'un air perplexe, puis un sourire éclaira son visage.

— Ah oui, c'est vrai. J'avais eu l'intention de t'en parler, puis j'ai oublié. Barton est un faux-monnayeur. Ou avait l'intention de le devenir. Il avait réussi à se procurer des planches à imprimer les billets de la Banque d'Angleterre. Quant à St John, il a un poste important au gouvernement. Il m'a confié la mission de les récupérer discrètement, afin d'éviter un scandale ou, pire, une faillite financière du Royaume.

— Ainsi, tu n'es pas un voleur.

— Si, je suis toujours un voleur. Un voleur habile et reconnu par ses pairs. Mais, actuellement, j'exerce mes talents principalement sur ordre, quand la Couronne a besoin de mes services.

Un sourire barra de nouveau son visage.

— En somme, je suis presque devenu une sorte de fonctionnaire. J'en aime assez l'idée. C'est un statut tout à fait respectable.

— Alors, pourquoi ne me l'as-tu pas dit ?

Il prit un air évasif.

— Franchement, il ne m'était pas venu à l'esprit que cela ferait une différence. Un vol est un vol et la raison pour laquelle je vole m'est assez indifférente. D'autre part, St John préfère que notre association reste aussi secrète que possible, car, à part ses collègues du gouvernement, personne ne connaît ses activités et je pourrais les trahir en révélant la part que j'y prends.

— Tu es donc un espion.

Il réfléchit un instant avant de répondre.

— En quelque sorte.

Elle commença à entrevoir la vérité.

— Quand je t'ai surpris ici, dans cette chambre, tu venais donc m'espionner. Et c'était le mari de ma meilleure amie qui t'avait envoyé. Parce qu'il pensait que j'étais la complice d'un faux-monnayeur.

Tony essaya de rire, mais ne réussit à produire qu'un grincement nerveux.

— Je l'ai très vite détrompé. Dès le premier soir, je lui ai dit que je te croyais complètement innocente dans cette affaire.

C'était une consolation, se dit-elle, de savoir qu'il

l'avait crue innocente, même quand il continuait à l'espionner.

— Voilà donc le grand secret dont tu ne voulais pas me parler, afin d'épargner mes sentiments. Est-ce le seul ? Y a-t-il d'autres choses que tu ne m'as pas encore dites ?

Il prit un air franchement mal à l'aise et eut de la peine à soutenir son regard.

— Tout le monde a des secrets, je suppose…

— Mais, apparemment, tu en as plus que la plupart des gens. Quel est le secret que tu me caches encore et qui te rend aussi évasif ?

Il tenta de nouveau de rire et échoua complètement.

— A t'entendre, j'ai une âme aussi noire que celle de Barton. Je te promets que j'ai été sincère. Si je ne t'ai pas tout dit, c'était plus par inadvertance que volontairement.

— Mais tu m'as tout de même caché beaucoup de choses. Je n'aime pas qu'on me prenne pour une idiote, Tony. Pas par mes amis et encore moins par toi.

Il battit des cils, puis la regarda droit dans les yeux.

— Je ne pense pas que tu es une idiote et je n'ai jamais eu envie de jouer au plus fin ou de me jouer de toi. J'aurais aimé que tu découvres la vérité par toi-même.

— Afin de ne pas avoir besoin de l'admettre ? Qu'y a-t-il de si horrible pour ne pas pouvoir l'exprimer à voix haute ? Tu as eu le front de me demander en mariage et, malgré cela, tu ne parviens pas à te montrer totalement honnête avec moi.

— Peut-être est-ce parce que je ne savais pas comment tu réagirais, si je venais à te dire toute la vérité. Il est assez visible, Constance, que, malgré tout ce que tu peux prétendre, lorsqu'il est question d'amour, tu as le cœur aussi froid que toutes les autres femmes que j'ai rencontrées. Si j'étais venu te voir et t'avais demandée en mariage en ne te cachant rien de ce que j'étais, tu m'aurais jugé indigne de ton affection et tu aurais continué de chercher un autre parti plus à ta convenance, un homme pourvu d'un titre de noblesse et d'une vieille et solide fortune, comme Endsted, par exemple. C'est pour cela que j'ai cherché à gagner ton affection par des moyens détournés. Avais-je un autre choix, je te le demande ?

Il rit de nouveau. Un rire moqueur et un peu grinçant cette fois.

— Cela t'excitait quand je venais te retrouver dans la pénombre de la nuit... Le voleur, le gentleman cambrioleur au grand cœur. Jamais tu ne te serais donnée à moi, s'il n'y avait pas eu le frisson de l'aventure, la perspective d'une liaison à la fois interdite et tellement délicieuse.

Il la caressa et, immédiatement, le corps de Constance réagit et une vague de désir embrasa ses reins.

— Tu avais envie de ce que je pouvais te donner, mais, en même temps, tu voulais rester libre, au cas où une meilleure opportunité se présenterait. Et je t'ai laissée te servir de moi, car je suis incapable de te résister.

— Moi ? Je me suis servie de toi ?

Elle regarda son corps nu à côté du sien.

— Tout à l'heure, quand tu m'as jetée sur le lit et prise sans même enlever tes bottes ? Bien sûr, tu as réussi à me débarrasser de Barton. Définitivement, je l'espère. Même si tu m'as dit que tu ne voulais pas attendre pour être payé, après cette nuit, je pense que nous sommes quittes.

Il la regarda fixement, une lueur incrédule au fond des yeux.

— Essaies-tu de me dire que tu t'es donnée à moi seulement parce que tu avais besoin de mon aide ?

Au timbre de sa voix, elle sentit qu'elle l'avait blessé.

— Pourquoi fais-tu cela, Constance ?

— Je fais ce que je dois faire pour survivre, Tony. C'est ce que j'ai fait quand j'ai accepté d'épouser Robert et je dois continuer, maintenant qu'il n'est plus là. Je suis belle, ou, du moins, tout le monde me le dit. Si c'est tout ce que je peux apporter à un époux, il faut me résoudre à accepter l'offre la plus avantageuse. Bientôt, ma beauté se fanera et, si je n'y prête pas attention, il ne me restera plus que mes larmes pour pleurer.

Un sourire sardonique incurva les lèvres de Tony.

— Tu te retrouverais alors dans la situation où tu as été à la mort de ton mari ? Quel malheur ! Un si beau parti… et puis plus rien.

Le visage de Constance s'empourpra.

— Je ne te permets pas de critiquer mon mariage avec Robert, espèce de…

— … de voleur ? De malandrin ? De roturier ?

Tony se leva et entreprit de se rhabiller.

— De gibier de potence, sans foi ni loi.

Il se retourna vers elle, tout en finissant de rajuster sa chemise et son pantalon.

— Et, comme maintenant vous n'avez plus besoin

de mes services, vous me donnez congé. C'est bien cela, Votre Grâce ?

C'était fini. Sa mission était terminée et il s'en allait, sauf si elle pouvait trouver un moyen de le retenir. Mais avait-elle vraiment envie qu'il reste, si elle ne pouvait pas avoir une confiance totale en lui ?

— Tu n'avais pas imaginé que cela durerait toujours, je suppose ?

Elle n'avait pas pu empêcher sa voix de trembler légèrement.

— Non, pas vraiment. Si j'en crois mon expérience personnelle, le bonheur ne dure jamais très longtemps. Mais je pensais — j'espérais — que, lorsque nous nous séparerions, vous n'essaieriez pas de vous convaincre que vous aviez été forcée. Avez-vous besoin de faire de moi le méchant de la pièce ? Cela vous donne-t-il bonne conscience de penser que vous n'avez pas eu le choix ?

Il fit un pas vers elle et elle recula en tirant les draps et les couvertures pour masquer sa nudité.

— Laissez-moi vous dire ma vision des choses. Je suis venu dans votre lit, parce que vous m'y avez invité. Vous aviez envie de moi, Votre Grâce, parce que vous saviez ce que je pouvais vous offrir et cela n'avait rien à voir avec l'argent ou votre acte de propriété. Vous vouliez que je vous fasse l'amour comme votre mari n'avait jamais pu le faire.

Malgré elle, elle ne put réprimer un frisson de désir. Oui, elle avait eu envie de lui. Et elle en avait encore envie.

— Maintenant, poursuivit-il, vous allez prétendre que, pendant que vous jouissiez dans mes bras, c'était parce que je vous obligeais à faire un noble sacrifice pour préserver votre réputation pour un parti plus convenable.

Il arracha sa cravate et la jeta sur le parquet, puis il rouvrit sa chemise.

— Regardez, voici les marques de vos baisers sur mon torse. Vos ongles m'ont labouré le dos et vos mains m'ont serré si fort que mes bras en sont encore endoloris. Je n'ai pas perdu un seul des mots que vous m'avez dits quand nous faisions l'amour. Je sais que vous avez éprouvé du plaisir. Un plaisir que vous n'aviez jamais connu auparavant. Un autre candidat est peut-être déjà sur les rangs, attendant que vous lui ouvriez les bras. Un homme avec un titre ou de l'argent gagné honnêtement. Un homme que vous pourrez présenter à vos amis sans qu'ils fassent la fine bouche.

Il referma sa chemise d'un geste brusque et se dirigea vers la porte, mais, alors qu'il avait déjà la main sur la poignée, il jura et fit demi-tour pour aller à la fenêtre.

— Ce sera peut-être mon successeur dans ce lit qui ruinera votre précieuse réputation, car il préférera sans doute la lumière du jour, entrer et sortir par la porte, au vu et au su de tout le monde.

Il mit la main dans la poche de sa veste et en sortit une carte qu'il jeta par terre.

— Si vous avez encore des problèmes financiers, allez voir directement mon homme d'affaires. Il vous donnera l'argent que vous lui demanderez. Tout ce que je possède est à votre disposition. Vous n'aurez plus jamais besoin de me parler de nouveau, ainsi il n'y aura plus aucun malentendu possible quant à mes motivations.

Comme je vous l'ai dit plusieurs fois auparavant, je n'attends aucune contrepartie quand je rends service à un ami ou une amie.

Sur ces mots, il enjamba l'appui de fenêtre et disparut dans la nuit.

# 17

Tony se réveilla en ayant l'impression que la terre tremblait sous lui et atterrit face la première sur le plancher de son bureau.

— Levez-vous et réjouissez-vous, Smythe !

La voix joviale de Stanton résonna dans la pièce, se mêlant au tintamarre provoqué par la chute du fauteuil dans lequel Tony avait fini par s'assoupir.

— Que diable…

Tony laissa échapper un chapelet de jurons plus grossiers les uns que les autres.

Son visiteur tira les rideaux de velours d'un geste brusque et la lumière entra à flots dans le bureau. Une lumière aveuglante qui transperça le cerveau de Tony, alors qu'il essayait de concentrer son regard sur la silhouette de Stanton.

— Je vous souhaite également une bonne et agréable journée, répondit Stanton d'une voix ironique. Vous avez manqué nos derniers rendez-vous. Deux fois. Aussi, j'ai préféré venir directement chez vous, afin de ne pas devoir vous attendre inutilement une troisième fois.

St John le considéra d'un œil critique.

— J'ai vu des rebuts en meilleur état collés aux semelles de mes bottes après une nuit passée dans les rues de Whitechapel. Et leur odeur était moins repoussante. Par le Christ, il est temps de vous reprendre, mon garçon. J'ai du travail pour vous.

— Je démissionne.

— Je ne suis pas totalement sûr que l'on puisse vous y autoriser. Bien que vous n'ayez pas été enrôlé régulièrement, je pourrais néanmoins vous faire passer en cour martiale pour désertion. Peut-être pas. Dans l'armée, les voleurs sont fouettés ou pendus. Vous avez une préférence ?

— Pourquoi ne me tirez-vous pas tout de suite une balle dans la tête ? Ce serait plus rapide.

— Comme vous voudrez.

Avant que Tony ait eu le temps de comprendre ses intentions, St John sortit un pistolet de sa poche et tira une balle dans le mur à côté de lui.

Tony roula sur le côté en protégeant sa tête avec ses mains, tandis que le bruit du coup de feu résonnait à l'infini dans ses oreilles.

— Qu'est-ce qui vous prend ? Tirer des coups de feu dans ma maison ! Etes-vous devenu fou ? La balle m'a manqué de quelques pouces à peine. Vous auriez pu me tuer !

St John redressa le fauteuil et s'y assit en remettant avec nonchalance le pistolet dans sa poche.

— Ma balle vous a raté de plusieurs pieds, comme j'en avais eu l'intention. Je suis un excellent tireur, surtout à bout portant ou presque. Mais je suis heureux de voir que vous avez recouvré goût à la vie. Quant au trou dans vos lambris, c'est vraiment un détail, ajouta-t-il en jetant un regard circulaire autour de lui. Auriez-vous reçu la visite d'une horde de cosaques avinés ?

La mine renfrognée, Tony considéra les dégâts autour de lui. La glace au-dessus de la cheminée était cassée et Patrick n'avait pas pris la peine de la remplacer. C'était aussi bien, car il avait une assez bonne idée de ce à quoi il devait ressembler après Dieu sait combien de jours passés sans se raser et sans se changer.

Le sol était jonché de verres brisés et de bouteilles vides. Patrick avait continué à lui apporter des bouteilles pendant un certain temps — mais plus de verres — après avoir tiré les rideaux, afin qu'il ne soit pas tenté de casser les carreaux. Puis, finalement, il avait refusé même de lui apporter de l'alcool. Tony en avait été tellement furieux qu'il lui avait jeté un guéridon à la tête. Sans réussir à le toucher.

Quand il s'était retiré, la mine indignée, Tony avait reporté sa fureur sur le mobilier et sur les murs.

— Avais-je encore un domestique pour vous ouvrir la porte quand vous êtes arrivé ?

— Oui. Patrick est très inquiet à votre sujet. Il m'a laissé monter vous voir sans m'accompagner et m'a recommandé de ne pas vous tourner le dos s'il restait encore des meubles ou des objets pouvant servir de projectiles. Maintenant, racontez-moi ce qui s'est passé dans cette pièce.

— Une femme, répondit Tony laconiquement.

— J'en doute, cher ami. Je n'imagine guère une femme provoquer de pareils dégâts, ou, sinon, ce doit être une véritable furie.

— Ne soyez pas stupide ! C'est moi qui ai mis ce bureau dans cet état, mais c'est à cause d'une femme.

— Vous m'en voyez soulagé. J'ai eu peur qu'il y ait une raison vraiment sérieuse. Maintenant, vous allez vous raser, prendre un bain et jeter votre dévolue sur une autre femme — il n'en manque pas — et, quand vous êtes dans un état normal, vous êtes encore tout à fait présentable. Ensuite, vous vous remettrez au travail.

— Il n'y a pas d'autres femmes, marmonna Tony d'un ton acerbe. Aucune, sauf elle.

St John soupira et leva les yeux au ciel.

— Puisse le bon Dieu m'épargner de tomber dans le mélodrame. Devons-nous tous souffrir à cause de votre petit cœur brisé ? Au cas où vous ne l'auriez pas remarqué, Sa Grâce la duchesse douairière de Wellford est une dame de trop haute volée pour un simple roturier. Je ne vois pas pourquoi…

— Comment avez-vous su ?

St John se tapota le menton.

— Voyons… laissez-moi réfléchir. C'est peut-être parce que je suis un espion. Je vous ai demandé de la surveiller. Dès que j'ai mentionné son nom, vous êtes devenu étrangement nerveux. Ensuite, vous vous êtes précipité chez elle et vous avez cherché tous les arguments possibles et imaginables pour l'innocenter. A vrai dire, j'ai été bien soulagé d'apprendre qu'elle n'était en rien mêlée aux affaires louches de cette canaille de Barton. C'est une femme charmante. Une grande amie d'Esme. Je ne sais vraiment pas comment j'aurais pu apprendre à mon épouse que je l'avais fait arrêter pour faux monnayage et haute trahison. Maintenant, elles sont toutes les deux furieuses contre moi à cause du rôle que j'ai joué dans cette histoire. J'espère seulement qu'avec le temps elles finiront par me pardonner. Tony…

Sa voix se fit douce et compréhensive.

— … Constance est une créature séduisante, cultivée,

et totalement hors de votre portée. Je ne voudrais pas éclairer d'une lumière froide votre chimère, mais, je vous en prie, essayez de revenir sur terre. Vous avez assez d'argent pour entretenir une femme et une flopée de petits Smythe, mais vous auriez tort de vous acharner à vouloir conquérir le cœur d'une beauté renommée, habituée à vivre dans un hôtel particulier de trente pièces et qui ne conçoit même pas de pouvoir lier un jour sa vie à un homme qui n'a pas, au moins, une couronne de duc ou de marquis. A moins que vous n'ayez l'intention de passer le reste de votre vie à briser votre mobilier sur les murs d'une pièce plongée dans l'obscurité.

Tony s'assit sur le plancher en essayant de ne pas penser à la façon dont il avait gâché sa vie. Il s'était accroché pendant si longtemps à son rêve qu'il lui avait semblé tout à fait naturel, quand le moment était venu, que Connie s'abandonne librement dans ses bras. Il avait cru sincèrement que son rêve s'était réalisé. Elle l'aimait… Il en avait été tellement persuadé ! Jamais il n'aurait pu imaginer qu'il n'avait été pour elle qu'une agréable diversion à sa solitude et un moyen de résoudre les problèmes qui la tourmentaient.

S'il avait pris le temps de la courtiser, au lieu de se contenter de la séduire, elle aurait peut-être envisagé leur liaison plus sérieusement. Peut-être pas. De toute façon, il était trop tard pour revenir en arrière.

Stanton le regardait fixement, attendant une réponse. S'il arrêtait de penser à elle, au plaisir qu'il avait pris dans ses bras et aux folles chimères qu'il avait entretenues pendant plus de treize ans… S'il pouvait se concentrer sur le moment présent et sur les missions que la Couronne voudrait bien lui confier, il parviendrait peut-être à aller de l'avant et à tirer un trait sur une infatuation qui, jusqu'à présent, avait été seulement source de désillusions.

Il se remit sur ses pieds, en posant la main sur le coin de la cheminée, afin de ne pas perdre l'équilibre. Les vapeurs du cognac embrumaient encore son esprit et étouffaient le souvenir de sa dernière querelle avec Constance, dont chaque mot et chaque phrase continuaient de résonner inlassablement au fond de sa mémoire. S'il trouvait quelque chose à faire, cela suffirait peut-être à lui faire oublier tout le reste.

Il tomberait peut-être d'une fenêtre ou en escaladant une façade — une chute opportune qui mettrait un terme définitif à ses tourments. Mais il finirait par devenir fou s'il restait enfermé seul chez lui en sachant que le rêve qu'il avait caressé pendant tant d'années ne se réaliserait jamais.

Il brossa une poussière imaginaire de sa chemise maculée de taches et leva vers son hôte un visage sale et barbu.

— Très bien. Je me suis conduit comme un idiot. Mais le pire est passé, je pense. Si vous désirez toujours employer mes services, laissez-moi le temps de prendre un bain, de me raser et de me changer. Ensuite, vous me direz chez qui je dois aller exercer mes talents de cambrioleur.

St John sourit, comme si rien d'extraordinaire ne s'était passé.

— Parfait. Je savais que je pouvais compter sur vous.

*
* *

— Susan, tu sais que je ne prends pas de lait dans mon thé.

Sa femme de chambre la regarda avec une mine coupable et embarrassée.

— J'ai pensé, Votre Grâce, que vous pourriez avoir envie d'une boisson un peu plus fortifiante. Avec l'automne qui arrive, vous avez besoin de prendre des forces. Ce serait trop bête d'aller attraper froid, simplement parce que vous avez l'estomac vide.

Fortifiant.

Elle regarda le thé. Un breuvage horrible, mais Susan avait raison. C'était probablement plus nourrissant. Elle but une gorgée en grimaçant.

— Si vous ne vous sentez pas bien, Madame, ajouta Susan, je connais une dame à Cheapside qui vend des herbes qu'on ne trouve pas sur le marché. Infusées avec le thé, elles sont efficaces pour guérir le genre de maladie que vous semblez être en train de couver.

— Non !

Constance posa impulsivement sa main sur son ventre.

Puis elle se détendit et réussit à sourire.

— Pardonne-moi, Susan. Je n'avais pas l'intention de crier aussi fort. Tu as eu raison de mettre du lait dans mon thé. C'est bon pour moi, même si je me plains et fais des grimaces. Je prendrai peut-être aussi un œuf et un toast. Pourrais-tu me l'apporter ici ? Je ne me sens pas le courage de descendre à la salle à manger. J'ai trop peur d'avoir mal au cœur.

Il ne servait à rien de faire des cachotteries à Susan qui, comme elle s'occupait de son linge, ne pouvait pas ignorer qu'elle n'avait pas eu ses règles depuis deux mois.

Un bébé. Elle attendait un bébé…

— Très bien, Madame. Mais…

Susan ne termina pas sa phrase. Elle n'osait pas poser la question, mais elle attendait quand même une réponse. Il fallait faire quelque chose. Elle devait quitter Londres et se retirer à la campagne où elle pourrait donner naissance en secret à son bébé. Ou, sinon, elle devait suivre le conseil de sa femme de chambre et l'envoyer acheter ces fameuses herbes…

— S'il te plaît, Susan, va me chercher un œuf et un toast.

— Très bien, Madame.

Quand la servante eut quitté la chambre, Constance alla à la fenêtre et regarda fixement le jardin. Le lierre avait perdu une partie de ses feuilles et le treillage de bois auquel il s'accrochait était nu. C'était presque comme si elle avait fait installer une échelle pour monter à sa chambre. Le mur et la grille du jardin étaient tout aussi faciles à escalader, même si le jardin offrait moins d'endroits pour se mettre à couvert, maintenant que l'automne était arrivé.

Elle ferma les yeux, essayant d'imaginer Tony le traversant, en progressant par bonds, d'un bosquet à un autre. Cela n'arriverait pas, bien sûr. Elle ne l'avait plus revu depuis un mois et demi. Dans les salons où elle avait été invitée, elle avait, de temps à autre, entendu mentionner son nom. Pour dire qu'il était venu, mais s'était retiré très tôt. Ou bien qu'on l'attendait, mais semblait devoir n'arriver que plus tard.

Il l'évitait. Et elle ne pouvait guère l'en blâmer.

Heureusement, il n'en allait pas de même pour les autres gentlemen. Endsted avait réapparu et s'était remis à lui faire la cour avec une insistance qui avait ranimé ses espoirs de remariage. Et, maintenant que Barton n'était plus là pour écarter ses prétendants en répandant des rumeurs à son sujet, d'autres hommes, tout aussi riches et titrés, se pressaient autour d'elle.

Naturellement, dans quatre ou cinq mois, tout au plus, tout le monde saurait que les rumeurs avaient été fondées. Si elle voulait se remarier, elle devait mettre un terme rapidement à cette grossesse non désirée. C'était ce que sa mère lui aurait conseillé de faire, si elle s'était trouvée dans un état similaire avant son mariage avec Robert.

Si elle avait un tant soit peu de bon sens, c'était ce qu'elle devrait faire. Cet « incident » aurait au moins servi à la rassurer. Elle n'était pas stérile. Désormais, elle pourrait laisser entendre à l'homme qui s'intéresserait sérieusement à elle qu'elle avait de bonnes raisons de croire que, si elle n'avait pas eu d'enfants jusqu'à présent, ce n'était pas sa faute, mais la faute de son défunt mari.

Elle mit ses bras autour de son ventre. Elle pouvait aussi aller retrouver Tony et vivre le reste de sa vie dans l'angoisse, terrifiée par les risques qu'il prenait lors de ses expéditions nocturnes. Sans parler de son refus de partager avec elle ses secrets et ses sentiments. Elle ne serait peut-être jamais la première dans son cœur et, aussi bien, un jour ou l'autre, il la quitterait pour aller conquérir la femme de ses rêves. Mais, quand il était venu la rejoindre la nuit, elle avait été la seule dans son cœur. Elle le savait intuitivement.

Et puis elle aurait une famille. Elle aurait le bébé dont elle avait toujours eu envie. Dans quelques mois, le bébé qui grandissait dans son ventre serait dans ses bras et lui sourirait. Le sourire de son père. Et, quoi qu'il arrive, elle les aimerait tous les deux de tout son cœur, car elle ne pourrait pas s'en empêcher.

Susan revint avec un plateau et le posa doucement sur le lit.

— Merci, Susan. Je suis sûre que je me sentirai beaucoup mieux quand j'aurai un peu mangé. Et je ne veux pas de tes herbes, ajouta-t-elle avec détermination. J'ai attendu trop longtemps pour avoir un enfant. Je le mettrai au monde, quelles qu'en soient les conséquences.

Susan la regarda avec une lueur de pitié dans les yeux. Elle imaginait déjà sa pauvre maîtresse abandonnée de tous, seule avec son bâtard.

Comment pouvait-elle lui expliquer que c'était seulement son orgueil qui l'empêchait de tenir la promesse qu'elle avait faite à Tony ?

Son orgueil et le tourbillon d'émotions qui s'emparait d'elle chaque fois qu'elle pensait à l'avenir. Elle avait cru qu'il serait plus facile de le renvoyer, que de le garder auprès d'elle. Mais la vie sans lui était encore plus dure que la vie avec lui.

Elle lui avait dit que tout était fini entre eux et regrettait amèrement les mots qu'elle avait prononcés. Elle avait réussi à le mettre en colère. Il était parti furieux et les dernières phrases qu'il lui avait lancées au visage avaient été pleines d'amertume. Ce n'était pas du tout la séparation amicale et courtoise qu'elle avait envisagée. Elle l'avait blessé profondément. Une blessure au cœur qui ne guérirait peut-être jamais.

En même temps, quelque chose s'était brisé en elle également. Elle l'avait regardé s'en aller sans un mot, comme paralysée. En ayant envie de le rappeler, même quand il avait déjà une jambe au-dessus de l'appui de fenêtre.

Toutes les nuits, depuis lors, elle avait pensé à lui, brûlante de désir et de remords. Pleine de nostalgie et sentant d'étranges sensations parcourir son corps — des sensations qui, au bout de quelques semaines, s'étaient révélées être les prémices de sa grossesse.

Elle attendait son enfant. Mieux encore, leur enfant. Elle ne pouvait pas plus y mettre un terme que mettre un terme à sa propre vie. Il lui avait fait le cadeau le plus précieux au monde, sans le vouloir, car il avait eu peur de ruiner sa réputation. Chaque fois qu'il avait fait l'amour avec elle, il avait pensé à elle avant de penser à son propre plaisir. Il lui avait laissé une part de lui-même avant de la quitter et, malgré sa fureur, il lui avait promis de les protéger, elle et son bébé, si elle venait à être enceinte.

Il ne lui avait jamais dit qu'il l'aimait. Mais ne le lui avait-il pas prouvé suffisamment par ses actes ?

Comment avait-elle pu être aussi aveugle ? Il ne l'aimait peut-être pas aussi passionnément qu'elle l'aurait voulu, mais il lui avait montré une affection sans faille. N'était-ce pas le plus important ?

Elle l'aimait, avec une violence et une intensité qui n'avaient rien de comparable avec la tendresse qu'elle avait éprouvée pour Robert. Et elle doutait de pouvoir se résoudre à épouser un autre homme, quels que soient les sentiments que Tony éprouvait à son égard.

Elle glissa la main sous son oreiller pour caresser le

bout de tissu qui y était dissimulé. Une cravate d'homme, soigneusement pliée, cachée à un endroit où elle pouvait la toucher, au plus profond de la nuit, quand elle se sentait seule et abandonnée.

Si elle pouvait réussir à admettre qu'elle avait eu tort et le convaincre de la pardonner, elle ne serait plus jamais seule.

— Susan, appela-t-elle. Prépare mes vêtements. Je sors.

# 18

Patrick l'annonça et elle entra dans le petit salon d'un pas plus hésitant encore que la dernière fois où elle avait eu besoin de lui demander un service. Elle était habillée différemment également. Il n'y avait plus rien en elle de la femme fatale, qui était venue avec l'intention de le séduire. Sa tenue était sage et modeste : un corsage à peine échancré, avec un châle sur les épaules, et une robe ample qui ne révélait rien des changements qui étaient en train de se produire dans son corps.

Tony était assis derrière son bureau, des papiers étalés devant lui, mais il se leva immédiatement pour la recevoir. Elle crut avoir décelé un peu de précipitation dans ses mouvements, comme s'il avait été pris au dépourvu et avait eu besoin de quelques instants pour maîtriser ses gestes.

— Votre Grâce ?

Il lui avança un fauteuil et prit place en face d'elle.

— A quoi dois-je le plaisir de votre visite ?

Il n'y avait eu aucune trace d'ironie dans sa voix. Ni d'aucune autre émotion, d'ailleurs.

— Ai-je vraiment besoin d'avoir une raison pour vous rendre visite, après ce que nous avons connu ensemble ?

Il la regarda, le visage impénétrable.

— Oui. Il m'a fallu plusieurs semaines pour me remettre de notre dernière conversation et je n'ai aucune envie qu'on me la rappelle inutilement. Sauf si…

Elle baissa la tête, intimidée par la froideur de son accueil.

— Je suis venue vous dire que je suis désolée.

Immédiatement, les yeux de Tony s'animèrent et une lueur de sollicitude se mit à briller dans ses prunelles.

— Vous êtes blanche comme un linge, Votre Grâce. Un petit remontant, peut-être ?

Il se tourna vers le guéridon. Un verre à demi plein était posé à côté de la carafe de cognac. Il le finit d'un seul trait, puis essuya le rebord et lui versa un peu de cognac.

Un geste étrangement méticuleux pour quelqu'un qui l'avait connue aussi intimement, se dit Constance. Elle prit le verre, huma le cognac et, sentant son estomac protester, le reposa sans y avoir goûté.

— J'ai eu tort de vous laisser partir en vous donnant l'impression que vos visites n'étaient plus les bienvenues ou que je les considérais comme un devoir ou une obligation en contrepartie de l'aide que vous m'avez apportée.

— Merci, dit-il à voix basse. C'est déjà quelque chose, au moins.

— Je n'étais pas moi-même. Entre ma situation financière, les menaces et les propositions odieuses que j'avais dû subir, je ne savais plus à quel saint me vouer.

Il la considéra d'un air sceptique. Visiblement, il avait du mal à la croire.

— Normalement, poursuivit-elle, je suis une personne convenable et respectable. Même si vous aurez de la peine à l'admettre en considérant ma conduite quand je me suis trouvée seule avec vous. Dans d'autres circonstances, je ne me serais pas conduite d'une façon aussi éhontée, ni aussi odieuse lorsque j'ai mis fin à notre liaison.

Il se leva.

— Vous venez de nouveau de réduire à néant tout ce que vous aviez dit de bien auparavant. Si vous voulez mettre votre conduite avec moi sur le compte d'une aberration passagère, il vaut mieux en rester là, afin d'éviter de nouvelles désillusions. Si nous devions nous revoir, soit vous seriez horrifiée par votre incapacité à résister à vos désirs, soit je serais blessé jusqu'au plus profond de moi-même par votre refus d'y céder. Alors, je vous en prie, il vaut mieux vous en aller. Sauf si…

Il la regarda fixement.

— Sauf s'il y a une autre raison à votre venue chez moi.

Elle n'eut pas le courage de soutenir son regard.

— Il y a autre chose. Je sais que vous m'avez fait promettre de ne pas vous importuner à ce sujet, mais je ne puis m'en empêcher. Même si je suis soulagée de savoir que vos expéditions nocturnes n'ont pas le vol pour unique raison, votre vie est encore entourée de beaucoup trop de secrets. Avez-vous jamais envisagé un autre métier ? Cela va vous mettre en colère, mais j'ai pris la liberté d'aller trouver mon neveu et de lui demander une place pour vous. Il a besoin d'un homme d'affaires pour gérer ses domaines et l'empêcher de commettre des folies comme celle qu'il a faite en perdant mon acte de propriété en jouant aux cartes avec Barton.

Et vous êtes l'homme le plus qualifié que je connaisse pour remplir ce poste.

Elle sortit un contrat de son réticule et le posa devant lui.

Les yeux de Tony étincelèrent.

— Vous avez cherché un emploi honnête pour moi ?

— Oui.

— Y a-t-il eu quoi que ce soit au cours de notre brève liaison qui a pu vous laisser croire que j'avais envie de changer de métier ?

Elle baissa les yeux.

— Non, admit-elle.

— Et ne vous ai-je pas dit clairement que vous ne deviez jamais m'importuner sur ce sujet et que je ne changerais jamais, pas plus pour vous que pour une autre ?

Elle le lui avait promis. Elle lui avait juré que cela n'avait aucune importance et, en allant trouver son neveu, elle s'était parjurée.

Elle redressa la tête et soutint son regard.

— Je comprends. Je suis désolée. J'ai eu tort de faire une telle démarche.

Il la regarda fixement et elle sentit que sa lèvre inférieure s'était mise à trembler. Elle aurait voulu pouvoir se lever et s'enfuir, sans lui dire la véritable raison de sa visite — une raison dont la seule évocation la faisait rougir de honte et d'embarras.

— Tony…

Elle essaya de boire une petite gorgée de cognac, mais cela ne fit rien pour apaiser sa nervosité.

Il tendit la main vers le contrat.

— Ne faites pas cette tête. Donnez-moi ce contrat. Je peux au moins le lire, même si je n'ai aucunement l'intention d'y donner suite.

Il lui prit le papier des mains et alla s'asseoir derrière son bureau. Puis il sortit une paire de besicles de la poche de sa veste, essuya les verres machinalement sur le revers de sa manche et les posa sur son nez. Se penchant en avant, il prit son menton dans la paume de sa main, le coude posé sur la table, et commença à lire.

— Non, non. Ce n'est vraiment pas pour moi. Je ne m'imagine pas du tout en train de compter des moutons dans la campagne pour votre idiot de neveu, à seule fin d'apaiser votre conscience en menant une vie pauvre, mais honnête. Je mourrais d'ennui.

En le regardant lire, la mémoire revint brusquement à Constance. Il avait fait la même chose chez lui et chez elle, à l'église et à la bibliothèque de la petite ville où elle avait passé son enfance et son adolescence. Elle l'avait toujours vu ainsi, dès qu'il avait appris à lire, jusqu'au moment où elle était partie de chez elle et l'avait oublié. Partout où il y avait quelque chose à lire, elle avait été sûre de le rencontrer, essuyant ses besicles et marmonnant des mots entre ses lèvres. Et, quelque part au fond d'elle-même, elle était persuadée que, si elle retournait dans la ville de son enfance, il serait toujours là-bas, assis sous un arbre dans le jardin, en train de déclamer des vers grecs ou latins.

Le verre de cognac lui échappa des mains et se brisa sur le plancher.

— Eustace Smith.

— Si vous avez l'intention de continuer à briser ma vaisselle, vous vous arrangerez avec Patrick, Connie, dit-il sans lever les yeux. Pour le reste, je vous assure que je ne suis nullement à la recherche d'un emploi. Vous pouvez donc remporter ce contrat avec vous. Ou, sinon, me le laisser pour que je le transmette au mari de ma nièce. C'est beaucoup plus dans ses cordes. Il a un solide bon sens et saura rapidement mettre de l'ordre dans les affaires de votre idiot de neveu.

— Eustace ? C'est toi, n'est-ce pas ?

Elle se leva et posa les mains à plat sur le bureau devant lui.

— Le petit Eustace Smith qui habitait dans la maison voisine de celle de mes parents.

Quand il redressa la tête, il souriait, le sourire de son amant, Tony Smythe.

— Même à ce moment-là, je n'ai jamais été particulièrement petit.

Elle avala avec peine, tandis que les souvenirs se bousculaient dans sa mémoire.

— J'ai toujours eu six mois de plus que toi, même si, apparemment, tu ne l'as jamais remarqué. Tu étais trop occupée à tournailler autour de mes frères, de nos voisins plus âgés — et plus fortunés — ou du prestigieux duc de Wellford.

Ses paroles la blessèrent, car elles faisaient d'elle une aventurière à l'affût d'un beau parti ou, pire encore, une jeune fille écervelée et imbue de sa beauté — ce qu'elle avait été.

— Pour autant que je m'en souvienne, reprit-il, tu t'intéressais à tous les hommes autour de toi, sauf à moi.

Il souriait, mais un sourire qui dissimulait mal à quel point il souffrait, comme si la blessure était encore fraîche. Et peut-être l'était-elle, car elle ne l'avait pas reconnu, même après avoir eu des relations intimes avec lui, même après l'avoir aimé.

— Oh, Eu… stace…

Le prénom était resté collé sur sa langue et elle avait dû faire un effort pour prononcer la deuxième syllabe.

— Je suis tellement désolée. Tellement désolée de n'avoir pas su que c'était toi.

Il lui jeta un coup d'œil acéré.

— Je n'ai jamais aimé le prénom d'Eustace et il m'a toujours desservi.

— Mais… mais c'est bien toi, n'est-ce pas ? Quand je te vois ainsi, la tête dans tes mains, tu es exactement comme dans mes souvenirs. Pourquoi ne m'as-tu rien dit ?

— Pour que tu bannisses immédiatement de tes pensées le « petit Eustace » ? Un être falot, qui ne méritait même pas un regard de la belle et brillante Constance Townley ? Non, franchement, je n'avais aucune envie de remuer le passé. Peut-être, si tu m'avais reconnu… Mais, de ce côté-là, il n'y avait pas beaucoup de risques, apparemment.

Elle le regarda fixement, alors qu'il la considérait par-dessus les verres de ses besicles, et se demanda comment elle avait pu ne pas le reconnaître. Il ressemblait beaucoup à ses frères aînés. Elle rougit en se souvenant qu'au temps de son adolescence elle avait eu plaisir à se laisser courtiser par eux — sans jamais dépasser certaines limites, naturellement.

— Tu ne portes plus tes besicles en permanence, maintenant ?

— Même autrefois, j'en avais seulement besoin

pour lire, mais c'était alors mon activité principale. Maintenant, comme mon activité s'effectue le plus souvent dans le noir, elles ne sont plus indispensables. D'autant plus qu'avec le temps j'ai beaucoup développé mon sens du toucher.

Son sens du toucher… Elle rougit au souvenir de ses caresses. Ses mains et ses doigts avaient enflammé ses sens à un point qu'elle n'aurait même pas pu imaginer.

— C'était il y a très longtemps. Tu n'es plus du tout le jeune homme timide et réservé que tu as été.

Il soupira.

— Toi, tu n'as pas changé. Tu es toujours aussi belle et désirable que dans mes souvenirs. Et toujours également, je suppose, en quête d'un beau parti. Où en es-tu dans ta chasse au mari noble et fortuné ?

— Mes perspectives se sont améliorées depuis que Barton est hors d'état de nuire, répondit-elle d'une voix un peu acerbe. Je dois te remercier. Grâce à ton action, je suis redevenue fréquentable pour des hommes plus honorables.

Il baissa la tête et ses épaules s'affaissèrent légèrement.

— De toute façon, j'étais décidé à éliminer Barton. Mais je suis heureux que tu en aies profité.

— En recouvrant l'acte de propriété de ma maison ?

— Je me devais d'aider une vieille amie.

— Suis-je seulement une vieille amie pour toi ?

Il redressa la tête, une lueur dure au fond des yeux.

— Si c'est cela que tu désires. Mais je soupçonne que tu es venue me voir pour une raison plus personnelle que notre ancienne amitié. Arrête de tourner autour du pot, Connie. J'avais raison, n'est-ce pas ? Ce n'était pas ta faute si ton mariage avec ton défunt mari a été stérile ?

Elle grimaça et ce fut à son tour de baisser la tête.

— Es-tu venue simplement me tourmenter en me disant qu'en éliminant Barton j'ai dégagé la route pour un autre homme ? Ou bien as-tu besoin de nouveau de moi ? As-tu l'intention de tenir la promesse que tu m'as faite ? Allons, Connie, parle. Dis-moi la vérité.

Elle hocha la tête. Elle avait encore besoin de lui, pour résoudre un autre problème. Il devait en avoir assez des femmes en détresse, d'être obligé de sacrifier sa propre vie pour leur venir en aide. Il venait à peine de se libérer de ses sœurs et voilà que, maintenant, elle allait mettre un nouveau fardeau sur ses épaules.

Quand elle ouvrit la bouche pour parler, un sanglot s'étrangla dans sa gorge.

Immédiatement, il se leva de derrière son bureau et la prit dans ses bras.

— Je suis désolé d'avoir gâché ton projet de mettre le grappin sur un autre lord, dit-il d'une voix bourrue. Je sais que je ne suis pas assez bien pour toi. Mais, si tu attends mon enfant, je me dois d'insister.

Il avala avec peine, puis reprit un ton ferme et assuré.

— Laisse-moi prendre soin de toi.

— Non.

Il se raidit brusquement.

— Ton offre m'honore. Mais je suis tellement désolée, Tony. Tellement, tellement désolée ! Je ne veux pas que tu sois obligé de prendre soin de moi de nouveau. Ce n'est pas juste. Tu as le droit d'avoir ce dont tu as envie, pas de voir ton avenir gâché par une femme écervelée et inconséquente. Si tu acceptes de m'épouser, je ne serai pas un fardeau pour toi, je te le promets. Et je ferai de mon mieux pour prendre soin de toi. Mais je ne t'impose rien. Sois en sûr.

Un flot de larmes envahit ses yeux.

— Là, là, ne pleure pas.

— Je ne peux pas m'en empêcher. Je pleure pour des riens, je suis malade le matin, fatiguée pendant toute la journée et la nuit je n'arrive pas à dormir.

Elle sanglota, le visage enfoui dans sa veste.

— J'avais peur de venir te voir. Une peur affreuse. Mais j'avais encore plus peur de rester toute seule, avec ce bébé dans mon ventre…

— Tu n'as plus besoin d'avoir peur de rien. Tu n'en auras plus jamais besoin, murmura-t-il en lui caressant les cheveux et en la serrant contre lui. Tout ira bien, si tu acceptes seulement de me dire oui. Tout. Je te le promets.

— Tu m'avais mise en garde, mais j'avais envie de toi et j'avais envie d'un bébé également, quelles qu'en soient les conséquences. Dans ma folie, j'ai oublié tous les risques que je courais et n'avais qu'une seule envie : être dans tes bras, jouir dans tes bras. Je ne pensais même pas à l'avenir de ce pauvre bébé… Affligé dès la naissance d'une mère inconséquente et, peut-être, sans père, au cas où tu ne voudrais pas m'épouser.

— Quand te l'ai-je jamais dit ?

— Tu m'as dit que tu aimais une autre femme, Tony. Ton seul et unique grand amour. Et que tu voudrais bien m'épouser, au cas où j'attendrais un enfant. Afin qu'il ne soit pas un bâtard. J'ai déjà fait une fois un mariage de raison. Cela me suffit. Je n'ai pas envie d'un deuxième.

— As-tu été malheureuse avec le duc ?

Sa voix sonna étrangement à son oreille, tremblante et un peu rauque.

— Je m'étais toujours dit que tu étais heureuse et que tu avais fait le meilleur choix possible. Je pensais n'avoir pas besoin de m'inquiéter pour toi.

— En quelque sorte. J'avais de la tendresse pour lui et il en avait pour moi. Nous étions à l'aise l'un avec l'autre. Et, comme mon amour pour lui n'était pas très profond, je n'étais pas jalouse quand il se lassait de moi et allait voir d'autres femmes.

— Ma pauvre chérie.

Il lui caressa de nouveau les cheveux.

— Maintenant, tu vas m'épouser parce que tu me l'as promis. Et je serai heureuse. J'ai toujours eu envie d'avoir des enfants. Toujours. Je serai très heureuse. Et je serai une bonne mère et une bonne épouse pour toi. Mais, un jour, tu me diras que tu vas à ton club et tu ne rentreras pas dormir à la maison. Et moi, je resterai seule dans mon lit, en sachant que tu es allé la voir. Tu aimes une autre femme et, comme je t'aime, j'en aurai le cœur brisé.

Un flot de larmes envahit de nouveau ses yeux.

Il la serra plus fort dans ses bras et attendit que ses larmes se soient un peu apaisées, puis il les essuya avec son mouchoir.

— Tu m'aimes donc autant que cela ?

— Mmmh…

— Et tu as décidé de rompre notre liaison parce que…

— J'ai été stupide de tomber amoureuse de toi. Je ne pouvais pas te garder, mais, en même temps, j'étais incapable de résister quand j'étais dans tes bras. Je savais que, plus longtemps je te garderais, plus j'aurais envie de toi et plus j'aurais de la peine à te laisser partir. Et il était déjà trop tard…

Elle était de nouveau au bord des larmes, mais, avant qu'elles aient pu s'épancher, il l'embrassa et, l'espace d'un instant, elle oublia pourquoi elle pleurait.

— Là, là… Ne pleure plus. Pose ta tête sur mon épaule…

Il déposa un petit baiser sur sa tempe.

— C'est mieux ainsi ?

Elle hocha la tête.

— Maintenant, j'ai une devinette à te poser. J'aime une femme, c'est vrai. Je l'aime depuis aussi longtemps que je m'en souvienne. C'est la plus belle des femmes, mais elle était tellement au-dessus de moi que je la croyais inaccessible. Pour elle, je n'existais pas. Elle pouvait me croiser dans la rue sans me voir. Néanmoins, j'espérais un miracle. C'est la raison pour laquelle je ne me suis jamais marié. Ne peux-tu pas maintenant deviner l'identité de cette grande passion, ce seul et unique amour de ma vie, pour lequel je serais prêt à traverser un océan à la nage, me battre contre des fauves, ou même, si elle me le demandait, risquer ma vie en escaladant une façade de trois étages pour aller voler un acte de propriété ?

Elle se blottit contre lui, en espérant qu'il allait lui dire ce qu'elle avait envie d'entendre. Elle n'arrivait pas à y croire. Et pourtant… Non, si ce n'était pas cela, il n'aurait pas le cœur de la tourmenter ainsi.

— J'avais une peur affreuse de te dire la vérité. Quand nous étions adolescents, je n'ai jamais osé et, maintenant encore, je dois me faire violence pour te l'avouer. Il n'y a jamais eu de place dans mon cœur que pour toi, Constance. Mais, si le destin ne m'avait pas forcé la main, j'aurais pu être assez stupide pour te laisser épouser un autre homme.

Elle posa sa main sur son bras, avec des larmes dans les yeux. Des larmes de bonheur, cette fois-ci.

— N'y pense plus. Maintenant que je t'ai trouvé, il n'y aura pas d'autre homme pour moi, Anthony Smythe. Je veux dire Eu…

Il grimaça et posa sa main sur sa bouche.

— Ne prononce plus jamais ce prénom, Connie. Je le hais. Cela aurait gâché tout mon plaisir et ôté tout romantisme à notre liaison, si, quand nous faisions l'amour, tu avais crié « Oh Eustace ! » au moment suprême.

Il l'avait appelée Connie. Plus personne ne l'appelait Connie depuis longtemps. Même Robert ne l'avait pas appelée ainsi. Mais pour ses vrais amis, ses amis d'autrefois, elle avait toujours été Connie. Elle enfouit son visage dans la chaleur de son épaule. Elle se sentait merveilleusement bien, enfin en sécurité.

— Si nous avons un garçon, poursuivit-il, il n'est pas question que tu lui donnes le prénom de son père, même si c'est la tradition. Ma mère s'est battue pour que mes frères échappent à un pareil destin, mais, quand je suis venu au monde, elle a cédé, par lassitude, sans doute, et mon père m'a donné ses deux prénoms, Eustace Anthony. Un cadeau dont je me serais bien passé.

— Nous l'appellerons simplement Anthony, alors,

murmura-t-elle. Comme son père. C'est un très joli prénom. Je l'aime beaucoup.

— Comme tu voudras. Mais j'espère bien que nous aurons d'abord une fille. J'adorerais avoir une petite fille, avec tes yeux et tes cheveux…

Il se baissa et la souleva dans ses bras.

— Maintenant, nous allons nous retirer dans ma chambre où tu pourras me répéter tout à loisir ce que tu m'as dit tout à l'heure, que ton cœur serait brisé, si tu venais à me perdre. Non pas que tu coures un tel risque, naturellement. Et plus tard, peut-être, nous pourrons aller dans Bond Street choisir une bague de fiançailles digne d'une ancienne duchesse.

— Ce n'est pas nécessaire, tu sais, murmura-t-elle. Si tu m'aimes vraiment, l'argent n'a pas d'importance.

Il rit.

— Je le sais, ma chérie. Et je serais heureux de vivre d'amour et d'eau fraîche avec toi. Mais que ferais-je de tout l'argent dont j'ai débarrassé Barton ? Son coffre ne contenait pas ce que je cherchais, mais il était plein à ras bord de billets de cent livres. Je ne comprends vraiment pas pourquoi cet idiot s'entêtait à vouloir imprimer de la fausse monnaie, alors qu'il avait autant de bon argent dans son coffre.

Il haussa les épaules.

— Comme, apparemment, il ne savait pas quoi en faire, je n'ai vu aucune raison de le lui laisser.

— Tu es un voleur incorrigible ! s'exclama-t-elle en riant et en lui donnant une petite tape.

Puis elle leva son visage vers lui et le laissa lui voler encore un baiser.

# A paraître le 1er août 2010

**L'INCONNU AU REGARD DE JADE,** *de Ruth Langan* **- n°483**

*Etats-Unis, 1876.* Lorsqu'elle voit arriver un cow-boy blessé, tenant dans ses bras une fillette comanche, Clarté du Matin ne sait quelle attitude adopter. Cet étranger a beau avoir risqué sa vie pour un enfant de la tribu, il n'en reste pas moins un ennemi – un visage pâle. Pourtant, dès qu'elle croise son regard, elle est bouleversée. Ces yeux de jade, ce sont ceux de Dan Conway, le garçon qui lui a sauvé la vie, autrefois ! Un garçon devenu homme qui allume en Clarté du Matin le feu d'une passion interdite. Car résonne encore à ses oreilles la terrible mise en garde d'Ishatar, le sorcier : *le malheur coule dans les veines de cet homme ; si tu l'aimes, tu trahiras les tiens...*

**LA PASSAGÈRE ET L'AVENTURIER,** *de Meriel Fuller* **- n°484**

*Barfleur, 1135.* Voyager en compagnie de Talvas de Boulogne, l'homme qui l'a offensée dès leur première rencontre ? Pour Emmeline, il n'y a pas pire épreuve... Pourtant, et bien qu'elle ne lui ait pas pardonné, elle doit ravaler sa fierté. Car, plus que jamais, elle a besoin de l'aide de ce rustre : si elle veut secourir sa sœur Sylvie, qui, après des mois de silence, l'implore de venir la chercher en Angleterre, elle n'a d'autre choix que de remettre son sort entre les mains de cet aventurier beau comme le diable. Le seul à pouvoir braver la tempête qui s'annonce...

**LA VAGABONDE DES HIGHLANDS,** *de Joanna Maitland* **- n°485**

*Angleterre et Ecosse, 1815.* À la mort de ses parents, Cassie Elliott endure les cruautés de son demi-frère, James, un ivrogne et un joueur. Elle s'en accommode tant bien que mal jusqu'au jour où elle apprend qu'il compte régler ses dettes de jeu... en la mariant de force ! Dès lors, Cassie ne voit plus qu'une issue : fuir. Fuir, même si elle sait n'être pas armée pour affronter les dangers d'une vie d'errance. Livrée à elle-même, elle fait bientôt la rencontre de Ross Graham, séduisant capitaine qui, après qu'elle lui a confié son histoire, lui offre de la protéger. Une proposition inespérée, qui plonge Cassie dans la confusion : en dépit de ses airs chevaleresques, quelle contrepartie Ross Graham exigera-t-il d'elle en échange de sa protection ?

**LE SERMENT TRAHI,** ***de Denise Lynn - n°486***

***Angleterre, 1171.*** Elizabeth est sous le choc. Guy de Hartford, son époux qu'elle croyait mort depuis sept ans, vient de réapparaître dans sa vie. Il n'est plus le même — son regard est plus dur et son corps porte le témoignage des épreuves qu'il a endurées —, mais Elizabeth voudrait pouvoir se réjouir de son retour. Hélas, seule l'appréhension habite son cœur : car comment Guy va-t-il réagir quand elle lui avouera qu'elle vient de mettre au monde un enfant, l'enfant d'un autre ? Un petit être innocent qu'Elizabeth a conçu par pur devoir, et sans imaginer une seconde qu'elle trahissait ainsi son serment d'épouse... Et risquait de perdre par là même, toute chance de retrouver la confiance et l'amour de Guy.

**UNE AUDACIEUSE IMPOSTURE,** ***de Catherine March - n°487***

***Londres et Saint-Pétersbourg, 1876.*** Si elle avait écouté la voix de la raison, Alexandra Packard n'aurait jamais épousé le major Reid Bowen, le fiancé de sa sœur Georgia ! Certes, elle aurait pu tout révéler, au moment de dire « oui », devant l'autel, dissimulée par son voile de mariée. Or, étrangement, aucun mot n'a pu franchir ses lèvres. Parce qu'elle avait trop peur de dénoncer la folle escapade de Georgia, qui s'est enfuie avec un autre ? Ou plutôt par crainte de gâcher son propre rêve : épouser un jour l'un des plus beaux partis de Londres ?

A présent que la nuit de noces approche, sur ce bateau qui les emmène, son mari et elle, vers Saint-Pétersbourg, Alexandra redoute l'instant fatidique où Reid découvrira la supercherie...

**L'ENFANT DE L'ESPOIR,** ***de K. Albright - n°488***

***Etats-Unis, 1836.*** En rejoignant Brandon Dumont au Texas où il s'est engagé dans l'armée, Caroline tente le tout pour le tout : Brandon l'a quittée sur un malentendu quelques jours avant leur mariage, après qu'elle a embrassé son frère Jake à la suite d'un pari stupide. Aujourd'hui, elle doit lui faire comprendre qu'il s'est trompé et qu'elle l'aime. Et surtout, elle s'apprête à lui avouer qu'elle porte son enfant. Mais au lieu du beau médecin dont elle est tombée amoureuse, c'est un tout autre Brandon qu'elle retrouve : un homme brisé par la guerre, persuadé de ne plus pouvoir aimer...

# 30 € à gagner !

Répondez à notre grande enquête et
gagnez peut-être un bon cadeau de 30 €*

**- 1 livre GRATUIT offert aux 1000 premières réponses -**

---

**)uels sont vos critères d'appréciation de la collection Les Historiques ?**
**5 pour très bon - 1 pour mauvais)**

tensité du conflit amoureux ⌴ - Sensualité ⌴
ersonnalité des héros ⌴ - Auteur ⌴
poque historique ⌴ - Image de couverture ⌴
ythme de l'histoire ⌴

**)uelles sont les époques historiques que vous préférez ?**
**3 choix possibles - 1 étant votre choix n°1)**

oyen-Age ⌴ - Rome Antique ⌴ - Renaissance ⌴
égence anglaise ⌴ - 19e siècle/Amériques ⌴ - Début 20e siècle ⌴

**)ans la collection Les Historiques, préférez-vous des romans qui**
**e déroulent : (3 choix possibles - 1 étant votre choix n°1)**

Angleterre ⌴ En Russie ⌴ En Italie ⌴ En Amérique ⌴
Ecosse ⌴ En France ⌴ En Irlande ⌴

**)uel type de romans, aimez-vous trouver dans Les Historiques ?**
**3 choix possibles - 1 étant votre choix n°1)**

s romans de corsaire ⌴ - Des romans de chevalerie ⌴
s romans exotiques ⌴ - Des romans de cour ⌴
s westerns ⌴

**électionnez vos 3 thèmes préférés dans la collection Les Historiques**
**étant votre choix n°1)**

ariage forcé ⌴ - Héritage ⌴ - Retrouvailles ⌴
cret à la cour ⌴ - Enfant secret ⌴ - Enlévement ⌴
ga/trilogie ⌴ - Fausse identité ⌴
salliance ⌴ - Vengeance ⌴

HIST1

**6/ Qu'aimeriez-vous trouver plus souvent dans les romans de la collection Les Historiques ?**

| | Oui | Non |
|---|---|---|
| - Plus de sensualité | ☐ | ☐ |
| - Plus d'intensité dans le conflit amoureux | ☐ | ☐ |
| - Plus de divérsité dans les époques | ☐ | ☐ |
| - Plus de rythmes dans les histoires | ☐ | ☐ |
| - Plus d'histoires avec des enfants | ☐ | ☐ |

- Autre : ........................................................................................

**7/ Globalement, quelle note sur 10 attribueriez-vous à la collection Les Historiques ?**

|__|__|

**8/ Si vous n'avez pas aimé certains romans de la collection Les Historiques diriez-vous que c'est à cause de :**

- Epoque à laquelle se déroule l'histoire ☐
- Lieu où se déroule l'histoire ☐
- Personnage (leur caractère, leur passé) ☐
- Manque de sensualité ☐
- Manque d'intensité ☐
- Rythme de l'histoire un peu lent ☐
- Autre : ........................................................................................

**9/ Parmi ces auteurs, lesquels aimez-vous lire dans la collection Les Historiques :**

| | J'aime | Je n'aime pas | Je ne connais p |
|---|---|---|---|
| - Elizabeth Lane | ☐ | ☐ | ☐ |
| - Michelle Willingham | ☐ | ☐ | ☐ |
| - Ruth Langan | ☐ | ☐ | ☐ |
| - Georgette Heyer | ☐ | ☐ | ☐ |
| - Suzanne Barclay | ☐ | ☐ | ☐ |
| - Sophia James | ☐ | ☐ | ☐ |
| - Juliet Landon | ☐ | ☐ | ☐ |
| - Helen Dickson | ☐ | ☐ | ☐ |
| - Joanne Rock | ☐ | ☐ | ☐ |
| - Louise Allen | ☐ | ☐ | ☐ |

Autre : ........................................................................................

**10 Selon vous, les couvertures Les Historiques sont :**

☐ Très bien ☐ Bien ☐ Assez bien
☐ Passable ☐ Je ne les aime pas du tout

Pourquoi ? ........................................................................................

**11/ Selon vous, ces couvertures sont suffisament :**

| | D'accord | Moyennement d'accord | Pas d'ac |
|---|---|---|---|
| - Historiques | ☐ | ☐ | ☐ |
| - Sensuelles | ☐ | ☐ | ☐ |
| - Attirantes | ☐ | ☐ | ☐ |
| - Le reflet du roman | ☐ | ☐ | ☐ |
| - Modernes | ☐ | ☐ | ☐ |

**' Si vous deviez changer quelque chose sur les couvertures Les Historiques, que changeriez-vous en priorité ?**

es illustrations ☐ - Le sceau ☐ - L'ensemble ☐
tre : ...........................................................................................................

**Sélectionnez vos 5 critères d'achat de la collection Les Historiques et classez-les de 1 à 5** **(1 étant le premier)**

| | | | |
|---|---|---|---|
| intensité du conflit amoureux | ⎵ | - L'image de la couverture | ⎵ |
| e résumé au dos du livre | ⎵ | - La passion | ⎵ |
| 'auteur | ⎵ | - L'émotion | ⎵ |
| e titre | ⎵ | - La marque | ⎵ |
| époque | ⎵ | - Le prix | ⎵ |
| e lieu | ⎵ | - La pagination | ⎵ |

**Concernant la collection Les Historiques que vous venez d'acheter...**

achète tous les livres chaque mois ☐
achète une sélection de livres chaque mois ☐
l'achète occasionnellement ☐

**Avez-vous acheté un livre de l'une de ces collections au cours des 6 derniers mois ?**

| | | | |
|---|---|---|---|
| Azur ☐ | Audace ☐ | Horizon ☐ | Blanche |
| Nocturne ☐ | Best-Sellers ☐ | Les Historiques ☐ | Prélud' |
| Black Rose ☐ | Passions ☐ | Red Dress Ink ☐ | Spicy |
| Mira ☐ | Jade ☐ | Aventures et Passions | |
| Passion intense ☐ | Barbara Cartland | | |

re : .......................................................................................................

**Etes-vous abonnée à l'une des collections Harlequin ?**

ui, laquelle ? ...................................................................
, je l'ai été mais j'ai arrêté ☐
, je ne l'ai jamais été ☐

**Utilisez-vous un site Internet pour rechercher des informations avant d'acheter en magasin ?**

☐ Non ☐

i, lequel / lesquels ?
equin.fr ☐ Fnac.com ☐ Amazon.fr ☐ Autre ☐

**M.** ☐ **Mme** ☐ **Mlle** ☐
**Nom : ..................................... Prénom : .....................**
**Adresse : ..........................................................................**
**Code Postal : .................. Ville : ......................................**
**Date de naissance : ............**

E-mail : ______________________________@______________

☐ Oui, je souhaite être tenue informée des offres promotionnelles des Editions Harlequin
☐ Oui, je souhaite recevoir les offres promotionnelles des partenaires des Editions Harleq

## Quelle est votre profession ?

- ☐ Agriculteur
- ☐ Artisan, commerçant, chef d'entreprise
- ☐ Cadre et profession libérale
- ☐ Profession intermédiaire
- ☐ Employée ☐ Ouvrier
- ☐ Retraitée ☐ Inactive

## Quelle est la profession du chef de famille ?

- ☐ Agriculteur
- ☐ Artisan, commerçant, chef d'entreprise
- ☐ Cadre et profession libérale
- ☐ Profession intermédiaire
- ☐ Employé ☐ Ouvrier
- ☐ Retraité ☐ Inactif

* Un tirage au sort désignera les 20 gagnants d'un bon cadeau de 30 €
(soit 45 SFr pour les gagnants suisses)

Merci de retourner le questionnaire complet au plus tard le 31/08/2010
sous enveloppe affranchie à l'adresse suivante :
Editions Harlequin – service Marketing
Grande enquête Harlequin
83/85 bd Vincent Auriol
75646 Paris cedex 13

Extrait du règlement :
La société HARLEQUIN organise un jeu-questionnaire intitulé « Grande enquête Harlequin» du 1er avri au 31 aout 2010 qui accompagnera les livres mis en vente. Il est gratuit et sans obligation d'achat, et à toute personne physique majeure résidant en France métropolitaine (Corse comprise), à Monaco, da DOM-TOM, en Suisse et en Belgique. La réponse est possible sur papier libre ou en demandant un exem du jeu-questionnaire au service lectrices au 01 45 82 47 47 ou à l'adresse du jeu.
Un livre d'une valeur commerciale unitaire de 6,30€ sera offert aux mille (1000) premières personnes répondu à la grande enquête Harlequin dans toutes les collections concernées. Les vingt (20) personnes au sort se verront attribuer un chèque cadeau d'une valeur de 30€ (soit 45SFr). Les lots seront envoyés Poste dans le délai d'un mois après la clôture du jeu.
Pour participer, les candidats doivent avoir répondu au questionnaire et le renvoyer à la Société Harle l'adresse suivante : Editions Harlequin – service marketing 83/85 bd Vincent Auriol 75646 Paris Ced La participation au jeu-questionnaire entraîne l'acceptation pleine et entière du règlement déposé chez M Gaultier et Mazure, Huissiers de justice, 51, rue Sainte Anne, 75002 Paris.
Le règlement est adressé à titre gratuit à toute personne en faisant la demande à : Société Harlequin boulevard Vincent Auriol 75013 Paris. Timbre remboursé sur demande au tarif lent.

*Loi informatiques et libertés*
Pour vous offrir le meilleur service, vos noms et adresses seront enregistrés dans notre fichier clientèle. Conformémen Informatique et libertés du 6 janvier 1978,vous disposez d'un droit d'accès et de rectification aux données personnell concernant. Par notre intermédiaire, vous pouvez être amenée à recevoir des propositions d'autres entreprises.
Si vous ne le souhaitez pas, il vous suffit de nous écrire en nous indiquant vos nom, prénom et adresse à :
Service Lectrices Harlequin BP 20008 59718 LILLE Cedex 9.

Composé et édité par les
*éditions* Harlequin
Achevé d'imprimer en mai 2010

à Saint-Amand-Montrond (Cher)
Dépôt légal : juin 2010
N° d'imprimeur : 100287 — N° d'éditeur : 14978

*Imprimé en France*